KB042270

# ROYAL ROADER

# 로열로더 3

**초판 1쇄 인쇄일** 2014년 12월 23일 | **초판 1쇄 발행일** 2014년 12월 26일

**지은이** 이희호 | **펴낸이** 곽중열 | **담당편집 팀장** 이범수
**편집부** 신연제 이윤아 김호성 김은경

**펴낸곳** (주)조은세상 | **출판등록** 제 2002-23호
**주소** 경기도 연천군 미산면 청정로1355
TEL 편집부 02)587-2966 | FAX 02)587-2922
e-mail bukdu@comics21c.co.kr

ⓒ이희호 2014
ISBN 979-11-5512-812-1 | ISBN 979-11-5512-809-1(set) | 값 8,000원

※잘못 만들어진 책은 바꿔 드립니다.
※저자와의 협의에 의해 인지는 생략합니다.

# CONTENTS

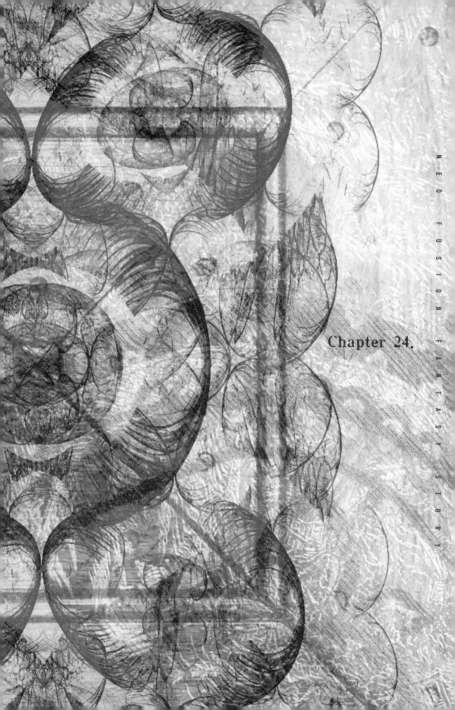

Chapter 24.

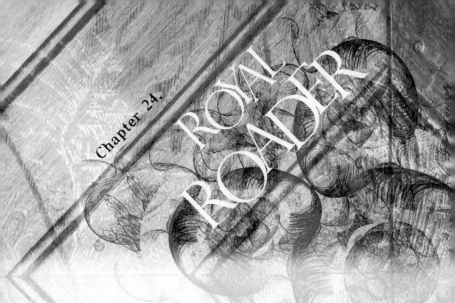

Chapter 24.

ROYAL ROADER

I

'저, 저, 저건 대체!'

푸른 원반을 보았다.

그리고 푸른 원반이 붉게 물드는 것 또한 보았다.

너무 조용했다.

단말마조차 없는 죽음은 마치 이곳이 현실이 아닌 것 같은 착각을 불러일으켰다.

"와아아아아아!"

갑작스러운 함성에 엑트의 고개가 뒤로 돌아갔다. 중무장한 기병들이 성난 파도처럼 밀려왔다.

"와아아아아아아!"

엑트의 고개가 다시 돌아갔다. 요새 문이 활짝 열리며

그곳에서도 적이 쏟아져 나왔다.

　비현실적인 광경에 반쯤 넋을 잃고 있을 무렵, 목덜미에
서 화끈한 느낌이 일어났다.

　시야가 붕 뜬 느낌.

　주변의 광경이 휘휘 돌아갔다.

　'악몽을… 꾸는 건가?'

　기사 엑트의 마지막 생각이었다.


Ⅱ


　처음의 숫자는 이백 대 열여섯이었다.

　하지만 제닌의 [수확]은 순식간에 적의 숫자를 거의 절
반가량 줄여 놓았다. 적의 지휘관이 밀집진형을 선택한 것
이 최악의 한 수였다.

　6.5미터의 반경. 무려 13미터에 달하는 직경을 가진 [수
확]스킬은 다닥다닥 붙어 있는 적을 휩쓸었다. 거의 백에
가까운 숫자가 일제히 허리가 잘린 채 쓰러지는 광경은 적
군과 아군 모두에게 충격을 주었다.

　다만 차이점이라면 아군에게는 냉철한 정신을 유지한
지휘관이 있었고, 적에게는 그런 지휘관이 없다는 점뿐이
었다.

　제닌의 압도적인 무위에 상대가 넋을 놓고 있을 때, 열

다섯 기병이 적군의 진형을 갈라놓았다.

이어 요새의 문을 열고 나타난 병력이 가세했다. 원래의 병력은 열다섯에 불과했으나, 나타난 병력은 마흔 명에 가까웠다. 노예였던 이들 중 무기를 들 수 있는 자들이 가세한 결과였다.

제국에 대한 원한이 하늘을 찌르는 아군은 악에 받친 공격을 퍼부었고, 적은 변변한 저항조차 못 한 채 섬멸되었다.

'빠져나간 쥐새끼는?'

마음속 물음에 그림자가 대답했다.

– 한 마리도 없었습니다.

'수고했군. 들어가 보도록.'

쉐도우마스터의 소환을 해제한 제닌은 테일스를 불러 전투의 뒷수습을 맡겼다.

요새 안으로 들어서자 가트를 비롯한 장인들이 모두 나와 제닌을 맞이했다.

"성대한 환영이군."

가트와 장인들이 도망치지 않고 요새에 남아 있다는 것 하나만으로도 제닌은 많은 것을 알 수 있었다.

어차피 갈 곳도 없을뿐더러, 어디를 가도 환영받지 못할 것이다. 게다가 프라덴 후작이 알게 되면 평생 쫓기는 처지에 놓일 수밖에 없었다. 이런저런 과정이 있었겠지만, 한 문장으로 정리할 수 있었다.

그들은 제닌의 휘하에 들어오기로 마음을 굳혔다.

제닌은 그들을 한 번 훑어본 후 요새 중앙에 있는 커다란 목조건물로 들어갔다. 원래 요새의 지휘관이 사용하던 건물이었다.

장인들을 대표하여 가트가 제닌의 뒤를 따라 들어왔다. 제닌은 의자에 털썩 주저앉으며 가트에게 물었다.

"서론은 생략하고 간단하게 묻지. 이 요새, 내가 먹고 싶은데, 어떻게 하는 게 가장 좋을까?"

"헙!"

가트는 극도로 당황한 표정으로 제닌을 바라보았다. 예상치 못한 일은 아니었으나, 타이밍이 너무 빨랐다. 대비하지 않은 상태에서 갑자기 급소를 얻어맞은 느낌이었다.

가트의 인상이 몇 번 찌푸렸다 펴지기를 반복하더니 그가 머뭇거리며 입을 열었다.

"그러니까……."

가트의 설명이 시작되었다. 그러나 제닌의 시선은 그의 입이 아닌, 허공에 머물러 있었다.

띠링!

[프라덴 요새. 거점 공략(369/1000) 세부내용 : 병력(56/300), 자원(13/400), 점유율(300/300)]

"호오……."

가트는 제닌의 목소리에 더욱 열정적으로 말을 이어갔

다. 그는 제닌이 자신의 말에 흥미를 보인 것으로 생각했다. 이는 그만큼 자신과 장인들이 이곳에 발붙이고 살 수 있는 확률이 높아졌다는 말과 같았다.

"결과적으로……."

"이거, 재미있겠는데?"

"예?"

가트는 저도 모르게 반문했다.

"그건 그렇고, 뭐라고 했지?"

'설마, 한마디도 안 들은 건…….'

슬쩍 제닌을 살펴보니 열과 성의를 다한 자신의 설명을 그는 전혀 들은 것 같지 않았다.

가트는 왠지 울고 싶어졌다.


Ⅲ


'문제는 병력인가?'

제닌은 요새 중앙 건물의 제일 높은 방에 올라와 있었다. 창가의 의자에 앉아 턱을 괴고 아래를 내려다보는 중이었다.

아래에서는 분주하게 움직이는 사람들의 모습이 그려지고 있었다. 하지만 요새의 크기에 비해 사람의 숫자는 너무 적어 보였다.

프라덴 후작이 나중을 생각해서 요새를 건설할 때, 규모를 크게 잡았기 때문이다.

'수천, 아니 이 정도 크기면 만 명 이상도 소화할 수 있을 것으로 보이는데?'

프라덴 후작의 선경지명은 결과적으로 제닌에게도 도움이 되었다. 요새의 규모가 크다는 것은 그만큼 더 많은 병력을 숨길 수 있다는 의미였다.

테일스는 노예였던 왕국민 중에서 젊은 남성들을 훈련하는 중이었고, 가트는 장인들과 나머지 사람들을 움직여 석재와 목재를 채취하고 있었다.

[거점 공략]의 자원은 단순히 식량만을 의미하지 않았다. 장치를 만들고 요새를 보수하기 위한 목재와 석재 등이 필요했다.

가트는 그 일을 맡은 것이었고, 테일스는 병력을 늘리는 소임을 받아 열심히 훈련 중이었다.

병사 중 절반을 갈라 목책 위에서 보초를 세웠고, 나머지는 쉬게 했다.

'마음 같아서는 당장 공략을 완료하고 싶은데, 그럴 수가 없으니……'

점유율은 이미 완료했고, 자원 역시 며칠만 지나도 완료할 수 있었다. 하지만 병력은 그럴 수 없었다. 요새 안의 모든 사람을 합해봤자 삼백 남짓이었다. 그런데 그중에는 노약자가 섞여 있었다.

　물론 아이와 여자, 노인이라고 해서 싸우지 못한다는 말은 아니었으나, 왠지 그들이 창과 방패로 무장한 그림이 잘 그려지지 않았다. 물론 노약자는 보호받아야 할 존재라고 배워온 양심에도 찔렸다.

　"흐음……."

　제닌이 한숨을 흘릴 때였다.

　쿠르르르.

　바닥이 진동하는 느낌과 함께 뭔가가 와르르 무너져내리는 소리가 들려왔다.

　"와아아아!"

　"쿠워어어어어!"

　사람들의 함성과 함께 앞다리를 치켜든 벡스 투의 모습이 눈에 들어왔다. 벡스 투는 마리와 함께 석재 채취 작업에 투입된 상태였다.

　괴수의 고기를 섭취한 벡스 투는 그저 덩치만 커진 게 아니라, 힘 또한 상승했다. 커다란 바위 정도는 앞발로 한 번 후려치면 부술 수 있을 정도였다.

　그 광경을 본 가트는 벡스 투의 괴력에 반했고, 곧장 제닌에게 도움을 요청했다.

　피잉!

　화살 하나가 높이 솟구쳤다. 갑작스러운 소란에 궁수 훈련을 받던 자의 조준이 틀어진 듯싶었다.

'활은 시간이 오래 걸리고, 힘도 들지. 노약자들이 잘 다룰 수 있는 물건이……'

순간 제닌의 머릿속을 불현듯 스친 생각이 있었다.

'석궁이라면 가능할지도 모르겠군.'

어쩌면 노약자들을 병력으로 만들 방법이 될 수도 있었다.

'적은 힘으로 시위를 당길 수 있도록 개량만 하면……'

이를 위한 방법 또한 있었다.

'가트를 불러야겠군.'

제닌이 이런 생각을 하고 있을 때, 쿵쾅거리며 계단을 오르는 소리가 들려왔다.

문이 벌컥 열리며 가트가 뛰어들어왔다.

"과, 광맥입니다!"

가트의 외침에 제닌은 생각했다.

'이걸 좋아해야 하나?'

제닌은 가트가 손에 든 돌멩이를 바라보았다. 불그스름한 색이 뒤섞여 주황색으로 보이는 돌멩이였다.

"종류는?"

"철광입니다. 순도가 아주 높습니다. 게다가 구리와 은도 소량 섞여 있습니다."

"좋다는 거군."

제닌은 심드렁하게 대답했다.

물론 좋은 일이었다. 그런데 커다란 감흥은 없었다. 돈
은 넘쳐나는 수준이었고, 마음만 먹으면 무기나 방어구 따
위를 얼마든지 구할 수 있었기 때문이다.

광맥은 좋지만, 채광하고, 제련해 무언가를 만들기까지
는 많은 시간이 필요했다. 또한, 이를 위해 제작해야 할 물
품과 시설도 여러 가지가 있을 터였다.

"그보다……."

"기쁘지 않으십니까? 광맥이라고요! 광맥!"

"아! 물론 기뻐."

영혼이 빠진 제닌의 반응에 가트는 왠지 모르게 기운이
빠졌다.

"뭔가 마음에 들지 않으시는 거라도 있으신지요?"

"아니야. 그냥 석궁 좀 개량해서 만들어줬으면 해서."

"석궁… 요?"

"어린아이나 여자도 장전할 수 있도록. 가능한가?"

가트는 잠시 생각해보더니 고개를 끄덕였다.

"도르래나 지렛대를 이용하면 적은 힘으로도 석궁을 장
전할 수 있습니다."

가트의 대답에 제닌은 그제야 미소를 지었다. 아무래도
광맥을 발견한 것보다 석궁을 개량할 수 있는 게 더 좋은
모양이었다.

"일단 그것부터 해. 광맥도 개발하면서."

물론 이미 발견한 광맥을 썩힐 생각은 없었다.

"참! 이것들도 좀 고쳐봐. 사람들 훈련 시킨 다음에 나눠 줘야 하니까."

제닌은 인벤토리에서 망가진 장비들을 꺼내기 시작했다. 처음에는 신기한 듯 쳐다보던 가트의 얼굴은 방 안을 가득 채울 정도로 쏟아져 나오는 장비를 바라보며 점차 경악으로 물들었다.


IV


[프라덴 요새. 거점 공략(669/1000) 세부내용 : 병력 (126/300), 자원(243/400), 점유율(300/300)]

'이왕이면 완료하고 싶었는데, 아쉽군.'

시간이 지나면 공략을 마칠 수 있었으나, 그러기에는 시간이 너무 부족했다.

'몸은 하나인데, 할 일이 너무 많아.'

마음 같아서는 몸이 여러 개로 늘어났으면 좋겠으나, 그것은 그저 상상으로만 가능한 일이었다.

'또 모르지. 아직 밝혀지지 않은 기능 중에 진짜 그런 게 있을 수도 있잖아?'

제닌은 생각하다가 피식 웃었다. 스스로 생각해도 가능

성은 거의 없어 보였다.

'하긴, 몸을 나눌 수 없기에 다른 사람이 필요한 거겠지.'

제닌은 막내 바이슨을 사령부로 보내 아스트 백작에게 서신을 전달케 했다. 제국의 점령지에서 전선을 넘어 왕국으로 향하는 길이기에 그나마 레벨이 가장 높은 이를 선택한 것이었다.

서신의 내용은 적지의 요새를 점령했다는 내용과 이곳을 지키기 위한 병력 지원의 요청이었다. 또한, 국왕에게 공식적인 보고를 올려 이곳을 자신의 영토로 편입해 달라는 내용도 있었다.

'들어줄 수밖에 없을 거야. 이곳은 제국 놈들 급소를 한방 제대로 찌를 수 있는 비수가 될 테니까.'

제닌은 그렇게 확신했다.

그는 마리와 작게 변한 화이트베어를 데리고 조촐하게 요새를 떠났다. 떠나면서도 왠지 모를 불안감에 자꾸만 테일스와 가트에게 당부를 했다.

그들이 믿을만한 사람인 것은 인정했으나, 아직 그들의 능력은 신뢰할 수 없었다.

'후! 그래도 그 정도면 최악의 상황만큼은 면하겠지.'

라테스로 돌아와 드루아 상단을 찾아가자 베스란이 헐레벌떡 달려왔다.

"왕국의 영웅이시여! 정말 그 흉포한 화이트베어를 산 채로 잡으신 겁니까?"

베스란의 얼굴에 어린 감정은 반가움이 아닌 궁금함이 었다.

'나보다 화이트베어 따위가 더 중요하다는 건가?'

제닌은 살짝 미간을 찌푸렸다.

'대답해 줄 필요는 없지.'

하지만 마리가 그의 마음을 알아주지 않았다.

"응! 여기! 벡스 투!"

밝은 대답과 함께 품에 안고 있던 벡스 투를 베스란을 향해 내밀었다.

"벡스… 투라고요?"

고개를 갸우뚱거리는 베스란의 모습에 마리가 벡스 투의 옆구리를 쿡 찔렀다. 화이트베어의 우렁찬 목소리를 들려주기 위함이었다.

"끼이이잉!"

작아진 탓인지 예전의 우렁찬 포효 대신 강아지의 신음 비슷한 소리만 흘러나올 따름이었다.

"어?"

잠시 어리둥절한 표정을 짓던 마리가 뭔가를 생각하는 듯하더니, 손뼉을 마주쳤다.

"맞다! 벡스 투! 커져!"

"자, 잠깐! 마리! 여기서 이러면!"

넓이는 모르겠지만, 제 모습을 찾은 화이트베어의 키는, 이곳의 천장을 가뿐이 뚫을 수 있을 정도였다. 자칫 상단 건물이 부서질 수도 있었다.

제닌이 말리려 했으나, 변화는 이미 시작된 후였다.

우우웅. 우우우웅.

미약한 진동과 함께 점차 몸집을 불려 나가는 벡스 투의 모습. 그에 비례해 베스란의 눈과 입이 동시에 벌어졌다.

"이, 이, 이, 이게……."

"그만!"

인간보다 약간 더 커진 시점에서 마리가 소리쳤다. 그러자 화이트베어가 더는 몸집을 불리지 않았다.

'호오……. 크기를 원하는 만큼 변화시킬 수 있다?'

"얘. 벡스 투. 화이트베어."

마리가 의기양양한 목소리로 벡스 투를 소개했다.

베스란은 반쯤 혼이 빠진 얼굴로 고개를 끄덕일 뿐이었다.

"쿠우우!"

"으헛!"

낮은 으르렁거림에 깜짝 놀라 자빠지는 베스란의 모습에 화이트베어가 슬쩍 입꼬리를 들어 올렸다.

마치 '넌 내 아래야.'라고 말하는 듯했다.

한바탕 소란이 정리되고, 제닌은 베스란과 따로 자리를 마련했다.

"상단이 총동원할 수 있는 병력은?"

"스무 명가량 남았습니다."

먼저 서른 명을 데려갔으니, 드루아 상단의 총 병력은 쉰 명이라는 의미였다.

"협곡 너머에서 가장 가까운 대도시는 어디지?"

"어떤 의미에서 대도시를 말씀하시는 건지요?"

강력한 군사력을 가진 곳과 물자가 풍부한 곳 중, 어느 곳을 원하느냐는 말이었다.

"돈이 많은 곳."

제닌의 대답에 베스란은 곧바로 대답을 내놓았다.

"가르타스입니다. 제국 남부의 물자가 모여들고, 이곳 전선에 댈 보급품이 모이는 곳이지요."

"거기에서 활동하는 상단에 대해서도 아나?"

"물론입니다!"

이를 악물며 대답하는 모습으로 보아, 코르테 상단처럼 그곳에도 맺힌 게 있는 상단이 있는 모양이었다.

"그중에서 다섯 개만 불러 보도록."

"예?"

"물론, 마음에 안 드는 순서대로."

제닌의 눈동자는 차갑게 빛났다.


V


"그런데… 정말 아닙니까?"

베스란은 생각보다 집요했다. 눈을 마주칠 때마다 코르테 상단 일을 물었다. 제닌은 몇 번이나 부정했지만, 도통 믿어주지 않는 눈초리였다.

'처음에 대충 둘러댄 것 때문인가?'

ㅡ 제닌님께서 하신 일이죠?"

ㅡ 뭐가?"

ㅡ 코르테 상단 말입니다."

갑작스러운 질문에 뜨끔한 제닌은 약간 머뭇거렸고, 아마 베스란은 그런 반응에서 그가 한 일로 생각한 모양이었다.

"그만 좀 묻지? 알아서 생각하고."

제닌이 살짝 짜증을 드러내자 베스란은 입을 다물고 물러났다. 하지만 그의 눈빛에는 여전히 의심의 빛이 사라지지 않았다.

"상행 준비는?"

"이미 끝내 놓았습니다. 그런데 왜 빈 수레를 그렇게 많이 끌고 가시는 겁니까? 수레는 가르타스에 가서 마련해도……."

"글쎄, 왜일까?"

제닌은 길어질 것 같은 베스란의 말을 잘랐다.

"그걸 모르니 여쭤보는 것 아니겠습니까?"

"맞춰보도록."

제닌이 한쪽 입꼬리를 올렸다. 비웃음이 담긴 특유의 표정. 마치 '네가 과연 맞출 수 있을까?' 라고 묻는 듯했다. 질문이 많은 자를 처리하는 제닌 나름의 방법이었다.

'그러고 보니 테일스는 아직도 고민하고 있는 건가?'

굳이 화이트베어를 끌고 라테스 성 근처에서 개선행진을 했던 이유. 생각해보니 테일스는 그가 요새를 떠나올 때까지 답을 내지 못했다.

'아직도 고민하고 있는 건 아니겠지? 뭐, 그것도 나쁘지는 않겠네.'

전투에서의 고민은 목숨을 앗아가는 적이었으나, 일상에서의 고민은 자신을 발전시키는 방법의 하나였다.

베스란이 얼굴을 와락 구겼다.

"보여주기 위함입니까? 저희가 상단의 명운을 건 대규모 상행을 떠난다는 것을?"

정답이었다.

"그걸 알면서 왜 물어? 상관을 귀찮게 하는 취미라도 있는 건가?"

제닌은 시큰둥한 얼굴로 되물었다.

"아, 아니. 그게 아니라⋯⋯."

졸지에 상관을 귀찮게 하는 부하가 된 베스란은 당황한 표정을 지었다.

"한 가지 덧붙이자면, 상행은 실패할 것이다."

"예?"

"물론 실패가 클수록 이득도 크겠지."

"그건 또 무슨 말씀이신지⋯⋯."

"맞춰보도록."

제닌은 다시 입꼬리를 끌어 올렸다.

'이게 진짜거든.'

제법 머리를 굴리는 베스란이라고 해도, 이번 질문의 답을 쉽게 찾아내기는 어려울 것이다.

"가르타스까지 도착하는 데 시간이 얼마나 걸린다고 했지?"

"협곡까지 일주일, 그리고 협곡을 지나는데 이틀, 협곡을 지나 가르타스까지 가는 길이 다시 일주일 정도입니다."

무려 보름이 넘는 시간.

"지루한 여행이 되겠군."

제닌은 고개를 절레절레 내저었다. 하지만 이것은 베스란에게 보여주기 위한 행동에 불과했다.

말처럼 지루하게 지낼 생각은 절대로 없었다.

'재미있을 거야. 아주!'

## VI

"빈 수레에 우리 짐꾼들 좀 태우면 어떻겠나? 어차피 비어서 갈 것, 오랜 친구에게 편의를 제공하는 것도 좋은 일 아니겠나? 내 사례는 섭섭지 않게 하지."

백발이 성성한 노인이 베스란의 어깨를 두드렸다. 푸근한 인상이 마음씨 좋은 동네 할아버지를 연상케 하는 노인이었다.

그러나 눈빛만큼은 그렇지 않았다. 베스란을 바라보는 그의 눈빛은 먹잇감을 노리는 매의 눈빛과 다르지 않았다.

'저건 또 뭐야?'

제닌은 탐탁지 않은 얼굴로 노인을 바라보았다.

라테스를 출발한 지 얼마 되지 않아 만나게 된 상단 행렬이었는데, 상단을 이끄는 노인은 베스란과 잘 아는 사이처럼 보였다.

그런데 노인이 베스란을 대하는 태도가 마음에 들지 않았다. 말은 '친구' 라는 표현을 하지만, 실제로는 숫제 아랫사람 대하듯 했다.

"그게… 손님을 모시고 있어서 말입니다. 제가 그분께 잠시 여쭤보겠습니다."

"호오! 손님? 마침 우리도 손님을 모시고 있는데. 서로 손님들끼리 인사라도 나누는 게 어떤가?"

노인의 말에 베스란의 얼굴은 폭삭 찌그러졌다.

'이건 또 무슨 속셈이지?'

노인의 이름은 바함 살라드. 성을 딴 살라드 상단을 이끄는 상단주였다. 그는 간단히 말하자면 경쟁자였고, 베스란의 솔직한 심정으로는 악연이었다.

살라드 상단은 드루아 상단과 비슷한 시기에 상단을 열었고, 취급하는 물품이 대부분 겹쳤다. 어느 정도 성장한 다음에는 건물을 올렸는데, 공교롭게도 상단 건물이 서로 마주 보는 위치였다.

자주 얼굴을 마주치는 이유로 친분도 어느 정도 쌓였으나, 베스란은 되도록 바함과 마주치고 싶지 않았다.

상단의 규모도 살라드 상단이 약간 컸고, 상행의 이득도 늘 약간 많았다. 언제나 반 발짝 정도 앞서 갔다.

그것만으로도 기분이 상하는데, 바함은 얼굴을 마주칠 때마다 잘난 채와 자랑하기를 빼놓지 않았다. 베스란으로서는 신경이 거슬릴 수밖에 없는 상황이었다.

'이런 상황에서 손님의 이야기를 꺼냈다면……. 설마 계급으로 찍어 누르겠다는 의미인가?'

지금까지 겪어온 바로는 거의 확실해 보였다.

저렇듯 당당하게 나오는 바함의 태도로 볼 때, 그가 모

27

신 '손님'은 무척이나 귀한 신분임이 분명했다. 그렇지 않고서야 손님을 서로 소개하자는 말이 나올 리 없었다.

'아직 제닌님은 귀족에 대한 예법 같은 것에 어두워. 만약 고위 귀족에게 실수라도 한다면.'

앞으로의 행보에 커다란 장애가 될 수도 있었다.

"죄송하지만, 저희 손님께서 낯을 좀 가리는……."

생각을 마친 베스란이 조심스럽게 말을 꺼낼 때, 바함은 이미 자신의 행렬로 들어가 고급스러운 마차에 대고 이야기를 나누는 중이었다.

그 정도로 빠른 행동력이라면, 그만큼 그가 모신 손님이 대단하다는 의미였다.

'저 영감이 지금!'

베스란은 차마 말하지는 못한 채 눈썹만 꿈틀거렸다. 그 모습을 지켜보던 제닌은 피식 웃었다.

'이거, 돌아가는 상황이 꽤 재미있어질 것 같은데?'

제닌은 그들의 대화와 베스란의 반응으로 어느 정도 상황을 추측할 수 있었다.

'이왕이면 저쪽의 손님이 아주 높은 신분이면 좋겠는데 말이야. 그럴수록 더 가치가 있을 테니까.'

"이얏! 벡스 투! 정의의 주먹을 받아랏! 콰콰쾅!"

옆의 마리는 벡스 투를 데리고 용사 놀이에 한창이었다. 당연한 말이지만 마리는 늘 악당을 처치하는 정의의 용사였고, 벡스 투는 악당의 하수인 역할. 즉, 늘 얻어터지는 역할이었다.

어디서 배웠는지는 제닌도 몰랐다.

"마리. 잠깐만 조용히 해 줄래?"

"웅? 웅!"

제닌의 부드러운 부탁에 마리는 재깍 고개를 끄덕였다. 마리의 주먹에 얻어맞아 한쪽 구석에 너부러져 있던 벡스 투의 얼굴에도 고마움이 떠올랐다.

벡스 투가 이곳에 붙어 있으면서 때때로 얻어먹는 괴수 고기는 성장에 도움을 주었다. 그러나 시시각각 이어지는 마리의 폭력은 괴롭기 짝이 없었다.

성장의 달콤함과 육체적 괴로움. 이미 육체적 괴로움이 성장의 달콤함을 뛰어넘은 지 오래였다.

만약 제닌의 적절한 중재가 없었다면, 벡스 투는 오래전에 목숨을 건 탈출을 감행했을지도 모른다.

제닌은 벡스 투를 향해 의자 아래로 들어가라고 손짓했다. 그런 후 시선을 떼고 밖을 살폈다. 그런 그의 눈동자가 살짝 커졌다.

'꼬마?'

이제 열 살이나 되었음 직한 소년이 바함의 안내를 받아 이쪽으로 걸어오는 중이었다.

"흐음……."

잠시 생각하던 제닌의 눈이 이채를 띠었다.

"마리. 이제부터 내가 시키는 대로 해야 해. 알았지?"

"응!"

마리의 외모는 잘 만든 인형을 연상케 했다. 인간이라는 생각이 들지 않을 정도로 예쁘다는 의미였다.

제닌의 눈에 마리는 그저 귀여울 따름이지만, 또래의 소년이 보기에도 그럴까? 제닌은 아니라는 것에 경험치와 [보호의 육중한 패왕의 검]을 걸 수 있었다.

"저, 남작님. 손님께서 뵙고자 하시는데……."

문 너머에서 베스란의 조심스러운 목소리가 들려왔다. 웬만하면 핑계를 대서라도 거절해 달라는 뉘앙스가 강하게 느껴졌다.

"그리하게."

밖에서 작은 한숨 소리가 들려왔다. 이어 천천히 문이 열리기 시작했다.

끼이익.

제닌은 문이 열리기를 기다렸다가 밖으로 나섰다.

"세인 드 가르타스. 가르타스 백작의 후계자입니다. 고집이 세고 제멋대로인 성격으로……."

베스란의 귓속말에 제닌은 눈을 빛냈다.

'가르타스란 말이지?'

영지의 이름을 성으로 사용하는 것은, 그 지역을 다스리는 지배자라는 의미였다.

'대어가 낚였군. 아주 큰 대어가!'

제닌은 베스란의 어깨를 두드리고는 귀족 소년을 바라보며 중절모를 들어 올렸다. 그는 귀족 행세를 위해 중절모와 외알 안경, 말끔한 수트를 차려입은 모습이었다. 특히, 붙인 콧수염은 제닌을 마리만 한 딸을 가지기에 충분한 나이로 보이게 했다.

"영명한 가르타스 가문의 공자를 뵙게 되어 영광입니다. 카인스 드 루아라고 합니다. 부족하지만 드루아 상단을 운영하고 있습니다."

제닌의 소개에 바함의 눈초리가 가늘게 좁혀졌다.

"드루아 상단의 상단주가 누구 신가 했더니, 이런 젊은 분이셨구려. 바함 살라드라 하오."

노인이 자신의 소개를 했으나, 제닌은 그의 말을 무시했다. 노인의 얼굴에 분기가 스쳤으나, 제닌은 오로지 소년을 바라볼 따름이었다.

"나, 나는……."

빤히 바라보는 제닌의 시선이 민망했는지, 소년은 급하게 자신을 소개하려 했다. 하지만 그때였다.

이미 열린 마차 문으로 마리가 천천히 모습을 드러냈다. 소년의 눈과 입이 동시에 크게 벌어졌다.

마리는 사뿐히 마차를 내려와 제닌의 뒤에 숨었다. 그의 다리 뒤에서 고개만 내민 채 소년을 향해 배시시 웃었다.

"안녕."

찬란한 웃음과 맑고 또랑또랑한 음성은 한 자루 작살이 되어 그대로 소년의 심장에 꽂혔다.

"이런! 마리! 인사는 그렇게 하는 게 아니지! 내가 몇 번을 말했건만!"

제닌은 엄하게 마리를 꾸짖었다. 마리의 얼굴이 일그러지더니 울먹이기 시작했다.

"죄송합니다. 제 여식이 아직 예법에 어두워서."

제닌은 소년을 향해 살짝 고개 숙여 사과한 후, 다시 마리를 바라보았다.

"마차로 돌아가서 반성하고 있도록."

"히잉……."

마리는 울음 비슷한 소리를 낸 채, 마차를 향해 걸어갔다.

'하나, 둘…….'

제닌은 마음속으로 숫자를 셌고, 채 셋을 헤아리기 전에 소년이 외쳤다.

"자, 자, 잠깐!"

'그러면 그렇지!'

제닌은 드러나지 않는 웃음을 지었다.

"무슨 하실 말씀이라도……. 제 여식은 제가 크게 혼내겠으니……."

제닌은 '크게'라는 말에 힘을 주어 강조했다. 그 말과 굳어 있는 제닌의 표정은 어여쁜 소녀에게 매질이라도 할 것 같은 분위기를 풍겼다.

이는 마리에게 이미 한눈에 반한 소년으로서는 절대 용납할 수 없는 일이었다.

"그, 그러지 마시오."

"예?"

제닌은 어리둥절한 얼굴로 되물었다.

"배움이 모자라면 잘 타일러 가르치면 될 것이 아니오. 크게 꾸, 꾸짖는 건 아니 될 말씀이오."

"공자님. 다른 가문의 일에 나서시는 것은 예법에 맞지 않는 일입니다."

바함이 소년을 말리려 했으나, 소년은 고개를 내저으며 그의 말을 막았다.

"내, 내가 잘 가르치면 안 되겠소?"

"고, 공자님!"

바함이 기겁하며 말리려 들었으나, 세인 드 가르타스는 요지부동. 고집스럽게 다문 입매에는 어떤 일이 있어도 제닌의 꾸짖음을 말리겠다는 의지가 나타났다.

"그러시다면, 공자의 '부탁'을 들어 드리지요."

제닌은 한발 물러서며 마차로 들어가는 길을 열어 주었다.

소년은 환하게 웃으며 마차 안으로 들어갔고, 제닌은 비릿한 미소를 머금은 채 바함을 바라보았다. 바함의 푸근한 인상이 폭삭 일그러져 있었다.

제닌은 부탁이란 말을 강조했다. 즉, 소년에게 빚을 지웠다는 의미였다. 그것을 모를 바함이 아니었기에 그토록 인상을 찌푸린 것이었다.

"자자. 공자님과 아가씨께 시간을 드려야 하니, 어른들은 조금 물러나는 게 어떻겠습니까?"

베스란이 눈을 반짝이며 운을 띄웠다. 그는 늘 당하던 입장에서 한 방 갚아준 것을 무척이나 기뻐하는 눈치였다.

마차에서 멀어지며 제닌이 지시를 내렸다.

'마리, 울어.'

반응은 즉각적이었다.

"우아아아아아앙!"

목 놓아 우는 마리의 모습과 그녀를 달래기 위해 안절부절못하는 세인의 모습이 눈에 들어왔다.

"이런, 제 여식이 우는군요. 공자께서 예법을 아주 잘 가르치고 계신 모양입니다."

제닌의 말에 바함의 얼굴은 더욱더 처참하게 일그러졌다.

'이놈, 젊다고 무시한 게 실수였어! 생각보다 고단수야! 베스란만 생각하고 나선 게 이렇게 될 줄이야.'

바함은 후회했으나, 이미 일은 벌어졌다.

세인 드 가르타스.

가르타스 가문의 후계자는 카인스 드 루아에게 빚을 졌다. 다른 이도 아닌, 가문을 이을 후계자의 빚이었다. 이것은 꽤 커다란 대가를 치러야 할 것이다.

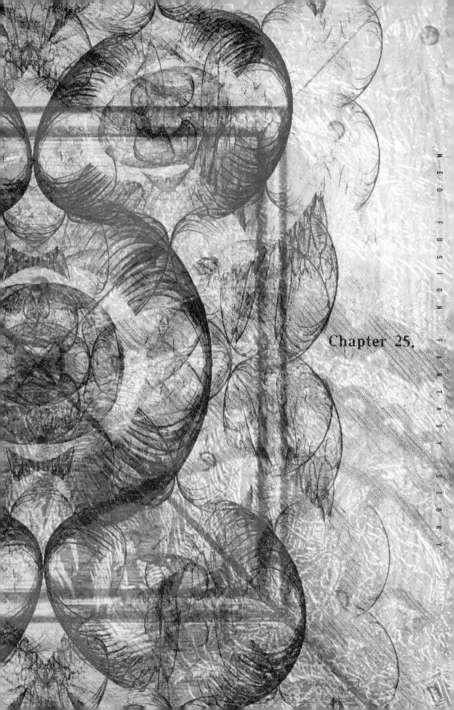

Chapter 25.

Chapter 25.

ROYAL
ROADER

I

드르렁. 쿠울. 드르렁.

코 고는 소리가 한밤의 야영지를 뒤흔들었다.

불침번 서는 용병이 짜증스러운 얼굴로 소음의 진원지를 바라보았으나, 이내 시선을 거둘 수밖에 없었다.

다름 아닌 귀족의 마차였기 때문이다. 그들을 고용한 살라드 상단은 아니었지만, 귀족의 코 고는 소리에 감히 항의할 만큼 간 큰 용병은 없었다.

삐이걱.

마차의 문이 천천히 열리며 코 고는 소리가 한층 더 커졌다. 다시 작아지는 소음과 함께 남겨진 것은 작은 그림자였다.

졸린 듯 눈을 비비던 작은 그림자는 모닥불 건너편에 있는 마차로 다가갔다. 작은 그림자가 나온 마차보다 배는 더 크고 화려한 마차였다.

"영애께서 이곳에 무슨 일이십니까?"

마차의 문 앞을 지키던 기사가 물어왔다.

"우웅……. 아빠. 시끄러워. 잠 안 와. 마리. 세인이랑 같이 잘래."

마리의 대답은 기사의 얼굴을 난감함으로 물들였다.

'루아 남작은 정말 예법을 전혀 가르치지 않았단 말인가? 아무리 어리다 해도, 남녀 사이에 밤을 같이 보내는 것은…….'

"하오나 저희 공자께서……."

기사는 잘 타일러 마리를 돌려보내려 했으나, 그럴 수 없었다. 마차의 문이 벌컥 열리더니 세인이 모습을 드러냈기 때문이다.

"마리?"

마리가 눈을 비비며 위를 올려다보았다. 잠이 덜 깬 듯 부스스한 얼굴이었으나, 세인이 눈에는 달의 여신보다 더 아름다워 보였다. 순간 세인의 얼굴에 보름달처럼 환한 미소가 떠올랐다.

"졸린 데. 잠이 안 와. 히잉……. 아빠, 시끄러워."

"이, 이리 와. 나랑 같이 자자!"

세인은 반색하며 마리의 손을 잡았다. 그리고 힘껏 끌어 올렸다.

탁.

마차의 문이 다시 닫혔다.

"이거… 말려야 하는 것 아닌가?"

"어떻게 말릴 건데? 공자님이 어디 우리 말을 귓등으로 라도 들을 것 같나?"

"하긴……."

"우리는 그냥 조용히 입 다물고 있는 게 나을 걸세."

기사들은 잠시 마차를 바라보다 시선을 거뒀다.

그들의 임무는 밤새 세인의 마차를 호위하는 일. 세인에 게 직접적인 위험이 닥치지 않는 이상 그들이 나설 일은 없었다.

"드르렁. 쿠울. 드르렁……."

'몬스터 주제에 무슨 코를 그렇게 골아?'

제닌은 한심하다는 얼굴로 벡스 투를 내려다보다가 피 식 웃었다.

'귀에는 거슬리지만, 지금은 도움이 되니까.'

마리를 세인의 마차로 보낸 것도 다 이유가 있었다. 코 를 고는 사람이 제닌임을 다른 이들에게 알리려는 목적이 었다. 이를 통해 제닌이 얻을 것은.

'이로써 밤사이에 무슨 일이 벌어져도, 내가 용의자로

몰릴 일은 없다는 거지.'

누구보다 강하게 보증해 줄 사람이 있었다. 그것도 제국 남부에서 강력한 영향력을 가진 귀족의 후계자인 세인 드 가르타스가 보증한다면, 누구도 그를 의심하지 못할 것이다.

스르르륵.

그림자가 일어섰다. 쉐도우마스터였다.

- 다녀왔습니다. 마스터.

'거리는?'

- 첫 목표는 마스터의 속도로 두 시간 거리에 있습니다. 다음 목표는 한 시간 거리입니다.

'착용 [날렵한 가죽 부츠].'

발을 감싸는 감촉과 함께 몸이 가벼워지는 느낌이 들었다. 부츠에 붙어 있는 이동속도 20% 증가 옵션의 힘이었다.

'좋아. 그럼 가 볼까?'

어두운 색깔의 옷과 검은 복면을 착용한 제닌은 마차 창문을 통해 조용히 밖으로 빠져나왔다.

"드르렁. 쿠울. 드르렁."

벡스 투의 코 고는 소리가 그의 기척을 완전히 묻어 주었다.

라테스를 출발한 지 사흘째 되는 날, 일단의 병력이 두 상단의 행렬을 막아섰다.

"안녕하십니까. 드루아 상단의 베스란이라고 합니다. 제국을 수호하는 분들께서 어찌 길을 막으셨는지, 연유를 여쭤봐도 되겠습니까?"

베스란은 조심스럽게 물었으나, 병력을 이끄는 기사는 그에게 시선조차 주지 않았다.

"수색하도록."

"예!"

병사들이 일제히 달려들어 상단의 짐을 뒤지기 시작했다.

물론 드루아 상단의 수레는 뒤질 것도 없었다. 애초부터 빈 수레였기 때문이다.

하지만 살라드 상단의 수레에는 갖가지 짐이 그득그득 들어차 있었다.

"이게 대체 무슨 일이오!"

마차 안에 들어가 있던 바함이 깜짝 놀라 뛰쳐나왔다. 그는 수레의 짐을 풀어헤치는 병사들을 바라보더니 길을 막아선 기사 앞으로 달려갔다.

"살라드 상단의 바함이라 하오. 귀공께서 지금 무슨 일을 하는지 아시오?"

베스란의 질문은 무시했던 기사였으나, 바함의 질문은 무시할 수 없었다. 말에 담긴 뉘앙스 자체가 기사의 행동이 실수라는 것을 지적했기 때문이다.

"이곳에 어떤 분이 계신지 아시오?"

바함이 다시 물었다. 마치 따지는 듯한 말투였다.

'믿고 있는 뒷배가 든든하다는 말인가?'

기사는 바함을 바라보다 입을 열었다.

"본인은 이 지역의 수비를 책임지신 마라트 남작님의 명을 받고 있소."

기사 역시 믿는 뒷배는 있었다. 그가 모시는 마라트 남작은 전선에 보급을 지원하는 보급사령부의 수장이었기 때문이다.

물론 말은 사령부였으나 보급을 맡다 보니 실질적인 힘은 그리 강력하지 않았다.

그럼에도 마라트 남작이 지휘하는 병력은 다섯 개의 천인대. 이 정도면 웬만한 세습 남작의 병력을 웃도는 힘이었다.

기사의 대답을 들은 바함이 씩 웃었다. 마치 '고작?' 이라는 말이 담겨 있을 것 같은 웃음이었다.

"세인 드 가르타스. 저 마차에 계신 분이오. 또한, 가르타스 가문의 후계자이기도 하시오."

"가르타스!"

기사의 얼굴에 비로소 긴장이 떠올랐다.

가르타스 백작은 제국 남부에서 강력한 영향력을 행사하는 영주였다. 이미 오래전부터 물류의 흐름을 통한 부를 축적했고, 이를 이용해 병력을 양성했다. 그 숫자가 물경 삼만 명에 달했으니, 제국 남부에서는 감히 가르타스 백작의 힘을 거스를 수 있는 자가 없었다.

병력도 문제였으나, 가르타스가 물류의 집결지라는 것도 문제였다. 그곳을 거치지 않고서는 전선으로 향하는 물품이 들어올 수 없는 법.

자칫 잘못하다가는 이런저런 핑계로 물류의 흐름을 막아 버릴 수도 있었다. 그렇게 되면 곤란해지는 것은 그가 모시는 보급사령관 마라트 남작이었다.

"동작 그만! 모두 물러나도록!"

기사는 수레를 수색하는 병사들에게 강하게 외친 후, 바함에게 고개를 숙였다.

"죄송하게 됐소이다."

"크흠! 괜찮소."

기사의 공손한 사과에 바함은 그를 더 추궁하지 않았다. 비록 가르타스 백작 가문을 등에 업고 있다고는 하나, 바함은 평민이었다. 자신보다 높은 신분의 기사가 사과하는데 더 몰아치는 것은 여러모로 좋지 않았다.

"그런데 무슨 일이 일어났기에 이리 엄한 기세로 나왔던 게요?"

"저, 그것이, 기밀인지라……."

"그래서, 말씀 못 해주시겠다는 거구려. 알겠소."

말은 알았다고 했으나, 불쾌한 감정이 어린 바함의 표정은 전혀 그렇지 않았다.

"아무리 기밀이라고 해도, 가르타스 가문에 납품할 물건에 손을 대다니 원……. 쯧쯧! 도착하자마자 백작님께 보고를 올리든지 해야지……."

들으라는 듯 구시렁거리는 소리가 쿵쿵거리는 발소리에 섞여들었다. 그것은 명백한 보복 암시였다.

"자, 잠깐! 말씀드리겠소."

바함이 다시 돌아섰다.

"단, 보안은 지켜 주어야 하오."

"당연한 말씀을. 어서 말해 보시오."

기사는 아직도 기밀을 누설하는 게 어려운 듯 입술을 움찔거리더니, 어렵게 말을 꺼냈다.

"밤사이… 습격이 있었소."

"습격이라고 했소?"

"쉿! 목소리는 낮춰 주시오. 정체불명의 놈들이 나타나 순식간에 수비하던 병력을 몰살시키고 보급품이 쌓여 있는 창고를 털었소."

"그런 일이!"

바함은 깜짝 놀랐으나, 자신의 목소리에 놀라 입을 막았다.

보급부대의 습격 사실은 커다란 일이었다. 그것도 제국이 점령한 점령지 안에서 일어난 일이니 더욱 그러했다.

'왕국 놈들의 짓인가? 아니면, 제국 내부에 반란 세력이 있는 건가?'

바함은 머릿속이 복잡해졌다.

"그런데 피해가 얼마나 되오?"

바함은 다시 물었다.

"지난 사흘 동안⋯⋯. 모두 다섯 곳의 보급부대가 사라졌소."

"이럴 수가⋯⋯. 그런데 위치가 이 근처인가 보오?"

기사는 고개를 내저었다.

"먼 곳도 있었고, 가까운 곳도 있었소. 그래서 사령관님께서는 전 지역의 길에 수색명령을 내린 상태요."

"그렇구려⋯⋯."

바함은 침중한 얼굴로 고개를 끄덕였다.

중요한 것은 안전하다고 생각했던 후방 지역이 위험한 지역으로 변했다는 사실이었다.

"습격이 밤에만 일어났다고 했소?"

기사가 고개를 끄덕였다.

바함은 자신의 행렬에 포함된 물품을 생각했다. 일반적인 교역품이 대다수였으나, 그곳에는 가르타스 백작에게 바치는 귀한 물품도 포함되었다.

　그와 더불어 가장 중요한 가르타스 백작의 후계자가 일행에 포함되어 있었다. 살라드 상단이 운송하는 모든 물품을 합해도 세인 드 가르타스란 이름 앞에서는 하찮은 먼지일 뿐이었다.

　'경계를 철저히 해야겠군. 특히 밤에는 더더욱! 이럴 줄 알았으면, 호위 병력을 더 붙이는 건데…….'

　안일한 대처에 대한 아쉬움이 있었으나, 이 또한 어쩔 수 없는 일이었다. 이미 라테스 성을 나선 지 사흘. 다시 돌아가기엔 너무 먼 길을 와버렸다.

　"그런데 저쪽은 다른 상단이오?"

　기사가 눈매를 가늘게 좁히며 베스란 쪽을 바라보았다.

　"그렇소. 하지만……."

　바함은 드루아 상단의 빈 수레를 바라보며 말끝을 흐렸다. 의심하기에는 수레가 너무 깨끗했다.

　보급부대가 잃어버린 물품의 양은 어마어마했다. 그 때문에 길을 지나는 상단의 짐을 수색하는 것이다.

　그 때문에 완전히 빈 수레는 아예 조사해볼 만한 가치조차 없었다. 결국, 기사는 제대로 된 수색을 하지 못한 채 물러났다.

　'역시 탁월한 선택이었어!'

마차 안에서 밖을 내다보는 제닌의 얼굴에 진한 미소가
스쳤다.

바함과 기사는 속삭이듯 작게 대화했으나, 제닌의 청력
은 그들의 모든 대화를 잡아낼 수 있었다.

이번 작전은 거의 완벽했다. 특히, 벡스 투의 코 고는 소
리를 통해 아예 의심할 여지조차 남기지 않았던 것은 스스
로 판단하기에 탁월함의 끝이었다.

증인은 많았다. 불침번을 선 용병들도 있었고, 마차를
지키던 기사도 있었다. 특히, 세인 드 가르타스가 증언한
다면 적어도 가르타스 가문보다 힘이 떨어지는 자들은 감
히 반문할 수 없을 터였다.

제국은 결코 보급부대를 습격한 흉수를 찾을 수 없을 것
이다.

'역시, 이것도 당신의 공이었습니까?'

멀찌감치서 마차를 바라보던 베스란의 얼굴에 뿌듯한
감정이 떠올랐다.

비록 스스로는 감추려 했으나, 그가 모시는 상관은 계속
해서 왕국을 위한 공을 세우고 있었던 것이다.

'그런데 보급부대에서 나온 물품은 대체 어디에 숨기신
겁니까?'

베스란은 그것이 궁금했다.

'물론 제가 물으면 아공간에 넣어 두었다고 잡아떼시겠

습니다만……. 언젠가는 꼭 말씀해 주십시오.'

인벤토리에 대해 알지 못하는 이상, 베스란의 궁금증은 절대로 풀리지 않을 것이다.

아공간은 그저 상상 속의 산물일 뿐이었기 때문이다.


Ⅲ


"루아 남작님, 조금 있으면 기가스 협곡을 통과하게 됩니다."

창 밖에서 베스란의 목소리가 들려왔다.

'오늘로 8일째인가?'

라테스를 떠난 지 8일. 비록 짧았으나, 제닌에게는 알찬 시간이었다.

그동안 제닌이 처리한 보급부대의 숫자는 무려 열세 개로 베스란이 그에게 전해준 지도에 표시된 것의 절반에 달했다.

'제국 놈들, 덕분에 고생 좀 해야 할 거야.'

보급부대의 절반이 사라졌다는 것은, 전선으로 보급되는 물자와 식량이 절반으로 줄었다는 것과 같은 의미였다.

제닌 혼자의 힘으로 십만이 넘는 병력을 곤란하게 만든 것이다.

그뿐만이 아니었다.

다른 부대가 보급부대를 습격하면 잘해봐야 태우는 정도였다. 그 많은 짐을 가지고 적지에서 도망칠 방법이 없었기 때문이다.

하지만 제닌은 지금까지 얻은 모든 물품을 가지고 있었다. 즉, 제국군의 식량과 보급품을 그대로 왕국군이 이용할 수 있다는 의미였다.

실질적으로 두 배 이상의 효과.

이는, 세상에서 오로지 제닌만이 할 수 있는 일이다.

'그러고 보니 보관이 문제로군.'

제닌은 인벤토리를 열어 보았다. 첫 번째 64칸은 가득 들어차 있었고, 20레벨이 되면서 열린 두 번째 64칸마저도 절반가량이 들어차 있었다.

자질구레한 것은 모두 빼서 마차나 수레에 실어놓았음에도 그 정도였다.

'30레벨이 되면 다음 64칸이 더 열릴 것도 같은데. 그건 너무 먼일이고. 이럴 줄 알았으면, 프라덴 요새에 녹색 장비를 좀 놓고 올 걸 그랬어.'

장비가 차지하는 인벤토리는 한 칸. 곡물 999자루가 차지하는 것도 한 칸이었다.

물론 가격으로 따지면 녹색 장비가 높았다. 현재 세상에 보기 드문 명품이기에 수백에서 수천 골드를 호가할 터였다.

하지만 병사 다수를 위한다는 측면에서 보면 곡물 쪽이 훨씬 더 가치 있었다.

함부로 밖으로 빼놓을 수도 없었다. 도난의 염려도 컸지만, 누군가 가치를 알아본다면 탐을 낼 것이 분명했다.

제닌은 내친김에 스테이터스 창도 열어 보았다.

[왕국의 영웅 제닌, 인간(남, 21) 레벨 : 22(6784/4331 레벨 업 가능), 생명력 : 725, 마력 : 9885, 기본공격력 : 72.5, 기본방어력 : 72.5, 근력 53(36+17), 순발력 39(34+5), 지능 19(14+5), 지혜 30(25+5), 활력 46(30+16), 감각 36(31+5), 보너스 포인트 0]

틈날 때마다 살피는 스테이터스 창이지만, 보고 있노라면 절로 웃음이 맺혔다.

'아스트 백작, 다른 건 몰라도 이것 하나만큼은 고맙군.'

모든 능력치를 5 상승시켜주는 왕국의 영웅이라는 칭호. 만약 아스트 백작이 국왕에게 보고해 널리 알리지 않았으면 이 칭호도 없었을 것이다.

'마력은 조금 있으면 1만.'

마차로 이동하는 낮에 틈틈이 상급 마력운용술을 사용한 덕분이었다.

'그런데……'

미소 짓던 제닌은 미간을 살짝 찌푸렸다. 다름 아닌 경험치 때문이었다.

　'적당할 때 레벨 업을 할 것을……. 너무 오랫동안 끌었어.'

　적지에서 활동하는 상황인지라 늘 위험한 상황을 대비해야 했다. 레벨 업은 그야말로 최악의 상황에서 그를 구해줄 보루였기에 아끼고 또 아낄 수밖에 없었다. 그 결과 과도하게 많은 경험치가 쌓여 있었다.

　이제는 일반 병사들에게서는 거의 경험치를 획득할 수 없었으나, 그래도 1은 주었다. 아무래도 얻을 수 있는 최소 경험치인 듯했다.

　문제는 숫자였다.

　처음 프라덴 요새에 갔을 때, 그리고 요새 앞에서. 그리고 보급부대들을 털면서 처리한 제국군의 숫자는 천 단위를 가뿐히 넘었다.

　'사람을 죽인 것만 따지면, 악마나 마족이라 해도 할 말이 없겠지.'

　후회는 하지 않았다. 당연한 일이었기 때문이다.

　하지만 너무 약한 적을 거의 학살하다시피 한 것은 인간으로서 찜찜했다.

　'그런데 이 상태로 레벨 업을 한다면 몇 레벨이 될까? 24? 25?'

21레벨에서 22레벨이 될 때는 700 정도의 경험치가 필요했다. 넉넉하게 1000으로 잡아도 최소한 2레벨은 오를 터였다.

문제는 레벨 업을 무작정 아껴둬야 한다는 점이었다.

'어느 정도까지 레벨 업을 할 수 있을지만 알아도 좋을 텐데 말이야.'

그때였다.

[레벨 업 실행 후. 25(6784/7105)]

'쯧! 이런 게 있었으면 진작 좀 알려줄 것이지!'

제닌은 괜스레 화가 났다.

이 기능을 진작 알았다면, 적절한 시기에 레벨 업을 하면서 더 강력한 힘을 발휘했을 터였다.

사실 알아보려 하지 않은 그의 잘못도 있었으나, 정확히 어떤 기능이 숨어 있는지를 모르는 이상, 그가 알아내기란 쉽지 않은 일이었다.

'그래도 한 가지는 확실해졌군. 경험치가 7000에 근접했을 때, 레벨 업을 하면 된다는 사실.'

"우와! 높다! 무지! 높아!"

옆에서 마리의 탄성이 들려왔다.

마리는 마차 창문에 기대 위를 바라보고 있었는데, 잠시 생각하는 사이 상단 행렬이 기가스 협곡에 들어선 것 같았다.

제닌도 반대편 창문으로 협곡을 살펴보았다.

'폭이 생각보다 넓군. 이 정도면 마차 다섯 대 정도는 나란히 지나갈 수 있을 것 같은데?'

협곡이라고 해서 마차 한두 대가 겨우 지나갈 수 있는 좁은 길을 예상했었는데, 이 정도면 거의 대도시의 대로 수준이었다.

'그리고 높이는……'

제닌은 양옆에 늘어선 깎아지른 절벽을 살폈다. 마차 안에서는 꼭대기가 보이지 않을 정도로 높았다.

"베스란. 절벽의 높이가 어느 정도 되지?"

제닌의 나직한 물음에 창 밖으로 베스란의 얼굴이 나타났다.

"200미터가 약간 못됩니다."

'200미터라……'

"만약에 말이야……"

제닌은 목소리를 더 낮췄다.

"이곳을 무너뜨리면 무슨 일이 벌어질까? 물론, 다른 한쪽의 협곡도 동시에."

제닌은 은근한 목소리로 자신이 처음 계획했던 것을 물어보았다.

제국의 본토와 연결되는 두 개의 협곡을 막아버리면 왕국 안에 들어와 있는 제국군들은 보급이 끊어진다. 그렇게 되면 그들은 쇠약해질 터였고, 이때 왕국군이 일시에 들이치면 전쟁을 끝낼 수 있을 거라는 계획이었다.

"왕국이 멸망합니다."

베스란의 대답은 제닌이 생각했던 것과 정반대였다.

"이유는?"

"계기가 됩니다. 왕국에 남아 있는 제국군은 제국에 넘어간 귀족들과 연합할 수밖에 없습니다."

일리가 있었다.

제닌도 보급이 끊긴 제국군이 최후의 발악을 할 것은 예상했었다. 다만, 그 방법이 귀족들과 힘을 합친 전면전이라고까지는 생각지 못했다.

"한 수 배우는군."

제닌은 새삼스러운 눈으로 베스란을 바라보았다. 이에 베스란이 천천히 고개를 가로저었다.

"지난 3년간 왕국 최고의 두뇌들이 모여 짜낸 방안 중 하나였습니다. 전쟁 초기 국왕 폐하의 병력이 건재하고, 귀족들의 세력이 약했을 때에는 가장 유력한 해결책이었죠."

"시도는 해 보았나?"

베스란은 착잡한 얼굴로 고개를 끄덕였다.

'표정을 보아하니 실패한 모양이군.'

"원인은?"

"마법사를 동원해 협곡을 막으려 했습니다. 하지만 저 절벽은 마법으로 무너지지 않았습니다. 너무 단단해서였는지, 마법에 대한 저항력이 있는지는 모릅니다. 다만, 덕분에 왕국의 마법사 전력이 반 토막 났지요. 그 작전만 아니었어도……."

베스란은 입술을 깨물었다.

진한 아쉬움과 한이 느껴졌다.

"희생된 사람 중에 소중한 사람이 있었나?"

"작전에 투입된 마법사 중에 딸 아이가 있었습니다."

"유감이네."

베스란이 고개를 저었다.

"몇 명은 포로로 잡혔다고 했습니다. 실리아, 딸 아이는 살아 있을 겁니다. 그리고 제가 반드시 찾아 구출할 것입니다."

베스란의 눈빛에서 타오르는 의지가 느껴졌다.

'설마, 적지에서 활동하는 이유가 잃어버린 딸을 찾기 위함인가?'

생사조차 불분명했다. 설사 포로로 잡혔다 한들 드넓은 제국에서 한 사람 찾기란 지극히 어려운 일이었다. 그럼에도 개의치 않고 위험에 뛰어드는 게 바로 아버지의 마음이리라.

'하긴, 나라도 그랬을 거야.'

제닌은 베스란의 심정에 깊이 공감했다. 그가 왕국을 돕는 이유도 비슷한 이유였다.

'가족의 안전과, 행복. 이왕이면 부족할 것 없고, 남의 눈치 볼 필요가 없는 삶.'

레벨 업으로 힘을 얻고, 귀족들의 거금을 손에 넣은 순간 제닌은 선택할 수 있었다.

솔직히 타국으로 망명한 후 적당한 귀족신분을 사서 살아도 충분한 일이었다. 그럼에도 그러지 않았던 것은 돈을 잃은 귀족들이 보낸 암수에서 평생 벗어날 수 없다는 판단 때문이었다.

자신이 멋대로 손댄 저주받은 펜던트 때문에 고생만 하며 살아온 가족이었다. 제닌은 그들을 지켜줄 든든한 울타리가 되어 주고 싶었다.

'이왕이면 단단한 성벽이!'

아스트 백작은 그를 이용하려 했으나, 제닌 또한 왕국을 이용하면 되는 일이었다. 이왕 그럴 바에는 누구도 함부로 건드리지 못할 만큼 커버리면 된다.

이를 위한 계획은 지금 차근차근 진행 중이었다.

'우선 제국의 자금을 갉아낸다. 거기서 얻은 막대한 자금을 가지고 왕국과 거래를 한다.'

제닌은 무릎 위에 놓인 주먹을 말아쥐었다.

"한 가지만 더 물어도 되겠나?"

"말씀하십시오."

"그 왕국 최고의 두뇌들이 짜낸 가장 최근의 해결책은 무언가?"

"그건……."

베스란은 잠시 고민하는 듯하다가 입술을 뗐다.

"변수입니다."

"변수?"

"솔직히, 현재 왕국의 상황은 딱히 해답을 낼 수 없을 정도까지 치달았습니다. 포커 게임의 조커를 기대할 수밖에 없는 상황입니다. 그리고……."

베스란은 제닌의 얼굴을 똑바로 바라보았다.

"제닌님은 현재 상황에서 조커가 될 확률이 가장 높은 분입니다."

자신을 그렇게 높게 봐준다니 고맙다.

"두뇌라는 자들이 뭘 믿고 그렇게 판단했을까?"

"드러낸 것보다 숨긴 것이 더 많은 분이니까요. 왕국 최고의 두뇌들도 정확한 능력을 파악하기 어려울 정도로 말입니다. 예측 불가한 능력이야말로 변수가 가진 가장 큰 이점 아니겠습니까?"

"훗!"

제닌은 쓰게 웃었다.

'왕국도 만만치가 않군.'

솔직히 말단에 있을 때는 왕국 수뇌부들을 뇌가 없는 머저리라고 생각했었다. 그러나 조금 높이 올라와서 보니 그들은 머저리가 아니었다.

'다만, 힘이 없을 뿐인가?'

알고는 있지만, 실행할 수 없었을 것이다. 아마 속이 타고 가슴이 터지도록 답답할 터였다.

'일단은 도와주지.'

제닌은 빛나는 눈을 눈꺼풀 속에 감췄다.

'힘들게만 살아온 내 가족을 위해서.'


Ⅳ


협곡을 지나 가르타스 성에 도착할 때까지는 할 일이 없었다. 이왕이면 제국 내부의 보급부대도 손대고 싶었으나, 그것들의 위치에 대한 정보가 없었다.

덕분에 제닌은 남는 시간을 마력운용술에 투자했고, 그 결과.

띠링!

[사용자의 마력이 10000에 도달했습니다.]

[업적 : 마르지 않는 샘을 달성하였습니다.]

[보조스킬 마력결정체를 익혔습니다.]

'보조스킬? 마력결정체?'

제닌은 스킬창을 열어보았다.

[마력결정체(Lv.1) 숙련도 1/100]

- 마력을 비축한 마력결정체를 만들 수 있습니다.

- 총마력의 최대 50%를 사용할 수 있으며, 제조된 마력
결정체를 복용하면 비축된 마력의 50%를 회복할 수 있습
니다.

- 마력결정체는 단 한 개만 소유할 수 있습니다.

- 보조스킬은 스킬 포인트에 영향을 주지 않습니다.

'이건?'

제닌은 놀란 눈으로 [마력결정체] 스킬을 사용했다.

[비축하실 마력의 양을 결정해 주십시오.]

'50% 최대로.'

우우우웅.

몸 안에서 마력이 빠져나가는 느낌이 들었고, 은은한 빛
무리가 손아귀에서 뭉치기 시작했다. 빛은 금세 사그라졌
고, 딱딱한 물체를 남겼다.

들어 올려 살펴보니 오색의 광채를 머금은 손가락 한 마
디 크기의 얇은 판이었다.

'사용방법은 복용이었나?'

제닌은 마력결정체를 입에 넣었다. 마력결정체는 사르
르 녹아들었고, 그것에서 뿜어진 마력이 몸 안을 휘도는
느낌이 들었다.

시야 왼쪽 위의 푸른 막대를 살펴보았다.

'사 분의 삼. 정확하군.'

만족스러운 결과였다.

비록 총마력의 25%이기는 하지만, 마력의 비축이 가능했다. 이 말은 위기에서 그를 도와줄 또 하나의 구명줄이라는 의미였다. 게다가 마력이 늘어날수록 25%의 효과는 더욱 커질 터.

'마력결정체.'

아직 알아볼 게 더 남아 있었다. 마력이 다시 절반으로 줄어들며 손안에 마력결정체가 생겨났다. 제닌이 그것을 들어 올릴 때였다.

"우와! 예뻐!"

마리가 초롱초롱한 눈으로 제닌의 손에 있는 마력결정체를 바라보았다.

'가만, 단 하나만 소유할 수 있다는 말은……'

"마리. 이거 줄까?"

"응!"

제닌은 세차게 고개를 끄덕이는 마리의 손에 마력결정체를 쥐여주었다.

"와아!"

마력결정체를 손에 쥐고 방방 뛰는 마리의 모습 위로 메시지가 떠올랐다.

[마력결정체의 소유권을 이전하시겠습니까?]

'이 말은, 얼마든지 만들 수 있다는 말이군!'

제닌은 눈을 반짝였다.

'이전한다.'

제닌은 마리에게 소유권을 넘긴 후, 다시 한 번 마력결정체를 생성했다.

아직 더 알아볼 게 남았다.

'줬던 것을 다시 건네받을 수 있다면? 또, 이미 하나를 가지고 있는 상태에서 건네받는다면?'

둘 다 가능하면 좋겠지만, 다시 건네받는 것만 가능해도 제닌은 사기적으로 강해질 수 있었다.

무한한 마력.

못할 것도 없었다.

여유가 있을 때 마력결정체를 만들어 주변 사람에게 맡겼다가, 필요할 때 다시 받아 쓰면 된다.

'후! 하나만 돼라! 하나만!'

다시 몸 안의 마력이 빠져나갔고, 손안에 마력결정체를 형성하기 시작했다.

'그런데 마력결정체를 사용했을 때, 결정체가 비축한 마력의 양이, 그 사람이 원래 가진 마력보다 훨씬 많다면? 남은 마력은 어떻게 되는 거지?'

문득 이런 생각을 할 때였다.

"벡스 투. 이거 먹을래? 히힛! 속았지! 내가 먹을 거다! 앙!"

결정체를 얼굴 위로 들어 올린 마리가 입을 벌린 채 손을 놓으려 하고 있었다.

물론 그저 시늉에 불과했다. 아무리 아는 게 별로 없어도 먹을 것과 먹지 못할 것에 대한 구분 정도는 가능했다. 반짝이는 돌은 먹지 못한다.

하지만 제닌은 갑작스러운 상황에 당황했고, 마리를 향해 소리쳤다.

"마리! 잠깐!"

"어?"

제닌의 외침에 마리가 움찔했고, 손가락으로 잡았던 마력결정체가 미끄러졌다. 그것은 그대로 마리의 입속으로 빨려 들어갔다.

"응? 없어. 어디 갔지?"

마리는 손가락으로 입안을 훑었으나, 마력결정체는 이미 녹아서 사라진 후였다. 잠시 호들갑을 떨던 마리의 눈동자가 급격하게 풀렸다.

"졸려……."

마리가 비스듬히 쓰러졌다.

"이런!"

제닌은 황급히 쓰러지는 마리를 부축했다.

뭔가 부작용이 생긴 게 분명했다.

마리가 들고 있던 마력결정체에는 1750에 해당하는 마력이 담겨 있었다. 마리의 총 마력 880의 거의 두 배에 해당했다.

코끝에 손가락을 대보니 다행히 호흡은 있었다. 하지만 제닌의 발달한 청력은 콩닥거리는 소리를 잡아냈다.

평소보다 몇 배는 빨라진 심장박동소리였다.

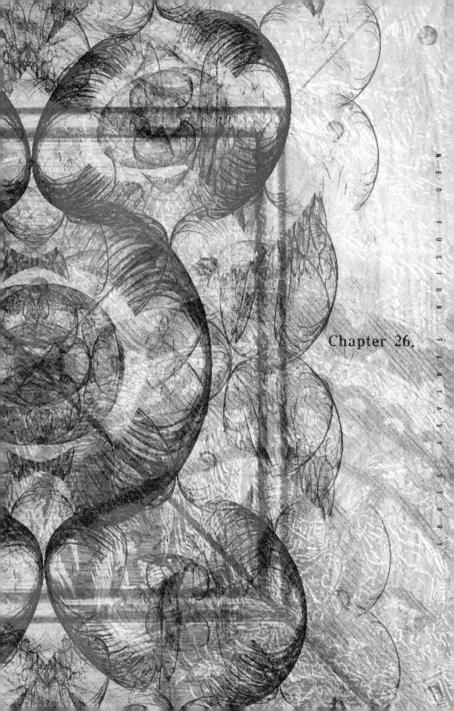

Chapter 26.

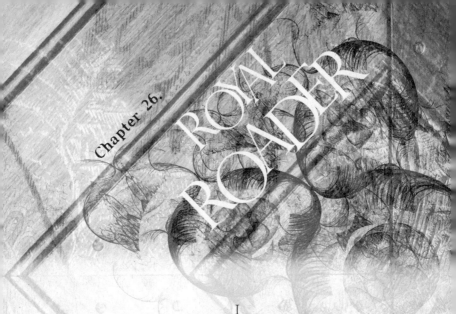

Chapter 26.

ROYAL ROADER

I

"칫! 잠꾸러기 같으니라고!"

세인 드 가르타스는 애꿎은 바닥을 발로 차며 마차로 돌아왔다.

마리가 이틀째 잠만 자는 통에 함께 놀지 못했다. 그 때문에 세인은 잔뜩 심통 난 상태였다.

"저, 도련님. 식사를……."

"싫어! 마리랑 같이 먹을 거야!"

식사까지 거르며 고집을 부려대는 통에 호위와 수발을 맡은 기사는 나날이 한숨이 늘어갈 뿐이었다.

"어떻게 되었소?"

쟁반을 물린 기사가 치료사에게 물었다. 귀한 집 도련님의 행차에 치료사는 필수였다. 그는 제닌의 요청으로 마리를 살피고 오는 길이었다.

"그게, 저도 처음 겪는 일이라……. 루아 남작 영애의 몸은 심장이 빨리 뛰는 것 외에는 아무런 문제가 없습니다."

"아무런 문제가 없는데, 왜 이틀째 내리 잠만 잔단 말인가?"

기사의 언성이 약간 높아졌다. 그가 모신 도련님이 제대로 된 식사를 하기 위해서는 루아 남작 영애의 회복이 무엇보다 절실했던 것이다.

그런데 하나뿐인 치료사가 아무런 문제를 찾지 못한다니. 기사로서는 속이 터질 수밖에 없었다.

"저도 걱정입니다. 저러다 영영 못 깨어나시는 건 아닐지. 그러면 큰일이……."

치료사가 말을 채 마치기도 전이었다.

쿠직!

마차 문이 부서질 듯 열렸다.

"너, 방금 뭐라고 했어?"

"허업! 도, 도련님."

치료사는 기겁하며 자신의 입을 틀어막았다. 그는 절대로 세인이 들어서는 안 될 말을 했다.

"방금 뭐라고 했나 물었다. 대답해!"

치료사는 바라보는 세인의 얼굴에는 칼날 같은 서늘함이 서려 있었다. 누구도 어린아이라고 볼 수 없는 기세가 세인의 몸에서 뿜어져 나왔다.

'역시 도련님. 장하십니다!'

기사의 얼굴에는 흐뭇한 미소가 떠올랐으나, 치료사의 얼굴은 흙빛으로 물들었다.

"그, 그게……. 아무것도…….''

스릉!

단검이 뽑혀 나와 치료사의 목에 닿았다.

악 다문 세인의 입술에는 의지가 느껴졌다. 치료사는 대답하지 않으면 정말 죽을 수도 있다는 생각에 덜컥 겁이 났다.

"그게, 그러니까…….''

"어서 대답해! 대답하라고!"

서슬 퍼런 호령에 치료사는 그만 아랫도리가 뜨끈해졌다.

"자, 잘못하면 루아 남작 영애께서 깨어날 수 없을지도 모른다고…….''

세인의 얼굴에 핏기가 가셨다.

"이럴 수는… 없어…….''

아직도 눈만 감으면 처음의 모습이 떠올랐다. 루아 남작의 뒤에 숨어 살짝 내민 얼굴. 그 얼굴에 서린 미소. 그리고 맑고 청아했던 목소리.

다시 듣지 못한다고 생각하니 가슴 한쪽이 찢어지는 듯한 기분이 들었다.

"안 돼!"

세인은 소리치며 달려갔다. 루아 남작의 마차가 있는 방향이었다. 달려가면서 목 언저리를 더듬었는데, 얇은 금줄에 매인 작은 병이 손에 잡혔다.

'마리는 내가 지킬 거야!'

"저, 저, 저, 저건!"

세인을 호위하는 기사의 눈동자가 화들짝 커졌다.

"대지의 축복! 도련님! 안 됩니다!"

기사도 달려가기 시작했다.

Ⅱ

'이걸 좋아해야 할지. 걱정해야 할지 모르겠군.'

제닌은 마리의 스테이터스를 살피는 중이었다.

'마력이 늘어나고 있어.'

최초 880이었던 마리의 마력수치는 계속해서 상승했고, 이틀이 지난 지금 1500을 넘어가고 있었다.

이틀 동안 잠들어 있었음에도 그리 걱정은 되지 않았다. 마리의 생명력 수치는 전혀 줄어들지 않았기 때문이다. 이럴 땐 모든 것이 수치로 보인다는 점이 편리했다.

'과연 어디까지 증가할까?'

마리를 바라보는 시선에 기대감이 자라났다. 이것을 이용하면 부하들의 마력 역시 상승시킬 수 있었다.

이를 위해서는 마리가 멀쩡히 깨어나야 했으나, 제닌은 그렇게 될 것을 굳게 믿었다.

밖이 소란스러워지더니 발소리가 가까워졌다. 제닌은 걱정스러운 얼굴로 마리의 머리를 쓰다듬었다.

'힘내라.'

행동은 연출이었으나, 마음은 진심이었다.

벌컥 문이 열렸다.

"가르타스 소공자? 무슨 일로 다시 오셨습니까?"

밖의 소란은 이미 들었다. 그럼에도 지금은 모른 척 실의에 빠진 아버지를 연출해야 했다.

'대지의 축복은 뭘까?'

기사가 외친 말로 미루어 볼 때, 세인이 손에 꼭 쥐고 있는 것이 대지의 축복인 듯싶었다.

"후우……. 이걸 사용해 주시오."

세인은 한숨을 크게 내쉬더니, 손에 쥔 작은 병을 내밀었다.

"이게 무엇……."

"도련님 안 됩니다! 그건 돌아가신 마님께서 도련님께 남기신 마지막 유품이란 말입니다!"

세인의 등 뒤에 다다른 기사가 피를 토하듯 외쳤다.

'그만큼 중요하다는 건가?'

호기심이 일어 세인의 손에 들린 병을 주시했다.

[대지의 축복]

– 300의 생명력과 마나를 영구적으로 상승시킵니다.

'마나라……. 그리고 보니 마나와 마력은 무슨 차이가 있지? 이걸 설명해줄 수 있나?'

[마나는 세상을 구성하는 근원의 에너지입니다. 어디에나 존재하지만, 이것을 사용하기 위해서는 가공의 단계를 거쳐야 합니다. 마나는 기예로 가공해 오러로, 재배열로 가공해 마법으로 각각 발현됩니다.]

여기까지는 제닌도 어렴풋이 아는 내용이었다.

[마력은 범용성에 비중을 두고 마나를 가공한 형태입니다. 아우라와 마법을 동시에 발현할 수 있습니다.]

'호오! 이럴 수가!'

명확한 설명에 제닌은 감탄했다.

'지금껏 많이 알아냈다고 생각했는데, 그건 착각이었나 보군.'

제닌은 앞으로 궁금한 일이 생기면 무조건 설명을 요구해야겠고 다짐했다.

'그럼, 오러와 아우라도 그렇게 다른 것인가?'

제닌은 생각난 김에 한 가지를 더 물어보았다.

[명칭은 다르지만, 성질은 같습니다.]

'그래? 그런데 대체 너는 누구지? 나에게 이런 일들이 일어난 이유가 뭐지?'

[정보공개 레벨 미달로 대답할 수 없습니다.]

'그 말은, 정보공개 레벨만 올리면 모든 설명을 들을 수 있다는 의미인가?'

메시지는 더 떠오르지 않았다.

하지만 제닌은 그것만으로도 충분했다. 방법을 알았으니, 이제 그것을 이루기만 하면 되는 것이다.

"리신 경. 지금 내 뜻을 가로막겠다는 것이오?"

세인이 기사를 향해 날카롭게 쏘아붙였다. 그러자 기사가 세인을 향해 무릎 꿇었다.

쿵!

땅이 울릴 정도로 세찬 동작이었다.

"도련님. 마님께서 돌아가시기 전, 제게 몇 번이고 당부하신 말씀이 있습니다. 그것을 오직 도련님만을 위해 사용해 달라는 말씀이셨습니다. 마님께서는 당신의 생명을 도련님께 양보하셨습니다. 그런 마님의 뜻을 정녕 저버리실 겁니까? 그러실 거라면……."

스릉.

검을 뽑은 기사가 자신의 목에 가져갔다.

"마님의 유지를 지키지 못한 제 목숨을 거둬 주십시오."

"리신 경……."

세인의 눈동자가 거세게 흔들렸다.

'내용을 보아하니 자신이 사용하면 살 수 있는데도, 아들을 위해 양보했나 보군. 핏줄로 내려오는 특수한 지병 같은 게 있는 건가? 그래서 나중을 위해 저걸 남겨둔 거고?'

제닌은 기사의 말을 통해 대지의 축복에 얽힌 사연을 대충이나마 유추할 수 있었다.

'생명력이 탐나기는 하지만, 받을 수 없군. 이런 물건은 뒤끝이 좋지 않을뿐더러, 정작 중요한 가르타스 백작이 적대할 수도 있어. 그나저나 저 꼬마……'

제닌은 세인을 바라보았다.

'마리가 그렇게 좋은가? 어쩌면 나중에 자신의 목숨을 구해줄 물건을 선뜻 포기할 정도로?'

제닌은 잘 이해할 수 없었다. 그는 여태껏 이성에 대한 감정을 느껴본 적이 없었다. 붉은 마차에서 몇 번의 경험은 있었지만, 감정이 오가는 관계는 아니었다.

'선을 그어둬야겠군.'

감정과는 별개로 그럴 필요가 있었다.

'꼬마가 아무리 마리를 좋아해도, 가르타스 백작이 용납할 리 없을 테니까.'

가르타스 백작은 제국의 남부를 호령하는 권력자였다. 이에 반해 제닌의 위장신분은 작은 상단을 운영하는 몰락 귀족에 불과했다.

'꼬마가 간절히 매달릴수록 그것은 우리에게 독이 되어 돌아올 뿐이다.'

제닌이 계획한 일에는 반드시 힘 있는 배경이 필요했다. 그리고 배경의 힘은 크면 클수록 좋았다.

솔직히 제닌이 예상했던 것은 적당한 친분이었다. 두 아이가 적당히 친해져 가르타스 백작을 만날 기회가 만들어지면 그걸로 충분했다.

'백작의 호의를 끌어낼 자신이 있으니까!'

베스란의 말에 따르면 가르타스 백작은 본래 무력이 출중한 기사라고 했다.

제닌은 기사에게 좋은 무기와 방어구는 무엇보다 가치 있다는 사실을 잘 알았다. 그 때문에 그럴 듯한 녹색 장비 하나만 넌지시 건네도 백작은 충분히 호의를 보일 것을 확신했다.

'슬슬 말려야겠군.'

비장한 기사의 얼굴을 보니, 세인이 계속 고집을 부리면 스스로 목이라도 그을 기세였다.

"가르타스 공자."

세인이 고개를 돌려 제닌을 바라보았다.

"본인의 여식을 아껴주는 공자의 마음은 감사히 생각하오. 하지만 본인은 그것을 받을 수 없구려."

"왜……."

세인의 표정이 어두워졌다.

"본의 아니게 듣게 되었지만, 그 물건이 백작 부인의 생명과 바꾼 물건이라는 걸 알게 되었소. 그렇게 해서라도 공자에게 남긴 물건이라면 즉, 공자의 생명과도 같은 물건이라는 의미 아니겠소?"

제닌은 시선을 옮겨 아직도 스스로 목에 칼을 겨눈 기사를 바라보았다.

"리신 경, 어떻소. 내 추측이 맞소?"

"루아 남작님의 말씀이 백번 지당합니다."

기사가 반색하며 대답했다.

"내가 그 물건을 받음은, 내 여식을 살리기 위해 공자를 해하는 일이 될 것이오. 설사, 그 물건으로 여식이 깨어난다 해도, 여식은 절대로 기뻐할 수 없을 것이오. 오히려 공자를 원망할 수도 있소."

"왜?"

세인은 침중한 얼굴로 되물었다.

"자신 탓에 공자의 생명이 위태로워졌기 때문이오."

"아……."

세인은 탄식했고 기사는 환호했다. 물론 소리는 내지 않았다.

'이 녀석, 생각보다 똘똘한데? 아까 고집부릴 때는 어떻

게 설득해야 말귀를 알아들을까 걱정했는데.'

상황은 정리되었으니, 슬슬 마무리해야 할 때였다.

"공자의 마음은 깊이 감사드리오. 하지만 너무 걱정하지 마시구려. 내 여식은 곧 깨어날 테니. 깨어나면 공자가 그토록 걱정했다는 말을 꼭 전하리다."

세인이 천천히 고개를 끄덕였다.

"리신 경. 찬바람에 여식이 추울까 염려되는데, 문을 좀 닫아 주시겠소?"

"그리하겠습니다. 공자님. 이만 마차로 돌아가시지요. 추운 날씨에 공자님께서 감기라도 걸리시면 저는 기사 단장님께 맞아 죽습니다."

"흥! 리신 경은 좀 맞아도 돼. 아니, 내가 웨일즈 경에게 말해서 혼내 주라고 할 거야!"

세인은 콧방귀를 끼며 총총히 마차로 걸어갔고, 기사가 다가와 제닌을 향해 깊숙이 절했다.

"루아 남작님의 말씀 감명 깊었습니다. 또한, 현명하신 판단에 깊이 감사드립니다."

"당연한 일이었소. 내 어찌 알면서도 그것을 받을까. 다만, 가르타스 공자께서 마음 상하지 않았을까 걱정될 따름이라오."

"하하! 그건 제가 잘 달래 드리겠습니다. 물론, 도련님은 총명한 분이시기에 마음 상할 일도 없을 겁니다."

기사는 웃으며 문을 닫았고, 제닌은 문이 닫히자마자 한
숨을 크게 내쉬었다.

"후……. 왠지 손발이 오그라드는 기분이군. 어울리지
않는 말을 해서 그런가?"

"언변까지 능숙하실 줄은 몰랐습니다. 그런데 그런 말
투는 언제 배우셨습니까?"

반대편 창문에서 베스란의 목소리가 들려왔다.

"눈치로 대충 때려 맞췄는데. 어색하지는 않았나?"

"저도 예법에 그리 밝은 편은 아니지만, 웬만한 귀족만
큼은 돼 보였습니다."

"그렇군."

"으음……."

제닌이 고개를 끄덕일 때, 미약한 소리가 들려왔다.

감겨있던 눈꺼풀이 밀려 올라가며 초롱초롱한 눈망울이
드러났다.

마리가 깨어났다.


Ⅲ


실험은 실패했다.

한 번 소유권을 이전했던 마력결정체는 다시 돌려받을
수 없었다. 하지만 얻은 게 전혀 없었던 것은 아니었다.

먼저 마리의 마력이 880에서 1817로 두 배 이상 늘어났다. 상승한 마력은 937. 제닌은 어렵지 않게 이유를 찾아낼 수 있었다.

'마리에게 준 마력결정체는 3750의 마력을 사용했고, 이걸로 회복할 수 있는 마력의 양은 1875. 937은 회복할 수 있는 양의 절반이군.'

간단한 계산이었다.

'문제는 이것이 사람에게도 통용되는가 하는 점인데. 이걸 함부로 실험할 수도 없고…….'

비록 마리는 깨어났으나, 아직 위험성은 충만했다. 자칫 잘못하면 마력결정체를 먹은 사람이 영영 깨어나지 못할 가능성도 있었다.

"후우……."

제닌이 가벼운 한숨을 내쉴 때, 옆에서 마리의 목소리가 들려왔다.

"벡스 투! 사라져라! 얍! 나타나라! 얍!"

두 번째 달라진 점은 마리에게도 인벤토리가 생겼다는 점이었다. 모두 16칸으로 제닌의 인벤토리를 열면 마리의 인벤토리도 살펴볼 수 있었다.

그런데 마리의 인벤토리는 제닌의 것과는 조금 달랐다. 오로지 생명체만 집어넣을 수 있었다.

'없는 것보다 낫기는 한데. 차라리 생물보다는 물건을

넣을 수 있었으면 더 좋았을 걸 그랬어.'

현재 제닌의 인벤토리는 총 128칸 중 100칸 정도가 들어차 있었다.

마리의 인벤토리는 16칸. 적어 보여도 곡물 자루로 가득 채우면 600톤 이상을 채울 수 있는 공간이었다.

'물론 사람이 들어갈 수 있으면 달랐겠지. 그건 엄청난 장점이 될 수 있어.'

물론 시도해 보긴 했다. 하지만 마리가 땀을 뻘뻘 흘려 가며 시도했어도, 제닌은 들어갈 수 없었다.

'나 말고 다른 사람은 어떨까?'

안타깝게도 그 실험은 할 수 없었다.

베스란이 믿음직스럽기는 해도, 중요한 정보를 공유할 만큼 신뢰하지는 않았다.

'생각은 여기까지 하고.'

마차가 서서히 멈췄다. 이어 베스란이 목적지에 도착했음을 알렸다.

"루아 남작님. 가르타스 성의 영주 성에 도착했습니다. 신분 확인을 위해 밖으로 나오셔야 합니다."

가르타스 성은 대영지답게 외성, 내성, 영주 성의 삼중 구조로 이루어져 있었다. 원래대로라면 내성에서 한차례 검문을 받아야 하겠지만, 세인의 보증으로 이루어지지 않았다.

하지만 영주 성에 들어갈 때는 세인도 막을 수 없었다. 영주와 친지들이 거하는 요지 중의 요지였기 때문이다.

'이제부터가 중요한 일이겠지.'

"알겠네."

제닌은 매무새를 정돈하고 마차에서 내렸다. 마리 역시 그의 뒤를 따랐다.

검문은 상당히 간소화되었다.

원래대로라면 신분패의 위조 여부부터 시작해 철저한 검색절차를 밟아야 했는데, 옆에서 닦달하는 세인 때문에 문지기들은 제대로 임무를 수행할 수 없었다.

"카인스 드 루아 남작님. 가르타스 영주 성에 오신 것을 환영합니다."

"마리! 내 방으로 갈까?"

문지기의 환영인사가 끝나자마자 세인은 마리의 손을 잡아끌었다. 하지만 마리는 끌려가지 않았다.

"도련님. 먼저 백작님을 뵙고 복귀 소식을 아뢰는 게 순서입니다."

기사 리신이 조용히 세인을 만류했다.

세인은 입술을 삐죽거리며 불만을 표했지만, 아버지인 백작을 언급해버리니 그도 어쩔 수 없었다.

본관에 들어서자 제닌이 리신에게 넌지시 말했다.

"시종을 한 명 붙여주실 수 없겠소?"

"무슨 일 때문이신지요?"

"갑작스럽게 방문하느라 제대로 된 선물을 마련하지 못했소. 그래서 급한 대로 이걸 전해드리려고 하는데……."

제닌은 천으로 둘둘 말린 길쭉한 물건을 리신에게 내밀었다.

[다크나이트 소드, 공격력 : 22-26, 무게 : 2.7kg, 내구도 : 30/32 착용제한 : 레벨 15]

제닌이 이것을 선물로 선택한 이유는 두 가지였다.

'가치를 알아볼 수 있는 눈과 과연 이것을 휘두를 수 있느냐 하는 점.'

특히 후자가 중요했다.

'레벨이 높다는 것은 그만큼 많은 경험을 쌓았거나, 실력 자체가 높다는 뜻. 이 검을 휘두를 수 있다면, 최소한 하이어 이상이라고 봐야겠지.'

천을 풀어본 리신의 눈동자가 화들짝 커졌다.

칠흑색 광택을 머금은 검이었다. 검신은 곧게 뻗어 있었고, 칼날은 예리해 보였다. 보기보다 묵직했지만, 무게중심이 훌륭히 잡혀 있어 검술의 위력을 배가시켜 줄 것이다.

이렇다 할 장식 없이 밋밋해 보이는 검이었지만, 리신은 검의 가치를 한눈에 알아볼 수 있었다.

"어디서 이런……."

리신의 놀란 얼굴에 제닌은 미소 지었다. 생략된 뒷말이 '보물을' 이란 것이 확연히 알 수 있었다.

"우연히 던전 하나를 찾게 되었소. 거기서 발견한 물건인데, 어떻소? 가르타스 백작께 드리기에 부족하지는 않겠소?"

"아닙니다. 아마 백작께서도 기뻐하실⋯⋯."

리신은 속마음을 그대로 이야기하다가 입을 다물었다. 일개 기사로서 감히 주군의 마음을 멋대로 판단한 셈이었다.

"크흠! 검술을 수련하는 기사로서 매우 좋은 검이라고 생각합니다."

다시 이어진 리신의 말에 제닌은 만족스러운 웃음을 지었다.

"아! 그런데 그 검에는 본인이 아직 풀지 못한 비밀이 있다오."

"비밀이라니요?"

"한 번 휘둘러 보시겠소?"

리신이 검을 잡았다. 그리고 휘두르려는 동작을 취했는데, 얼굴이 빨개지도록 힘을 써도 검은 움직이지 않았다.

"이, 이럴 수가!"

리신은 믿기지 않는 얼굴로 검과 자신의 손을 번갈아 바라보았다.

"본인도 리신 경과 마찬가지였다오. 아무리 힘을 써도 도무지 검이 움직이지 않더구려."

"그럼⋯⋯."

"여러 가지로 알아본 결과, 본인은 한 가지를 추론할 수 있었소. 바로 검이 주인을 가린다는 점이오."

"주인을 가린다니⋯⋯."

"실력이 있는 사람만이 그 검을 마음대로 휘두를 수 있다는 의미요. 비록 본인은 하지 못했지만, 이곳에는 그 검을 마음껏 휘두를 수 있는 사람이 분명 있을 것으로 생각하오. 그렇지 않소?"

"당연하지요! 저희 가르타스 영지에는 제국 전체에서 최고의 기사들만 모인 기사단이 있습니다. 또한, 주군께서도 분명히 검을 다스릴 수 있을 겁니다."

눈에 힘을 주며 자신하는 리신의 모습에 제닌도 고개를 끄덕였다.

"당연하오. 이곳에는 분명 그럴 분이 있을 것이오. 이 말씀 또한 백작님께 잘 전해드리길 부탁하겠소."

"그렇게 하지요."

리신은 의욕적으로 대답했다. 그는 시종 하나를 불러 제닌의 검을 맡겼고, 또 다른 시종을 불러 방으로 안내할 것을 지시했다.

# Ⅳ

가르타스 백작은 탄탄한 체구를 가진 중년 남성이었다. 실제 나이는 이미 40대를 넘었지만, 외모는 30대 중반 정도였다.

"명검이군."

다크나이트 소드를 바라본 백작의 첫 마디였다. 시종이 양손으로 받친 검을 들어 몇 번 휘둘러 본 후, 백작이 다시 말했다.

"보물이군."

"오오! 역시! 주군이십니다!"

리신의 감탄에 백작이 의문이 담긴 얼굴로 그를 바라보았다.

"리신, 왜 그리 호들갑인가?"

"그게, 저는 그 검을 휘두를 수 없었습니다. 루아 남작은 그 검이 주인을 가린다 했습니다."

"주인을 가려?"

백작의 얼굴에 호기심이 떠올랐다.

"웨일즈. 자네도 한 번 해보게."

웨일즈는 아무렇지도 않게 검을 휘둘렀다.

백작은 호위기사에게도 휘둘러 볼 것은 명했는데, 한, 두 명을 제외하고는 휘두르지 못했다.

"적어도 하이어의 막바지에 도달해야 휘두를 수 있는 검이라? 이거 재미있군! 진급 심사에 쓰면 딱 좋겠어."

백작의 말에 휘두를 수 있던 이는 반색했고, 휘두르지 못했던 이들은 표정을 굳혔다.

'루아 남작? 그 작자는 왜 저따위 검을 가져와서!'

찌푸린 얼굴 너머 그런 생각들이 엿보였다.

"리신 경. 자네가 보기에 루아 남작이란 자는 어떻던가?"

"제가 지켜본 바로는 신중하고 현명한 사람이란 생각이 들었습니다."

"이유는?"

리신은 지금까지 그가 지켜본 제닌의 모습을 가감 없이 설명했다.

설명이 끝나자 백작은 피식 웃었다.

"여우로군. 아니면 뱀이던가."

"그게 무슨 의미 신지……."

"교활하거나, 음흉하거나. 속내를 감추고 접근했단 말일세."

리신은 여전히 이해가 잘 안 되는 얼굴이었다.

"자네가 보기에 이 검, 얼마나 나갈 것 같나?"

"최소한 수백 골드는 나갈 것 같습니다. 아니, 어쩌면 천 골드가 넘을지도 모릅니다."

리신의 대답에 백작은 피식 웃으며 말했다.

"만 골드."

"예?"

"디안, 검 한 번 뽑아보겠나?"

백작이 호위기사 중 한 명에게 지시하자 디안이라 불린 기사가 검을 뽑아들었다.

백작은 디안이 든 검을 향해 검을 내리쳤다.

스컹. 쨍강.

리신의 눈이 휘둥그레졌다.

그리 세게 휘두른 것도 아니었고, 오러를 발현한 것도 아니었다. 그럼에도 검은 마치 밀짚 마냥 잘려나갔다. 깨진 것이 아니라 잘려나간 것이다.

"알다시피 기사단에 지급되는 검은 장인의 손길을 거친 물건이네. 무려 백 골드나 주고 산 물건이지. 어떤가? 만 골드가 비싸다고 생각하나?"

리신은 대답할 수 없었다.

단순히 가격이 문제가 아니었다.

기사에게 무기란 또 하나의 생명. 상대의 무기를 잘라낼 수 있는 무기를 들면 생존율은 기하급수적으로 상승했다.

"검 자체의 가치는 그 정도인데, 실력을 측정하는 재미있는 기능이 붙어 있지. 당연히 가격은 더 오를 테고, 이걸 가치를 알아보는 놈들을 모아 경매에 부치면 어떨까? 모르긴 몰라도 몇만 골드는 받을 거야."

"그, 그럴 수가……."

리신은 믿기지 않는 얼굴로 백작의 손에 들린 검을 바라보았다. 이해는 할 수는 있었다. 하지만 상상을 초월한 검의 가격은 당황스러웠다.

"자네라면 이런 보물을 아무런 대가 없이 줄 것 같나?"

"주, 주군께 드리는 거라면 당연히!"

리신은 황급히 자세를 다잡으며 확신을 담아 외쳤다. 그러나 백작은 그저 웃을 따름이었다.

"마음에도 없는 소리 말고, 가서 그자나 데려오게."

"아니, 저는 진심으로……."

"쓰읍!"

리신은 뭐라 항변하려 했으나, 기사단장 웨일즈가 그의 말을 끊었다.

"리신."

딱딱한 목소리와 함께 웨일즈가 눈을 부라리자 리신은 두말없이 물러날 수밖에 없었다.

V

"이쪽으로 들어가시면 됩니다."

말과 함께 리신이 눈짓하자, 시종이 커다란 문을 밀쳐 열었다.

"안내해 줘서 고맙네."

제닌은 리신에게 눈인사를 보낸 후, 문 안으로 들어갔다.

널따란 홀이었다.

[다크나이트 소드]를 들고 문 쪽을 바라보는 이가 가르타스 백작으로 보였다. 여러 명의 기사가 호위 대형으로 그를 둘러싸고 있었기 때문이다.

'휘두를 수 있었나?'

제닌은 백작과 눈이 마주치지 않도록 시선을 아래에 둔 채 앞으로 나아갔다. 그리고 백작의 앞에 다다르자 조용히 고개를 숙였다.

"뵙게 되어 영광입니다. 가르타스 백작님. 카인스 드 루아라고 합니다."

"같은 귀족끼리 뭘 그리 숙이나? 쓸데없는 예의는 좋아하는 놈들 앞에서나 차리게."

'허례허식을 좋아하지 않나?'

제닌은 그렇게 생각하며 천천히 고개를 들었다.

지금은 치열하게 머리를 굴릴 때였다. 행동 하나, 말투 하나를 분석하고 연구해야 했다. 그래야 조금이라도 자신에게 유리한 방향을 이끌어 낼 수 있었다.

베스란에게 대충은 들었지만, 그 역시 가르타스 백작에 대한 자세한 정보는 없었다. 그 때문에 최대한 상대에 대한 정보를 파악해야 했다.

쉬익.

날카로운 물체가 공기를 가르는 소리가 들려왔다. 막 고개를 든 제닌의 눈에 검을 휘둘러오는 가르타스 백작의 모습이 들어왔다.

'피해야 하나? 아니면 지켜봐야 하나?'

순간에도 몇 번씩이나 생각이 오갔다.

'살기가 없어. 그렇다는 것은……'

제닌은 반응하지 않기로 마음을 정했다.

'이건 시험이야.'

쉬익!

매서운 칼바람이 제닌의 코끝을 스치고 지나갔다.

"어이쿠!"

제닌은 외마디 비명을 내지르며 뒤로 넘어졌다.

쿠당탕!

엉덩방아를 찧었으나, 높은 활력 수치 때문인지 아프지는 않았다. 그럼에도 제닌은 얼굴을 잔뜩 일그러뜨리며 백작을 바라보았다.

"배, 백작님…… 왜……."

제닌의 눈에 나풀거리며 떨어지는 짧은 털들이 보였다. 그것을 보고 나니 코 아래에서 허전한 느낌이 들었다. 콧수염이 사라졌다.

"좀 낫군."
백작이 씩 웃었다.

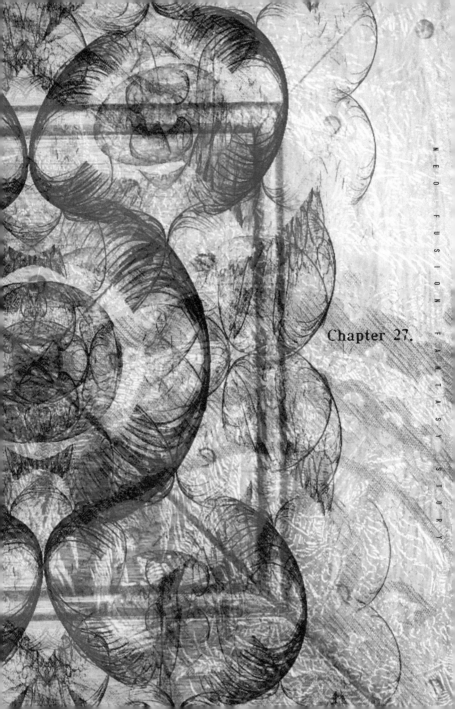

Chapter 27.

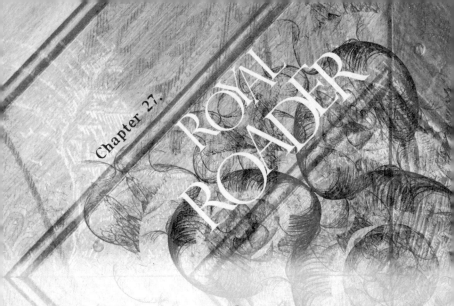

ROYAL
ROADER

I

'이런 젠장! 똥 밟았다!'

백작의 미소 띤 얼굴을 보는 순간, 제닌은 뭔가 일이 잘못되었다는 느낌을 강하게 받았다.

"그대는 누구인가?"

백작의 말투는 경계심이 잔뜩 어려 있었다.

그저 이름을 묻는 게 아니었다. 이미 반쯤은 제닌을 적으로 둔 질문이었다.

'빌어먹을! 고작 콧수염 하나, 붙였다고 첩자나 암살자로 몰아갈 생각인가?'

물론 변장한 채로 고위 귀족에게 접근하는 것은 잘못된일이었다. 암살자가 이용하는 전형적인 방법이기 때문이다.

'정말 암살자라면 이렇게 어설프게 변장하지는 않겠지. 또한, 미치지 않고서야 지금처럼 대낮에 뻥 뚫린 홀에 나타나지도 않았을 테고.'

백작이 이렇듯 제닌을 몰아가는 데에는 그럴 만한 이유가 있을 터였다.

'설마……. 주도권을 쥐기 위함인가? 대화를 원하는 방향으로 이끌어 가기 위해?'

그럴 확률이 높아 보였다.

'그렇다면……'

제닌은 백작을 만나기 전, 미리 준비했던 말과 행동을 모조리 지웠다. 그리고 현재 상황에 맞는 대처 방법을 다시 짜 넣었다.

"왜 대답이 없지?"

백작이 대답을 재촉하자 제닌은 호흡을 몇 번 몰아쉰 후 벌떡 일어났다.

스릉! 스르릉!

호위기사들이 일제히 검을 뽑아들었다.

"이거, 너무 갑작스러운 상황에 놀라 제가 잠시 넋을 잃었습니다."

제닌은 빙그레 웃으며 말을 이었다.

"그럼, 백작님께서 원하시는 대로 다시 소개해 드리죠. 저는 올해 나이 스물한 살인 카인스 드 루아라고 합니다."

처음 소개와 달라진 점이라고는 나이가 추가된 것밖에 없었다.

백작이 눈을 가늘게 뜨며 제닌을 바라보았다.

"내가 원하는 대답이 아닌 것 같군."

"사실, 백작님께서 원하시는 만큼 대단한 사연이 없기 때문입니다."

백작은 말없이 제닌을 바라보았다. 설명을 요구하는 눈빛이었다.

"아시다시피 저는 상인입니다. 그런데 제가 너무 젊다 보니 간혹 저를 얕보는 이들이 생기더군요. 그리고 그런 자들은 꼭 수작을 부립니다. 터무니없이 가격을 후려치려고 한다든가, 독소조항을 숨긴 계약서에 서명을 강요한다든가 하는 수작 말이죠. 그저 얕보이기 싫어 콧수염을 붙인 것뿐인데, 너무 격렬하게 반응하셔서 깜짝 놀랐습니다."

제닌의 말에는 백작에 대한 은근한 비꼼도 담겨 있었다. 젊다고 얕보는 상인들처럼, 별것 아닌 일로 왜 그렇게 몰아세우느냐는 의미였다.

백작의 표정이 살짝 굳어졌다. 아무래도 제닌이 말 속에 담은 비꼼을 눈치챈 듯 보였다.

'거참, 베스란 이 작자는 무슨 정보를 그따위로 준 거야? 저게 어떻게 전형적인 기사야? 머릿속에 아주 여우가 몇 마리는 들어 있는데!'

제닌은 방에서 기다리고 있을 베스란을 욕했다. 일이 이렇게 꼬인 데에는 그가 잘못된 정보를 전해준 탓이 컸다.

"자네, 아들 녀석과 비슷한 또래의 딸이 있다고 하지 않았나?"

스물하나라는 나이치고 너무 큰 딸을 가지고 있지 않으냐는 물음이었다.

'그럴 줄 알았지.'

제닌은 백작이 콧수염을 잘라냈을 때부터, 이 질문이 이어질 것을 예상했다.

대처 방법은 간단했다.

"양녀입니다."

"양녀? 허헛!"

백작이 헛웃음을 터뜨렸다. 사실 지금 벌어진 일은 모두 제닌에게 자기 아들 또래의 딸이 있다는 사실에서 출발했다.

처음 홀 안으로 들어온 제닌을 봤을 때, 백작은 그가 너무 젊다는 생각이 들었다. 또한, 콧수염에서 어색한 점을 발견했다.

이상함을 느끼고 일을 벌였건만, 양녀라니…… 백작은 그만, 할 말을 잃어버렸다.

'이거, 한 방 먹은 기분이로군.'

백작은 허탈한 표정을 지었다. 나름대로 준비한 회심의 일격을 날렸건만, 상대가 기다렸다는 듯 회피한 듯한 기분이었다.

반면 제닌은 한숨 돌린 기분이었다.

'후! 전초전은 이걸로 끝인가?'

시작이 좋지 않았던 것치고는 나름대로 선방했다는 기분이 들었다.

'처음엔 갑자기 벌어진 일이라 당황했지만⋯⋯.'

제닌은 슬쩍 백작을 살폈다. 그의 손에 들린 [다크나이트 소드]가 유난히 눈에 띄었다.

'본 싸움의 주도권은 내가 가져간다.'

이를 위한 좋은 화젯거리가 있었다. 제닌은 그렇게 마음을 정하자마자 곧바로 입을 열었다.

"엇! 역시 그럴 줄 알았습니다!"

"그게 무슨 말인가?"

백작은 어리둥절한 얼굴로 되물었다. 이에 제닌은 손가락을 들어 백작의 검을 가리켰다.

"역시! 제 생각이 틀리지 않았군요. 검술로 이름 높으신 백작님이라면 반드시 그 검이 가진 비밀을 밝혀내실 줄 알았습니다. 선물로 드린 보람이 있습니다!"

제닌의 감탄에 백작은 머쓱한 표정을 지었다. 사실 비밀이라는 거창할 말을 붙일 이유가 없었기 때문이다.

'그저 실력이 되지 않아 휘두르지 못했던 일을 가지고, 저렇게 호들갑 떨 필요가 있나? 적당히 시험만 해보면 당연히 알 수 있는 일이지 않은가?'

백작은 제닌의 얼굴을 살폈다. 제닌의 얼굴에는 놀랍다는 감정이 진하게 담겨 있었다.

'그냥 한 말이 아니라는 뜻인가? 왜지?'

백작의 얼굴에 최초로 물음이 떠올랐다. 그는 어렵지 않게 그 물음에 대한 답을 찾아낼 수 있었다.

'설마 다른 사람에게 시험해 보지도 못한 건가?'

백작은 부와 권력을 가진 귀족이었다. 휘하에 충성스러운 기사가 많다는 의미였다.

반면, 상대는 몰락한 귀족에 불과했다.

"자네, 이 검의 가치를 알고 있었나?"

"물론 알지요! 제가 비록 휘두를 수는 없었지만, 그 검을 세워두고 다른 검으로 내리쳐 본 적은 많습니다. 내리친 검들이 족족 잘려나가더군요. 그중에는 무려 장인의 손을 거친 수십 골드짜리 명검도 있었습니다!"

제닌은 기다렸다는 듯이 맞장구쳤다.

'그랬었군. 시험해 보고 싶어도 시험할 수 없었던 것이야. 하긴, 가치를 안다면 시험을 위해 아무에게나 보여주고 시험을 맡길 수는 없었겠지. 특히, 무력이 강한 자가 보면 이자를 죽이고 빼앗을 수도 있는 일이야.'

시험해 보고 싶어도 몰락한 귀족출신 상인이 구할 수 있는 이는, 끽해야 용병일 것이다. 하지만 용병은 애초부터 신뢰할 수 있을 만한 족속이 아니었다. 인적이 드문 길에서 용병이 강도로 변하는 일은 흔한 일이었기 때문이다.

백작은 미미하게 고개를 끄덕였다. 제닌의 이야기에 귀 기울이고 있는 모습이었다. 이 모습을 지켜본 제닌은 마음속으로 진한 웃음을 지었다.

'좋아. 이야기가 통하고 있어!'

이야기가 먹히기 시작한 이상, 다른 생각이 들지 않도록 계속 몰아붙일 필요가 있었다.

"백작님께서도 한 번 생각해 보십시오. 우연히 발견한 던전에서 거의 죽을 고생을 하고 얻은 검입니다. 분명 좋은 검인 것 같기는 한데, 정작 휘두를 수 없다니요! 아마 안 당해본 사람은 절대로 모르는 심정일 겁니다."

"그렇겠지. 답답했겠군."

"그냥 답답한 게 아니죠. 아주, 답답해서 속이 타들어 갈 것 같았습니다."

제닌은 그때의 답답한 심정을 보여주려는 듯, 가슴을 세차게 두드렸다.

"그래서 어떻게 했나?"

"한동안 생각하지 않기 위해 노력했습니다."

"왜 그랬나? 사용하지 못할 물건이라면, 적당히 팔아버리면 될 일 아닌가?"

백작은 이해하지 못한다는 표정으로 되물었다.

"아시다시피 저는 상인입니다. 본래의 가치 이상을 받으면 모를까, 그렇지 못할 바에야 아예 거래하지 않는 편이 낫습니다."

"하지만 좋은 물건을 썩히는 것도 아깝지 않은가?"

백작의 물음에 제닌은 씩 웃으며 대답했다.

"덕분에 이렇게 훌륭한 주인을 만나지 않았습니까? 오래 묵혀둔 가치가 충분했던 일이지요."

"가치가 있다?"

백작은 이해할 수 없다는 표정을 지었다. 이렇다저렇다 말을 해도, 그렇게 아끼던 물건을 결과적으로는 한 푼도 받지 못한 채 그냥 넘긴 셈이었기 때문이다.

"선친이 제게 남긴 말이 있습니다."

제닌은 잠시 말을 멈추고 백작을 바라보았다. 백작의 얼굴에 드러난 호기심을 확인하며 말을 이었다.

"눈에 보이는 이득을 좇는 것은 어리석은 짓이다. 세상에는 보이지 않지만 보이는 것보다 더 중요한 것들이 많다는 말이었습니다."

"보이지 않지만 보이는 것보다 더 중요한 것?"

"물론 여러 가지가 있겠지만, 저는 그 중 하나가 좋은 사람과의 인연이라고 생각합니다. 그리고 이렇듯 백작님과 인연을 맺은 것은, 제게 수만 골드보다 더 가치 있는 일임이 분명합니다."

제닌은 백작을 띄우면서도 은근히 자신이 눈에 보이는 이득만 좇는 사람이 아니라는 것을 내세웠다.

"허헛! 허허허허!"

백작이 갑자기 웃음을 터뜨렸다.

'잘 통한 건가?'

갑작스러운 웃음에 제닌이 살짝 생각하는 도중, 백작이 다시 입을 열었다.

"이거, 탐이 나는군."

"예? 무슨 말씀이신지요?"

"자네의 혀가 탐난단 말일세."

"헙!"

제닌이 입을 막으며 뒤로 물러섰다.

"하하하! 놀라는 척하지 않아도 되네. 탐이 난다고 자네 혀를 뽑아버리지는 않을 테니까 말이야."

백작의 어투는 농담조였지만, 제닌의 귀에는 전혀 농담처럼 들리지 않았다.

'이런…… 설마 통하지 않은 건가?'

나름대로 열심히 머리 굴려 짜낸 이야기였는데, 생각했던 것만큼의 효과를 주지는 못한 듯싶었다.

"자! 입은 잘 푼 것 같은데. 슬슬 본론으로 넘어가 볼까? 원하는 것을 말해 보게."

제닌의 얼굴이 살짝 일그러졌다.

'역시 만만치 않은 인간이야. 아스트 백작만큼이나.'

이야기가 원점으로 돌아갔다.

II

끼이이익. 쿵.

커다란 문이 닫히는 소리가 등 뒤에서 들려왔다.

"후우……."

제닌은 긴 한숨을 내쉬었다.

'결과가 나쁘지는 않은데…….'

백작과의 이야기는 생각보다 잘 풀렸다.

물질적이거나 직접적인 도움을 바라지는 않았다. 다만, 다른 누군가와 문제가 생겼을 때 소통할 수 있는 작은 창구 정도면 만족했다.

일종의 뒷배. 제닌이 이곳 가르타스에서 하려는 일이 문제가 생길 여지가 컸기 때문에 마련해 둔 뒷배였다.

제닌은 백작의 입에서 어려운 일이 생기면 언제든 찾아와 말하라는 말을 이끌어 냈다.

의도대로 된 것이다.

'그런데 왜 이렇게 찝찝하지?'

왠지 개운치가 않았다. 큰일을 보고 뒤처리를 제대로 하지 못한 듯한 찝찝함이 들었다.

'왜? 무엇 때문에?'

이런 의문을 떠올릴 때, 시종이 다가왔다.

"루아 남작님. 숙소는 이쪽입니다."

제닌은 시종의 뒤를 따르며 끊임없이 고민했다. 그리고 거의 방에 도착할 때 즈음, 무언가를 떠올렸다.

"아! 그거였군!"

저도 모르게 목소리가 새어 나왔다.

눈을 둥그렇게 뜨고 바라보는 시종 때문에 황급히 입을 닫았으나, 확실히 감이 왔다.

'너무 과했어. 그게 문제였어.'

선물을 주어 백작에게 호의를 끌어낸 것은 좋았으나, 또한 선물 자체가 문제였다.

무려 수만 골드의 가치.

제닌도 수만 골드보다 값지다고 말을 했으나, 이것은 어디까지나 그만큼 소중하다는 비유에 불과했다. 그런데 백작은 그 검을 경매에 부치면 실제로 수만 골드를 받을 수 있다는 말을 했다.

'나름대로 선물로 적당한 물건이라고 생각했었는데, 그게 아니었어.'

몰락한 귀족가문 출신의 일개 상인이 건네기에는 과분한 물건임이 틀림없었다.

'가치를 제대로 모르는 척 잡아뗐지만……'

아무래도 그것만으로는 부족하다는 생각이 들었다.

'여우 같은 백작이라면 계속해서 의심할 확률이 높아. 그러니, 당분간은 조심하는 편이 최선이야.'

제닌은 섣불리 움직일 생각을 접었다. 적당히 시간을 보내면서 백작의 관심이 슬쩍 멀어지기를 기다려야 했다.

끼이익.

생각하는 사이, 시종이 문을 열었다.

"아빠!"

마리가 쪼르르 달려왔다.

"어이쿠! 우리 딸. 잘 있었어요?"

제닌은 마리를 안아 들며 활짝 웃었다.

보기 좋은 부녀의 모습에 시종의 얼굴에도 슬며시 미소가 감돌았다.


Ⅲ


- 똑똑똑.

"영주님. 비오렌입니다."

문밖에서 들려온 소리에 가르타스 백작은 미간을 살짝

찌푸렸다.

비오렌은 노년의 준남작으로 영주 성의 집사와 더불어 가르타스 영지의 행정을 맡은 인물이었다.

'설마, 또?'

백작이 미간을 찌푸린 것은 요즘 들어 비오렌이 들고 오는 소식들이 모두 나쁜 소식이라는 점에 있었다.

그래서인지 백작은 비오렌의 얼굴만 봐도 좋지 않은 일이 먼저 떠올랐고, 솔직히 이제는 그와 얼굴을 마주치기가 꺼려질 정도였다.

"훗! 이거 우습군. 불과 일주일 만에 비오렌의 얼굴이 보기 싫어지다니 말이야."

백작은 혼잣말을 중얼거리며 쓴웃음을 지었다.

비오렌은 백작의 아버지 때부터 영주 성의 집사를 맡아 온 인물이었다. 가르타스 백작에게는 때로는 친구 같고, 때로는 아버지와 같이 의지할 수 있는 존재였다.

그런 비오렌이 싫어질 정도라는 말은, 그간 백작이 얼마나 시달렸는지를 알 수 있는 대목이었다.

백작은 고개를 절레절레 흔들며 입을 열었다.

"들어오게."

백작은 문을 열고 들어오는 비오렌의 얼굴을 살폈다. 굳어 있는 것을 보아하니 오늘도 좋은 소식을 기대하기는 틀린 것 같았다.

"이번에는 또 무슨 사건인가? 도난? 강도? 살인? 그것도 아니면, 상단 사이의 다툼인가?"

모두가 지난 일주일간 일어났던 일이었다. 백작이 언급한 것은 그나마 굵직한 것들이었고, 세부적으로 들어가자면 헤아리기 힘들 정도였다.

가르타스 영지는 제국 남부의 물류요지였다. 그 특성상 오가는 사람이 많았고, 그 탓에 사건 사고가 끊이지 않기는 했다.

그러나 이번처럼 짧은 시간에 여러 가지 사건이 동시다발적으로 일어난 것은 백작이 영지를 맡은 이후 처음 있는 일이었다.

"그게……."

비오렌이 쉽사리 말을 꺼내지 못하는 것으로 보아, 꽤 커다란 사건인 듯싶었다.

"어차피 요즘 하도 사건을 많이 겪다 보니 이미 내성이라는 것이 생길 정도네. 웬만한 일에는 놀라지 않을 테니 기탄없이 말해보게."

"후우! 그럼, 말씀드리겠습니다."

비오렌은 나직이 한숨을 내쉰 후 보고를 시작했다.

"지난 일주일간, 방문을 허가받은 상단 대부분이 도착하지 않았다고 합니다."

가르타스 영지에서는 상단 보고제를 시행하고 있었다.

운송하는 물건과 도착 예정 날짜를 미리 영주 성에 보고하고, 그에 따른 세금을 내면 성문을 통과할 때 거쳐야 할 절차를 대폭 줄여주는 제도였다.

하루에도 수십 개의 상단 행렬이 드나드는 곳이었고, 그때마다 일일이 복잡한 절차를 밟으면 성문이 마비되기 때문에 시행한 제도였다.

"뭐, 뭣이라고?"

비오렌의 보고를 들은 백작이 눈을 크게 떴다.

영주 성에 보고했다는 말은 세금까지 냈다는 의미였다. 즉, 반드시 들어왔어야 했다는 의미였다.

상인은 어떻게 하면 세금을 내지 않을까 발악하는 족속이었다. 그런 그들이 도착하지도 않을 물건에 대한 세금만 미리 냈다? 그것도 단체로? 차라리 하늘이 무너져 내리는 것을 기대하는 편이 더 나을 터였다.

그게 아니라면, 세금을 낸 상단이 도착하지 않았다는 것이 의미하는 바는 하나였다.

'도중에 문제가 생겼다?'

백작은 직감적으로 물품이 모두 털렸음을 알 수 있었다. 지난 일주일간 가르타스에서 숱하게 일어난 일이었으니, 놀랄 일도 아니었다.

하지만 그것을 생각한 동시에 백작의 얼굴은 급격하게 굳어졌다.

백작은 무언가를 알아챈 듯보였다.

'지난 일주일간 와야 할 상단이 대부분 도착하지 않았다는 것은……. 성으로 유입되는 물량 대부분이 사라졌다는 말과 같다. 이것은!'

그가 황급히 되물었다.

"어, 어떤 상단이었나?"

"후……. 가르타스 5대 상단을 포함한 대형 상단의 전부. 그리고 중대형급 이상 상단 역시 대부분 포함되어 있습니다."

비오렌은 다시금 한숨과 함께 설명했고, 그 말을 들은 백작의 얼굴은 점차 탈색되기 시작했다.

"물품은? 운송하던 물품이 무엇이었나?"

"보고서에 적힌 내용으로는 식량과 생필품 그리고 군수품이 주로 실려 있었습니다."

백작의 쩍 벌어지려는 입을 막으며, 황급히 되물었다.

"지난 일주일 동안 성을 빠져나간 행렬은?"

"평소보다 약간 줄어든 정도였습니다."

"그 말은…….'

백작은 차마 말을 잇지 못했다. 그저 하얗게 질린 얼굴로 비오렌을 바라볼 따름이었다.

"가르타스 성의 식량과 물자가 말라간다는 의미입니다."

비오렌이 차마 못 한 백작의 말을 대신했다. 그의 얼굴 역시 침울함에 잠겨 있었다.

가르타스 성은 수십만 인구를 자랑하는 대도시였다. 물류의 요지이기도 하지만 자체적으로 대규모의 물량을 소비한다는 의미였다.

물품의 유출과 소비는 끊임없이 일어나는데, 유입되는 양이 갑자기 사라진다면 어떨까?

결론은 명확했다.

"지, 지금 당장!"

"이미 성문을 닫아걸었습니다. 제가 보고를 들은 이후로 성을 빠져나간 상단 행렬은 없습니다."

비오렌은 백작이 하려던 지시를 이미 실행에 옮긴 뒤였다.

"휴……. 얼마나 버틸 수 있을 것 같나?"

백작은 한숨을 내쉬며 다시 물었다.

"사람을 시켜서 각 상단의 재고를 파악하는 중입니다. 하지만……."

비오렌은 말끝을 흐렸다. 오랜 세월 그를 봐온 백작은 그런 비오렌의 행동이 부정적인 의미를 암시한다는 것을 잘 알았다.

"하긴……. 일주일간 털린 상단의 창고만도 수십 개가 넘으니……."

백작은 이해할 수 있었다.

"앞으로 도착할 상단은 얼마나 되나?"

"보고서에 적힌 대로라면 많지만……."

"그들 역시 도착하지 않을 확률이 높겠지. 그럼, 그들을 보호할 병력을 파견해야 할까?"

비오렌은 고개를 내저었다.

"아무래도 그렇겠지?"

백작이 고개를 끄덕였다.

"성 안에서 일어난 사건들도 그렇고, 아무래도 커다란 힘을 가진 세력의 소행임이 유력해 보입니다. 이런 상황에서 병력을 밖으로 돌리는 것은."

"각개격파 될 확률이 높다는 말이겠지."

"바로 그렇습니다. 지금은 내부경계를 강화하고, 물자와 식량을 최대한 끌어모아야 합니다."

"식량과 물자를 최대한 사들이게. 시세보다 비싸게 주더라도 물량의 확보가 가장 중요하네."

"이미 조치해 두었습니다."

비오렌의 대답에 백작은 희미한 미소를 지었다.

일일이 지시하지 않아도 알아서 움직이는 측근은 그만큼 믿음직스러운 존재였다. 물론 그만한 신뢰가 뒷받침되어야 했으나, 비오렌은 백작이 누구보다 믿고 신뢰하는 인물이었다.

"만약에 말일세. 이대로 물품 유입이 중단되면 우리, 앞으로 얼마나 버틸 수 있나?"

"각 상인의 물건을 탈탈 털어도 보름 정도가 한계일 것입니다."

"성에 비축한 물량을 풀면?"

"6개월 정도를 버틸 수 있습니다."

"그나마 다행이군그래."

백작이 피식 웃었다.

하지만 그는 웃는 게, 웃는 게 아니었다.

"하오나, 그건 정말 최후의 상황이 닥쳤을 때에야 비로소 사용해야 하는."

"알지. 알아! 문득 그 최후의 상황이라는 게 왠지 머지않았을 것도 같다는 느낌이 들어서 말이야."

"주군 그런 말씀은……."

"하하하! 농담일세."

백작은 껄껄 웃었으나 비오렌은 그 웃음의 의미를 잘 알았다. 평소 감정을 드러내지 않던 백작이 크게 웃는 것만으로도 충분했다.

백작은 격렬하게 동요한 상태였다.

"그래, 어떤 놈들인지 파악은 하고 있나?"

"사력을 다해 조사하고 있습니다."

"그래. 모쪼록 빨리 밝혀내 주게. 그래야……."

백작은 이를 악물었다.

"감히 내 집에 분탕질 친 버러지를 잡아 짓밟아 버릴 수 있을 테니까."


IV


"에취!"

'갑자기 웬 재채기가? 오늘따라 어쩐지 더 추운 것도 같고……. 아! 그러고 보니 아까부터 계속 귀가 간지럽던데? 누가 내 욕이라도 하나?'

제닌은 고개를 갸웃거리며 옷깃을 여몄다.

"어! 아빠! 재채기! 한다!"

마리가 까르르 웃었다.

"에취? 에취! 에취!"

뭐가 그리 재미있는지는 모르겠지만, 재채기를 따라 하는 모습은 절로 미소가 지어질 정도로 귀여웠다.

'이젠 아빠라는 말이 자연스럽게 나오네.'

처음 아빠라고 부르라고 했을 때는 마리에게 설명하느라 제법 애를 먹었었다. 이미 아빠가 있는데, 왜 자신을 아빠라고 불러야 하는지 마리가 이해할 수 없었기 때문이다.

'그런데 이놈은 나중에 어쩌려고 이러지?'

제닌은 입을 헤 벌린 채 넋이 나간 세인을 바라보았다.

'적당히 정을 뗐어야 했는데. 이러다가 나중에 따라온다고 조르지 않을까 걱정이군.'

처음에는 영주 성을 벗어날 생각이었다.

하지만 자신을 향해 경계심을 드러낸 백작의 태도를 보며 마음을 바꿨다.

어차피 벗어나도 감시의 눈길이 따라올 것이 분명했으니, 차라리 적의 심장부에 머무는 편이 나았다.

조금 불편하기는 했지만, 의심을 피할 수 있다는 면에서 보면 영주 성은 어느 곳보다 좋은 장소였다.

게다가 영주 성에 있다고 해서, 움직일 방법이 전혀 없는 것도 아니었다.

"어! 백작님이다!"

갑작스러운 마리의 외침에 제닌은 퍼뜩 정신이 들었다. 어느새 달려간 마리가 백작의 다리에 매달리고 있었다.

"마리! 이 녀석아! 아빠가 그렇게 하지 말라고 몇 번을 말해도!"

제닌이 화난 듯 소리치자, 백작은 손을 내저어 만류했다.

"자네나 그만하게. 마리 덕분에 요즘 딸을 하나 낳을까 고민 중이니 말이야. 어이쿠! 요것 봐라? 하루 사이에 키가 더 큰 것 같은데? 아이들은 하루가 다르게 자란다더니, 그 말이 사실인 모양이야."

백작이 껄껄 웃으며 마리를 번쩍 들어 올렸다.

"꺄핫! 높아! 높아!"

마리는 양발을 바동거리며 까르르 웃었다.

영주 성에 머물면서 제닌이 얻은 소득 중 하나는 바로, 백작과 친분을 다졌다는 점이었다.

지금과 같은 전시에 적국의 고위 귀족과의 친분은 크나큰 효용성을 지니고 있었다.

작게 보자면 적의 정보를 얻는 것에서부터, 아군에 대한 정보를 살짝 비틀어 흘려 적군을 기만하는 방법 등. 이용할 방법이 그야말로 무궁무진했기 때문이다.

경계하던 백작의 마음을 녹여낸 것은 오로지 마리의 공로였다.

마리는 또래와 비교하면 지능이 조금 모자란 듯한 모습을 보였다. 실제 나이가 한 살임을 아는 제닌은 당연하게 생각했으나, 다른 사람들은 그렇지 않았다.

제닌은 큰 병을 앓고 죽어가는 아이를 구해내 양녀로 삼았다는 이야기를 꾸며냈고, 아직 병의 후유증이 남아 지능이 조금 모자란다는 설명을 덧붙였다.

처음의 백작은 살짝 안쓰럽게 생각했다. 하지만 그렇기에 마리의 해맑은 웃음이 더 큰 효과를 발휘할 수 있었다. 마리의 웃음에는 묘하게 사람의 마음을 잡아끄는 매력이 있었다.

"아버지. 그만 내려주세요. 마리가 무서워하잖아요."

세인이 불퉁한 얼굴로 백작을 만류했다.

'자식, 질투하는 건가?'

제닌은 투덜거리는 세인을 바라보며 속으로 피식거렸다. 아무래도 백작을 경쟁자로 인식한 듯 보였다. 물론 떡 줄 사람은 생각조차 않는다는 게 함정이었다.

"허헛! 내가 보기엔 좋아하는 것 같다만."

"아니에요. 저건 무서워서 웃는 거란 말이에요."

세인이 우겨 보았으나, 해맑게 웃는 마리의 얼굴에 무서움 따위는 전혀 없어 보였다.

"쯧쯧! 아들 녀석이 우릴 질투하는가 보다. 마리야, 아저씨가 나중에 다시 놀아주마."

"응!"

백작은 힘차게 머리를 끄덕이는 마리를 바닥에 내려놓았다.

"마리. 이리와. 저기 가서 놀자."

세인이 마리의 손을 잡아끌었다.

"잘 어울리지 않나?"

백작이 넌지시 물었다.

'이 여우 같은 작자가, 어디서 마리를 넘봐?'

"너무 이르지요."

제닌은 속으로 코웃음 쳤으나, 직설적으로 거절할 수는

없었다. 하지만 이 말을 백작은 조금 오해한 듯싶었다.

"호오! 그렇다면 두 아이가 크면 맺어 줄 생각은 있다는 거로군."

"그, 그건⋯⋯."

제닌이 살짝 곤란해하는 모습에 백작은 웃으며 그의 어깨를 두드렸다.

"좀 걷겠나?"

휘적휘적 앞서 나가는 모양새로 보아 무언가 할 말이 있는 듯싶었다.

'아무래도 그거겠지?'

제닌은 싱긋 웃으며 백작의 뒤를 따랐다.

모든 일은 그가 예상한 대로 흘러가고 있었다.

3

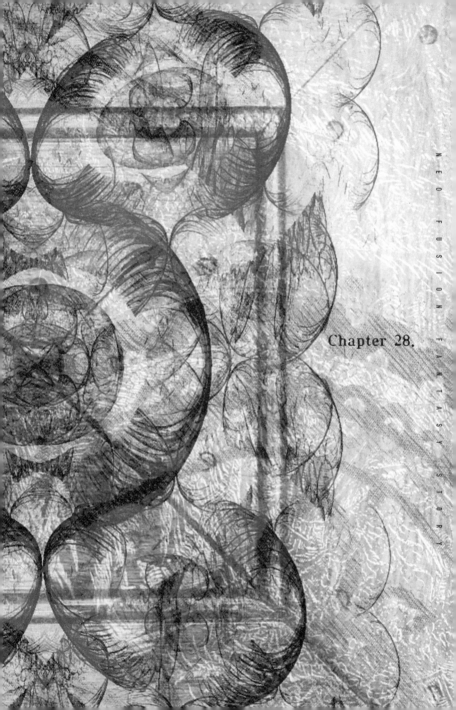

Chapter 28.

Chapter 28.

ROYAL ROADER

I

'대체 어디까지 가자는 거야? 그냥 적당한 곳에서 말하면 될 것 가지고.'

제닌은 앞서 걸어가는 백작의 뒷모습을 바라보며 속으로 투덜거렸다.

'어차피 물건 달라고 부탁할 거 아니야?'

제닌은 가르타스 백작의 고민도, 그가 자신에게 할 말도 이미 알고 있었다.

지난 일주일간 가르타스 성에서 끊임없이 일어난 사건·사고들. 전부는 아니지만, 대부분은 제닌의 작품이었다. 또한, 이를 통해 가르타스 성의 물자를 말린 주인공 역시 제닌이었다.

123

'솔직히 이런 상황까지 노린 건 아니었는데, 어쩌다 보니 그렇게 되더라고.'

사실 제닌은 여태 자신의 능력이 어디까지인지 제대로 파악하지 못하고 있었다. 만약을 대비해 자신의 힘을 최소로 가정하고 계획을 세웠기 때문이다.

그러나 이곳 가르타스에서 한 일을 되짚어 보면, 한 지역을 쥐고 흔드는 것은 일도 아니라는 것을 깨달았다. 지금처럼 물자의 유통만 막아도 수십 만의 인구를 괴롭힐 수 있었던 것이다.

여기에는 인벤토리의 역할이 컸다.

곡물 자루로 따지면 한 칸당 999자루. 무려 40톤에 달하는 어마어마한 양을 담을 수 있었다. 상단의 수레로 따지자면 거의 40대 분량에 해당했다.

제국 남부의 물류 요충지답게 가르타스에는 수많은 상인이 활동했다. 그리고 그들 대부분은 제국이 점령한 왕국 땅에서 왕국민을 침탈한 이들이었다.

베스란은 바쁘게 움직이며 정보를 모았다. 이미 라테스 성에서 모아온 정보에 가르타스에서 수집한 새로운 정보를 조합하자 일종의 킬 리스트가 만들어졌다.

그곳에는 점령지에서 왕국민을 탄압한 자들, 왕국민을 속이거나 강제로 노예로 만든 자들, 왕국의 귀족과 뒷거래를 한 자들의 이름이 빼곡하게 들어찼다.

당연한 말이지만, 대부분 대형 상단이었다.

가르타스의 대형 상단 중 킬 리스트를 벗어난 것은 그릴스라는 이름을 가진 단 한 곳뿐이었다.

'물론 너희라고 착하게 살진 않았을 테지만, 왕국민을 건드리지 않은 것은 너희 상단의 역사상 최고의 선택이 될 거야.'

벌써 물품 가격이 폭등하고 있었다.

눈치 빠른 상인들이 물자가 부족해지는 것을 알고 가격을 올렸기 때문이다. 창고를 털리지 않은 그릴스 상단은 가르타스에서 활동하는 모든 상인 중 가장 큰 이득을 볼 것이다.

조금 더 걸어간 후, 백작이 뒤를 돌아보았다. 그는 한숨으로 말을 시작했다.

"후우! 내가 자네에게 이런 말을 하는 게 조금 우습긴 하지만……."

'훗! 칼부림할 때는 언제고?'

제닌은 처음 대면했을 때, 백작이 자신에게 칼을 휘두른 사실을 아직 잊지 않고 있었다.

"하핫! 대 가르타스의 주인께서 무슨 말씀을 그리 망설이십니까? 그냥 시원하게 말씀하시지요."

제닌의 말에 백작의 굳은 표정이 조금이나마 풀렸다.

"하하하! 그런가? 그럼, 자네 말대로 시원하게 말하겠네.

자네가 여기서 사들인 물건 있지 않나?"

"그렇지요."

"그것 좀 내가 써야겠네."

"그러십시오."

제닌은 흔쾌히 대답했다.

"지금 당장은 설명하기 힘들지만, 내가 나중에 잘……. 응? 방금 자네 뭐라고 했나?"

가르타스 백작은 자신의 귀를 의심했다. 제닌이 너무 쉽게 수긍한 탓이었다.

"쓰시라고 했습니다."

"어디에 쓸지 물어보지도 않는가?"

"백작님께서 그리 어렵게 이야기를 꺼내셨는데, 당연히 그럴만한 이유가 있겠지요. 게다가 중요한 것은."

제닌이 잠시 말을 끊었다가 빙그레 웃으며 말을 이었다.

"저와 백작님의 관계지요. 얼마 안 되는 물건으로 백작 님과의 친분이 더 두터워질 수 있는데, 제가 무얼 망설이 겠습니까? 하하하!"

"얼마 되지도 않는 물건? 내가 듣기로는 자네가 구매한 물량이 상당하다고 들었는데……."

"고작 수레 백 대 분량이지요."

"수레 백 대?"

백작은 눈을 둥그렇게 떴다.

예상보다 수레의 숫자가 많은 탓도 있었고, 제닌이 '고작'이라는 수식어를 사용한 탓이기도 했다.

"자네… 설마 부자였나?"

백작은 도무지 이해할 수 없었다.

수레 백 대 분량의 물건은 어림잡아도 만 골드 이상의 가치였다. 거대 영지를 다스리는 백작도 만 골드의 지출을 결심하려면 상당한 고민이 필요할 정도였다.

그런데 이 몰락한 귀족 출신 상인은 숨 쉴 사이도 없이 그것을 허락했다. 아직 백작이 산다는 말을 하지 않았음에도 허락했다는 말은, 거저 준다는 의미로 봐도 무방했다.

'고작 만 골드 가지고, 뭘 그리 놀라고 그러지? 옆구리에 찬 검만 해도 수만 골드인데. 벌써 잊어버렸나?'

제닌은 백작의 옆구리에 찬 검을 보며 입맛을 다셨다. 무려 수만 골드의 가치가 있을 줄 알았다면, 절대 선물하지 않았을 터였다.

"선친께 상단을 물려받기는 했으나, 솔직히 저는 상단에 별 관심은 없었습니다. 그냥 아랫사람에게 맡기고 흥미로운 일을 찾아 대륙을 떠도는 게 일이었죠. 그러다 우연히 던전을 발견했는데……."

"아하!"

백작이 갑자기 손뼉을 치며 옆구리를 가리켰다.

"이 검과 같은 보물을 얻었나 보군."

이제야 모든 의문이 풀리는 기분이었다.

던전 안에 달랑 검 한 자루만 있지는 않았을 터였다. 검의 가치가 수만 골드였으니, 비슷한 다른 물품이 있다면 그 역시 어마어마한 가치를 가졌을 것이다.

'반응하고는……. 전에는 제법 똑똑해 보이더니, 오늘은 또 왜 저러지?'

제닌은 속으로 혀를 찼다.

사람이 다급해지면 시야가 좁아지는 게 당연했다. 오늘의 백작 역시 그러했다.

"정확하십니다. 사실 이번 상행도 베스란이 막무가내로 우겨서 따라 나온 것뿐이지, 솔직히 크게 관심은 없었습니다."

제닌은 맞장구를 치며 백작의 눈치를 살폈다. 그리고 은근한 말투로 물었다.

"그런데 혹시 물건이 더 필요하진 않으십니까? 저에게 급히 요청하시는 걸 보니, 더 많이 필요하실 것 같은데요?"

"물건이 더 있다는 말인가?"

백작은 반색하며 되물었다. 지금 상황에서는 물자를 최대한 많이 확보하는 일이 관건이었다.

"아! 당장은 아니고, 며칠 후에 들어올 예정입니다."

"며칠 후에? 그 말은……."

백작의 표정이 살짝 굳어졌다.

"다른 상단에 주문을 넣어 뒀습니다. 물건을 사러 갔는데, 생각보다 싸서 아주 몽땅 주문했죠. 뭐, 베스란한테 잔소리를 좀 듣기는 했지만, 백작님께 도움이 된다면 잔소리쯤이야. 웃어넘길 수 있는 일이죠."

제닌은 어깨를 들썩이며 너스레를 떨었다.

"후우……."

백작은 한숨을 푹 내쉬며 입술을 움찔거렸다. 뭔가 할 말이 있는 듯한데, 말하기를 망설이는 듯한 모습이었다.

"왜 그러십니까? 무슨 문제라도 있는 겁니까?"

제닌은 대답을 재촉했다. 그러나 그의 속마음은 웃는 겉모습과 전혀 달랐다.

'아마, 대답 잘하는 게 좋을 거야. 상황을 숨기고 물건만 먹으려 든다면…….'

제닌의 눈동자에 싸늘한 살기가 스쳐 갔다.

'하지만 양심을 지켜 최소한의 사실만 말해도.'

제닌은 마음으로 씩 웃었다.

'살려는 드리지.'

백작은 굳은 얼굴로 입을 열었다.

"아무래도 주문한 그 물건, 받지 못할 걸세."

"예? 받지 못하다니요? 여기 이렇게 계약서가 있는데요?"

제닌은 품 안의 계약서를 꺼내 흔들었으나, 백작은 한숨을 쉬며 고개를 저었다.

"그런 의미가 아닐세."

'그래. 이렇게 도움을 주려 애쓰는데, 현재 상황 정도는 알려줘도 괜찮겠지.'

백작은 뭔가를 결심한 듯한 표정이었다.

"벌써 일주일째 이곳으로 향한 상단 행렬이 도착하지 않았다네."

"도착하지 않았다니요?"

제닌은 어리둥절한 얼굴로 되물었다.

"아직 확실치는 않지만. 아무래도 습격을 받은 듯하네. 그것도 수십 개씩 드나드는 상단 행렬이 동시다발적으로. 이것이 의미하는 것은……."

"설마, 누군가 이곳 가르타스를 노리고 있다는 의미입니까? 대체 누가!"

제닌은 흥분한 듯 목소리를 높였다.

"아무래도 거대 세력이 개입된 듯싶네."

"그런 일이……."

제닌은 걱정스러운 표정을 지었다.

"그래서 말인데. 아무래도 자네의 물건은 받을 수 없을 듯싶네."

"예? 그건 또 왜?"

"며칠 후에 도착할 물건을 믿고 흔쾌히 허락한 일 아니었나? 자네의 마음을 몰랐으면 모를까, 이렇듯 나를 생각하는 마음이 각별한 것을 알게 된 이상 자네에게 큰 손해를 끼칠 수는 없네."

'그래도 양심은 있군.'

제닌은 속으로 희미한 미소를 지었다.

'그 말이 당신을 살린 거야. 더불어 가르타스에 사는 수십만 명의 생명도 살린 거고.'

만약 백작이 양심을 버렸다면, 제닌은 그동안 손대지 않았던 상단의 창고까지 깡그리 털었을 것이다. 그러면 남은 것은 가르타스의 모든 이들이 쫄쫄 굶어 죽거나, 폭동을 일으키는 일뿐이었다.

"그것은 이미 제가 백작님께 드린 물건입니다. 즉, 백작님의 물건이 된 것이죠."

"아니, 그러지 않아도……."

손을 내젓는 백작을 향해 제닌은 단호하게 고개를 가로저었다.

"대신이라고 하기는 뭐하지만, 정 그냥 받기 껄끄러우시다면 한 가지 작은 도움을 주셨으면 합니다."

"도움?"

"빈 수레로 돌아가기도 뭐하니, 노예를 조금 사들여 볼까 합니다."

"노예? 당연히 내가 도와야지. 그래, 몇 명이나 필요한가?"

"글쎄요. 많을수록 좋겠지만, 일단 만 명 정도면 될 것 같습니다."

"만 명이나? 그 많은 노예를 무엇에……. 자네 설마!"

백작은 뭔가를 깨달은 듯한 표정을 지었다.

"아니, 그건 오히려 나를 돕는 일 아닌가!"

백작은 가르타스의 식량이 부족한 것을 알고 제닌이 입을 덜어주려 한다고 착각했다.

노예 만 명은 그야말로 어마어마한 숫자였다. 일개 상단이 다룰 수 있는 숫자가 아니었다.

또한, 그 많은 노예를 어디로 데려가 팔겠는가? 팔 수도 없을뿐더러, 한꺼번에 그 많은 숫자를 팔면 가격은 기하급수적으로 떨어질 수밖에 없었다.

"아무리 사람이 좋아도 그렇지. 어떻게 그런 일까지 하려고 든단 말인가? 그럴 수 없네. 더는 자네를 볼 면목이 없어."

'아니, 그건 당신 착각이고.'

제닌이 가르타스로 온 것은 전선으로 투입되는 물자를 차단하는 목적도 있었지만, 노예의 확보가 쉽다는 이유 또한 주요했다.

게다가 현재의 가르타스는 식량과 물자의 부족현상으로

노예의 가격이 밑바닥을 치고 있었다. 평소에는 몇 골드를 줘야 하는 노예가 밀 한 자루에 거래되는 기현상까지 벌어지는 실정이었다.

"실은 점령지에 광활한 농장을 하나 구해 두었습니다. 거기에서 쓰려고 사는 것이니 걱정하시지 말고 구해 주십시오. 이것은 엄연한 제 부탁입니다."

"아! 그랬나? 걱정하지 말게. 내가 영주의 권한을 총동원해서라도 자네가 원하는 만큼의 노예를 구해 주도록 하겠네."


II


백여 대의 수레와 만 명에 달하는 노예를 이끄는 제닌은 절로 콧노래가 흘러나올 정도로 기분이 좋았다.

어마어마한 식량과 물품을 확보했고, 수만 골드의 자금 또한 추가로 얻었다. 또한, 만 명에 달하는 노예도 얻었다. 거기에 제국 고위귀족과의 두터운 친분은 덤이었다.

제닌이 가르타스에서 세웠던 계획은 거의 완벽하게 이루어졌다.

이에 비해 그가 지출한 것은 수레 백 대 분량의 물자에 불과했다. 그마저도 인벤토리에 미처 집어넣지 못한 식량이거나, 같은 칸에 겹치지 못한 자투리 물건들뿐이었다.

133

'아! 한 가지 아까운 게 있긴 하군.'

제닌은 백작에게 선물로 건넨 [다크나이트 소드]를 떠올렸다.

'하긴. 백작과의 친분을 생각하면 그리 아까운 것도 아니지.'

제닌은 아쉬운 표정을 지우며 품을 더듬었다. 그 안에는 상단들과 맺은 계약서가 고이 잠들어 있었다.

'이건, 아직 사용할 때가 아니지.'

계약서는 모두 열 장정도였는데, 작게는 수천 골드에서 만 골드가 넘는 것도 있었다.

계약금은 총대금의 절반. 하지만 위약금은 그 열 배에 달했다. 제닌은 물건이 급하게 필요하다는 말로 계약금을 많이 지급했고, 대신 보험 삼아 위약금 또한 엄청나게 올렸기 때문이다.

계약을 맺을 당시 그들은 크게 좋아했으나, 지금은 땅을 치며 후회하고 있을 터였다. 이는 상단을 확실히 몰락시키기 위한 제닌의 계획이었다.

물론 지금 당장 사용할 생각은 없었다.

그가 계약한 상단이 현재 위약금을 치를 여력이 없다는 것이 첫 번째 이유였고, 자칫 잘못하면 위약금을 노리고 상단 행렬을 습격했다는 의심할 받을 수 있다는 게 두 번째 이유였다.

'지금은 그냥 가지만, 다시 돌아왔을 때.'

가르타스의 상계는 제닌을 중심으로 재편될 것이다.

"남작님. 저 멀리 보이는 게, 남작님께서 공략하셨다는 그 요새입니까?"

창문 밖에서 베스란의 목소리가 들려왔다.

"벌써 도착했나 보군. 노예들은 낙오 없이 잘 따라왔나?"

"예. 대부분이 우리 국민인지라 지시에 고분고분하게 따라 주었습니다. 물론 잘 먹이고 입힐 수 있도록 배려하신 남작님 덕분입니다."

"베스란, 여유 시간에 아부 연습이라도 했나?"

제닌이 코끝을 찡그리며 묻자, 베스란은 헛기침을 터뜨리며 뒤로 물러났다.

제닌 일행은 무사히 요새에 도착했다. 그리고 요새에 도착하는 순간.

띠링!

[프라덴 요새 거점 공략을 완료하셨습니다.]

메시지와 함께 시야가 이지러졌다.

다시 드러난 시야에는 드높은 공중에서 바라보는 요새의 전경이 그려졌다.

"이, 이건 또 뭐야?"

전체적인 형태는 커다란 원이었다.

그중 절반은 가파른 산이었는데, 마치 거인이 도끼로 내려친 것처럼 중간이 뚝 잘린 모양새였다. 그리고 잘린 절벽을 중심으로 둘러친 목책이 커다란 반원을 그려 산과 요새로 이루어진 원을 완성했다.

'이렇게 보니 색다른데?'

요새 안에서 보던 것과는 느낌이 전혀 달랐다. 어쩐지 현실성이 없어 보이기도 했다. 마치 귀족들이 취미로 만든다는 모형 성을 보는 느낌이 이러지 않을까 싶었다.

'그런데 갑자기 이런 게 보이는 이유가 뭐지? 거점 공략을 완료해서인가?'

분명 시야가 갑자기 변한 것은 거점 공략을 완료했다는 메시지가 떠오른 직후였다.

'응? 그런데 이건 또?'

제닌은 요새의 정경을 살피느라 시야 아래쪽에 떠오른 항목들을 뒤늦게 발견했다.

[개요] [건설] [자원] [기술]

'역시, 뭔가가 있었군!'

제닌은 눈을 반짝이며 각 항목을 살펴보았다.

개요는 스테이터스와 비슷했다. 다만, 사람이 아닌 요새의 상태를 수치로 보여줄 따름이었다. 개요에는 인구, 병력, 자원, 기술 등의 세부 항목이 있었는데, 그중에서도 유독 인구 항목이 제닌의 눈길을 사로잡았다.

'왜 이것만 빨간색이지?'

그저 보는 것만으로도 불안함을 유발하는 색깔. 슬쩍 손가락으로 건드려보니 제닌은 인구를 붉은색으로 표시한 이유를 알 수 있었다.

'인원의 초과라……. 공간은 충분한 것 같은데?'

예전 지휘소에서 살펴보았을 때 가늠해본 바로는 만 명이상도 충분히 수용할 수 있는 크기였다.

'단지 크기가 문제가 아니라는 건가?'

제닌은 [건설] 항목에서 이유를 찾아낼 수 있었다.

'주택이군. 지낼 곳이 없어서였어!'

요새를 떠나기 전 가트에게 몇 가지 지시를 내려둔 것이 있었다. 자원의 채취와 주택의 건설이었다.

하지만 그때로부터 고작 보름 정도밖에 지나지 않은 시점이었다. 시간도 그렇지만, 동원할 인력 역시 너무 모자랐다.

'까짓거 이제부터 지으면 되지.'

이제 인력은 충분하다 못해 넘쳤다.

[건설하실 주택의 종류를 선택해 주십시오.]

제닌이 주택을 손가락으로 건드리자 메시지와 함께 몇 가지 집의 그림이 떠올랐다.

'뭐가 이렇게 복잡해? 그냥 대충 지으면 되지.'

어차피 자신이 살 집이 아니었기에 하는 말이었다.

주택의 종류는 간단한 통나무 집에서부터 귀족의 저택 까지 다양했다. 다만, 처음 몇 개를 제외한 나머지의 그림 은 흐릿했다. 재료와 기술이 모자란다는 이유였다.

'그냥 기본 통나무 집으로… 가만! 일일이 집을 만들려 면 1000여 채는 지어야 할 텐데? 그러면 요새의 나머지 공 간을 전부 집으로 채워야 할 거야.'

마침 기본 통나무 집 바로 옆에 공동주택이 있었다. 커 다란 건물을 지어 놓고, 그 안에 구획을 나누어 총 열 가구 를 수용할 수 있는 건물이었다.

면적은 기본형인 통나무 집의 네 배였고, 가격 또한 다 섯 배에 불과했다. 열 가구를 수용할 것을 생각하면 무얼 로 봐도 남는 장사였다.

'이걸로 하면 되겠군. 수량은 일단 100채 정도. 일단 날 씨가 추우니 한집에 조금 많이 살라고 하고, 나중에 더 지 으면 되겠지.'

제닌은 공동주택을 선택했다. 그리고 수량을 100채로 정하고 구역을 할당했다.

[목재 5000, 노동력 2500, 골드 5000이 소모됩니다. 진행하시겠습니까?]

'진행한다.'

골드 5000이라는 부분이 조금 거슬렸지만, 제닌은 흔쾌 히 수락했다. 어차피 자신의 사람으로 만들 생각으로 데려온 주민들이었다. 그들의 마음을 얻기 위해서 어느 정도의 손해는 감수해야 했다.

'이것도 일종의 투자라면 투자겠지.'

그렇게 수긍하고 있을 무렵, 문득 다리가 흔들리는 느낌이 들었다. 그것을 눈치챈 순간 시야가 다시 이지러지며 주변 광경이 눈에 들어왔다.

"……해? 아빠 뭐해?"

마리의 목소리가 들려왔다. 그녀는 제닌의 다리를 붙잡고 열심히 흔들어대는 중이었다.

슬쩍 주위를 둘러보니 모든 사람이 어리둥절한 얼굴로 자신을 바라보고 있었다.

'아! 그러고 보니 요새에 막 들어선 상태였었지.'

갑자기 변한 시야에 정신이 팔린 나머지 현재의 상태를 까맣게 잊고 있었다.

"하하! 아무것도 아니야. 그럼, 갈까?"

제닌은 마리의 머리를 쓰다듬으며 요새 가운데에 있는 지휘소로 걸음을 옮겼다.

그때였다.

"지어야 해……."

"건물을 짓자……."

"공동주택……."

가트의 주변에 모여 있던 장인 몇 명이 그렇게 중얼거리며 움직이기 시작했다.

"어이! 이보게! 어딜 가는 건가?"

가트가 쫓아가 몸을 흔들어 보았으나, 요지부동이었
다.

"헉! 자, 자네들 눈이, 눈동자가 왜들 그러는가? 꼭 뭐에
홀린 것처럼?"

움직이는 장인의 눈동자에는 초점이 사라져 있었다. 이
런 행동은 비단 장인뿐만이 아니었다.

가르타스에서 데려온 주민 중 절반가량이 장인들과 비
슷한 움직임을 보이기 시작했다.

그들은 옆에서 아무리 만류해도 묵묵히 한 방향으로 걸
어갈 따름이었다.

'흠……. 내가 뭔가를 지으라고 하면 저런 방식으로 건
설하나 보군.'

모두가 당황했지만, 제닌만 홀로 침착했다. 저들이 갑작
스럽게 움직이는 이유를 알았기 때문이다.

'호오! 이거 아무리 봐도…….'

뭔가 이유를 설명할 필요도 없고, 굳이 복잡한 지시를
내릴 필요도 없었다.

'좋은데?'

제닌은 무언가를 지을까 정하기만 하면 된다. 생각만 하
면 그대로 이루어지는 마법과도 같았다.

제닌은 움직이는 사람들을 바라보며 흐뭇한 미소를 지었다.

"제닌님? 이게 어찌 된 일인지……."

가트는 발을 동동 구르며 어쩔 줄 몰랐고, 베스란 역시 당황스러운 얼굴로 제닌을 바라보았다.

제닌은 대수롭지 않게 답했다.

"그냥 뒤. 내가 집 좀 지으라고 시킨 거야."

"집을요?"

가트가 되물었다.

"언제 그런 지시를……."

베스란도 중얼거렸다. 그런 지시를 내렸다면 지금껏 줄곧 옆에 있던 자신이 듣지 못할 리 없었기 때문이다.

"이건 뭐랄까……."

주변의 시선이 다시금 제닌에게 모여들었다.

"일종의 신탁이랄까?"

순간 모두의 머릿속에 물음표가 떠올랐다.

그런 이들을 버려둔 채, 제닌은 히죽거리며 휘적휘적 걸어갔다.

'크큭! 신탁이나 이거나 뭐, 다를 게 뭐야?'

"벡스 투! 커져!"

"쿠워어어어어!"

제 몸의 크기를 찾은 벡스 투가 포효했다. 어리둥절하던 사람들이 덕분에 깜짝 놀라며 정신을 차렸다.

그들은 휘적휘적 걸어가는 제닌과 거대한 벡스 투의 등에 올라 뒤를 쫓는 마리의 뒷모습을 하염없이 바라보았다.

"그런데…… 자네는 누군가?"

베스란이 가트를 향해 물었다. 묻는 베스란의 눈에는 경계심이 살짝 담겨 있었다.

"본인은 이곳 장인들의 수장이오."

"오호! 잡혀 와서 노예처럼 부림 당하다가 남작님의 도움으로 간신히 구명했다는 자로군."

명백한 도발이 담긴 베스란의 말에 가트의 눈썹이 꿈틀거렸다.

수장은 제닌으로 확고했다. 그러나 나머지 서열은 아직 확실히 정해진 바가 없었다.

이인자.

일인지하 만인지상의 자리를 두고 베스란과 가트가 치열한 신경전을 벌이기 시작했다.

물론 그들은 여기서 아무리 아옹다옹 해봤자, 어차피 서열은 십 위권 밖이라는 사실을 전혀 몰랐다.


Ⅲ


"놀랍군! 정말 놀라워! 매번 느끼는 거지만, 어떻게 이런 일이 가능한지 궁금해 죽겠단 말이야.”

[정보공개 레벨 미달로…….]

“시끄러워! 너한테 물어본 것 아니야!”

제닌은 손을 휘둘러 눈앞에 떠오른 메시지를 연기로 흩어버렸다.

제닌은 온종일 지휘소의 방에 틀어박혀 거점을 관리하는 여러 가지 기능들을 살펴보았다. 그리고 한 가지 결론을 내릴 수 있었다.

‘요새를 내가 원하는 대로 주무를 수 있다!’

그뿐만이 아니었다.

요새 안에 있는 사람들 또한 제닌의 마음대로 움직일 수 있었다.

‘행정관 베스란, 기술관 가트, 훈련대장 테일스.’

시야 한구석에 그들의 얼굴과 이름, 직책이 작게 떠올라 있었다.

여러 가지를 알아본 결과 제닌은 생각을 통해 그들에게 지시를 내릴 수 있다는 점을 알아냈다. 그와 더불어 요새를 위에서 내려다보는 시야를 확대하고 축소할 수 있다는 점 또한 알아냈다. 이를 통해 요새에서 일어나는 모든 일을 실시간으로 알아낼 수도 있었다.

이것은 그야말로 요새의 모든 것이 제닌의 손아귀 안에 있다는 의미였다.

"주택이 다 지어지면 다음은 병영과 훈련소를 짓는다. 그리고 목책을 강화하면 아쉬운 대로 요새의 모양새는 나올 것 같군."

구체적인 건설 계획 또한 세워 두었다.

제닌은 앞으로도 자리를 비울 일이 많아질 것이다. 그 때문에 자신이 없더라도 요새 자체만으로도 어느 정도 방어가 가능하게 하는 것이 중요했다.

'최대한 튼튼하고 안전한 곳으로.'

그가 알아낸 기능에 따르면 목책을 성벽으로 업그레이드할 수도 있었고, 그 위에 여러 가지 방어 기구를 설치할 수도 있었다.

제닌은 요새가 충분히 안전하다는 생각이 들면 가족들을 이곳으로 불러올 생각이었다. 멀리 두는 것보다는 눈이 닿는 곳에 두고 지켜보고 싶었다.

"잘 계시겠지?"

제닌의 목소리에는 진한 그리움이 묻어났다.

'그나저나 이틀이란 말이지? 보통 집보다 훨씬 커다란 집을 무려 100채나 만드는 데 걸리는 시간이.'

제닌은 공동주택이 지어지는 곳을 지켜본 적이 있었다. 비록 집을 짓는 사람들의 눈동자는 초점이 풀려 있었지만, 그들의 행동만큼은 자로 잰 듯 정확했고 또한 빨랐다.

'꼭두각시 인형을 보는 것 같았어.'

마치 보이지 않는 누군가가 그들의 몸을 정교하게 움직이고 있는 듯한 기분이 들기도 했다.

제닌은 머리를 저으며 시야 한구석을 바라보았다.

아래에 체력 막대 비슷한 게 붙은 집 모양의 그림이 보였다. 막대는 매우 느리게 차오르고 있었는데 제닌은 그것이 가득 차면 집이 완성된다는 것을 알 수 있었다.

'너무 편리하단 말이지.'

제닌은 손가락으로 집 모양 그림을 툭툭 두드렸다.

[자원의 네 배를 소모해 건설을 즉시 완료할 수 있습니다. 진행하시겠습니까?]

"뭐, 뭐라고?"

제닌은 저도 모르게 소리 내어 되물었다. 그만큼 놀란 탓이었다.

즉시 완료.

어딜 봐도 오해할 만한 여지가 없는 말이었다.

'그게 정말 된다고? 당장 건물을 완성할 수 있다고?'

비록 네 배나 많은 자원이 필요하기는 했으나, 시간을 생각해보면 그리 비싼 것도 아니었다.

적의 침공이 임박한 상태를 가정해 본다면 어떨까? 아마 수비하는 입장에서는 네 배가 아닌, 열 배가 들어도 무조건 즉시 완료를 택할 터였다.

'이게 정말 가능하다면?'

제닌은 그야말로 최강의 요새를 건설할 수도 있겠다는
생각이 들었다.

'지금은 그리 급할 게 없지만, 시험해 보는 의미에서 한
번 해보는 게 좋겠지.'

꿀꺽.

침을 한 번 크게 삼킨 제닌이 고개를 끄덕였다.

'건설을 즉시 완료한다.'

생각함과 동시에 그는 창밖을 바라보았다. 하지만 변화
대신 한 줄의 메시지가 눈앞에 떠올랐다.

[목재가 충분하지 않습니다. (10724/20000)]

[목재를 골드로 차감하시겠습니까? 목재 1당 1골드가 소
모됩니다.]

'이런 것도 가능한 거야? 골드를 주면 없던 목재가 어디
서 솟아나기라도 하는 건가?

믿기지 않았지만, 눈앞의 메시지가 제닌에게 거짓을 말
한 적은 지금껏 단 한 번도 없었다.

또한, 그는 믿어야만 했다.

'정말 그게 가능하기만 하다면!'

돈만 있으면 아무것도 없는 황무지에 성을 건설할 수도
있다는 의미였다. 아니, 제닌은 그 자체로도 걸어 다니는
요새가 될 수 있었다.

'총 삼만 골드. 그까짓 거, 앞으로의 가능성을 확인하는

비용치고는 싸지.'

돈은 넘치도록 있었다.

인벤토리에 있는 금화만 해도 오십만 골드에 육박했고, 각종 보석과 아이템의 가치 역시 수십만 골드에 달했다. 거기에 더불어 가르타스의 상단들에 받을 위약금 또한 수십만 골드가 있었다.

"차감한다."

제닌의 입에서 말이 떨어지기가 무섭게 공중에서 하얀 빛무리가 내려와 공동주택 건설 현장을 감싸 안았다.

그리고 잠시 후, 나타난 것은 완벽하게 지어진 공동주택 100채의 모습이었다.

'이, 이럴 수가……'

제닌은 떡 벌어진 입을 다물 수 없었다.

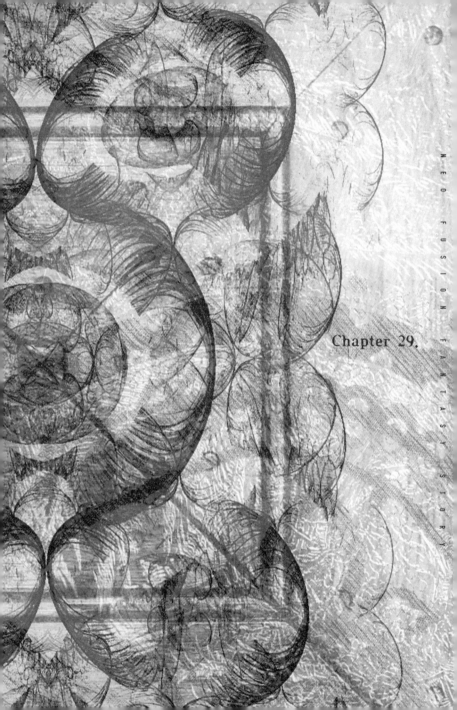

Chapter 29.

ROYAL
ROADER

I

쾅!

문이 부서질 듯 열렸다.

"크, 크, 큰일 났습니다!"

새하얗게 질린 얼굴로 들어온 이는 가트였다.

"뭘 그런 걸 가지고 놀라기는."

제닌은 피식 웃으며 대꾸했다.

별일 아닌 걸로 호들갑 떤다는 말투였으나, 속마음은 은근히 좋았다. 자신이 벌인 일로 경악하는 사람들의 모습을 지켜보는 일은 묘한 성취감이 있었다.

"이미 알고 계셨습니까?"

"알다마다. 여기서도 훤히 보이는 일을 가지고."

"설마, 제닌님이 하신 일입니까?"

"당연하지. 이 요새에서 그런 놀라운 일을 할 사람이 나밖에 더 있겠나?"

제닌의 대꾸에 가트가 시뻘겋게 달아오른 얼굴로 소리쳤다.

"대체 왜 그러셨습니까!"

"응?"

뭔가 느낌이 싸했다.

"잠깐! 뭔데 그래? 저 건물들 때문에 그러는 것 아니었어?"

제닌이 살짝 당황한 얼굴로 이유를 묻자 가트 역시 뭔가 오해가 있었음을 깨닫고 언성을 낮췄다.

"사람들이… 공사에 투입되었던 사람 중 천명 가량이 의식을 잃고 쓰러졌습니다."

"쓰러져?"

그제야 제닌은 가트가 그리 급하게 뛰어든 이유를 이해할 수 있었다.

'설마……. 즉시 완료 때문인가?'

쓰러진 사람들이 공사에 투입했던 인원이라는 점에서 이유는 어느 정도 짐작할 수 있었다.

'그런데 쓰러지다니…….'

잠시 생각하던 제닌의 머릿속에 불현듯 한가지 생각이

스쳤다.

'자원이 네 배 소모된다고 했어. 그리고 공동주택의 건설에는…….'

노동력 또한 포함되어 있었다.

제닌은 그저 사람이 필요하다는 의미로 받아들였으나 아무래도 그게 아닌 듯싶었다.

"사람들 상태는 어떤가? 심각한가?"

"그게… 극심한 체력의 소모 때문이랍니다.

"체력의 소모?"

제닌은 속으로 안도의 한숨을 내쉬었다.

'난 또 뭐라고. 그냥 과도하게 힘을 써서 피곤한 것뿐이잖아? 난 또, 다들 죽을 병이라도 걸린 줄 알고 깜짝 놀랐네!'

가트의 표정은 사람 수천 명이 몰살된 것 마냥 심각했었다. 하지만 단지 체력의 소모라니…….

'그런데 고작 그런 일로 날 놀라게 해? 게다가 왜 그랬냐고 윽박지르기까지?'

물론 천 명이나 되는 사람들이 갑자기 쓰러졌으니 가트가 놀라는 것은 이해했다. 그러나 놀란 것은 놀란 것이고, 자신에게 대든 것은 대든 것이다.

그냥 넘어갈 일이 아니라는 의미였다.

"난 얼마나 심각하냐고 물었는데?"

제닌은 표정을 싸늘하게 굳힌 채로 물었다. 그러자 이번에는 가트의 얼굴에 당황스러움이 떠올랐다.

"예? 아, 아니 그게… 죽을 정도는 아니라고……."

"심각한 일이라는 말인가? 아니라는 말인가? 그것만 대답하도록."

제닌은 명백한 질책이 담긴 말투로 되물었다.

가트는 제닌의 표정이 변한 순간 아차 싶은 생각이 들었다.

"죄, 죄송합니다."

"당연히 죄송해야지. 그리고 말이야, 내가 허락은 했나?"

"예?"

가트의 되물음에 제닌은 손가락으로 활짝 열린 문을 가리켰다.

"상급자의 방에 허락도 구하지 않고 들어오게 되어 있느냐는 말이야."

"아니 그게… 너무 급해서……. 죄송합니다."

가트는 머리를 숙였다.

'변명하는 걸 보니 아직 멀었군.'

자고로 잘못했을 때는, 특히 부하가 상급자에게 잘못했을 때는 그저 납작 엎드려 비는 편이 상책이었다. 그래야 조금이라도 상급자의 화를 누그러뜨릴 수 있기 때문이다.

괜스레 변명을 늘어놓거나, 잘못하지 않았다고 우기는 것은 상관의 화를 돋우는 일에 불과했다.

'대가는… 그게 좋겠군.'

잠시 생각하던 제닌이 입꼬리를 끌어 올렸다.

"앞으로 모든 보고는 베스란에게 올리도록."

"예?"

가트는 눈을 동그랗게 뜨며 되물었다. 그리고 얼마 지나지 않아 그의 표정이 슬슬 굳어지기 시작했다.

"제닌님. 그 말씀은……."

제닌이 싱긋 웃었다.

"기술관이 행정관 아래라는 의미가 되겠지."

"헉! 그, 그것만큼은……."

베스란과 가트는 요새의 이인자 자리를 놓고 치열한 신경전을 벌이는 상태였다. 이미 서로 감정의 골이 깊게 팬 상황에서 만약 위계가 성립된다면 어떨까?

가트는 눈앞이 캄캄해지는 기분이 들었다.

"제, 제닌님. 제가 아주 많이 잘못했습니다. 그러니 한 번만 용서를……."

"하는 것 봐서."

제닌은 매달리려 하는 가트의 손을 뿌리쳤다.

"가봐."

"제발……."

"정말 모르겠나? 그렇게 구차한 모습 보여봤자 더 좋을
게 없다는 걸? 베스란에게 가서 '바른 처신'에 대해 배워
오도록."

가트는 혹 떼려다 혹 붙인 격이 되었다.

"꼭 물어보는 게 좋을 거야. 나중에 베스란에게 확인해
볼 테니까."

가트는 울 것 같은 얼굴로 물러났다.

'저건 벡스가 교육하면 딱 맞는데 말이야.'

오랫동안 못 봐서 그런지 문득 벡스의 흉악한 얼굴이 떠
올랐다. 물론, 제닌의 눈에는 순박하고 덜 떨어진 얼굴일
따름이었다.

'벡스 녀석, 힘 좀 생겼다고 선임들한테 막 대들고 그러
는 건 아니겠지?'

슬쩍 의문을 품었다가 이내 고개를 가로저었다.

'하긴, 그놈들이 그런다고 당할 놈들도 아니지. 막내는
영원한 막내일 뿐이니까.'

개념을 상실한 가트의 행동 덕분에 괜스레 멀리 있는 부
하들이 그리워지는 제닌이었다.


Ⅱ


'왠지 바늘 위를 걷고 있는 기분이군.'

따가운 시선이 사방에서 내리꽂혔다.

주로 여성들의 시선이었는데, 그들에게는 쓰러진 남성이 옆에 있다는 공통점이 있었다.

'가족이 생각보다 많군.'

일반적으로 전시에 발생하는 노예는 포로로 잡힌 병사가 대부분이었다. 그런데 가족 단위의 노예가 이렇게 많다는 것은 제국의 점령지 수탈이 극에 달했다는 것을 의미했다.

강제로 끌려왔거나, 과도한 빚을 갚지 못해 가족 전체가 노예로 끌려온 경우였기 때문이다.

제닌이 슬쩍 바라보자 그를 쏘아보던 이들은 황급히 고개를 숙이거나 시선을 피했다. 그 모습에서는 두려움과 원망이 동시에 느껴졌다.

"후우……."

제닌은 깊은 한숨을 내쉬었다.

이들은 적이 아니었다. 그저 귀족들의 정치 놀음에 휘말린 죄 없는 희생양에 불과했다.

'이들이 보기엔, 나 역시도 그들과 다를 바 없겠군.'

그토록 경멸하던 귀족들의 모습과 자신의 모습이 겹쳐 보였다. 자신 역시 이들을 이용해 자신의 세력을 만들 생각만 했지, 이들이 처한 상황과 아픔을 이해하려는 노력이 티끌만큼도 없었다.

지금만 해도 그랬다. 그저 체력이 떨어졌을 뿐, 생명에는 지장 없다는 것에 제닌은 안도했다.

문제는 그것이 이들의 건강에 대한 안도가 아닌, 요새를 원하는 대로 건설하는 데 문제가 없어서 생긴 안도라는 점이었다.

'병신 같은 자식. 네가 언제부터 귀족이었냐? 언제부터 남의 머리 위에 올라서서 사람을 아래로 깔아보았는데? 알량한 힘이 좀 생겼다고 사람이 사람 같이 안보이냐?'

입술을 꾹 깨물던 제닌이 천천히 걸음을 옮겼다.

중년 남자의 몸을 붙들고 서글피 우는 어린 소녀가 있었다.

사람들이 수군거리기 시작했다. 이미 수천 명의 남자를 쓰러뜨린 제닌은 그들이 보기에 거의 악마 수준이었다. 그런 제닌이 어린 소녀에게도 해코지하지 않을까 하는 걱정이 담긴 수군거림이었다.

제닌의 인기척을 느꼈는지, 소녀가 고개를 들었다. 얼마나 울었는지 눈이 퉁퉁 부은 모습에 제닌은 왠지 모르게 코끝이 찡해졌다.

"미안하다. 정말 이렇게 될 줄은 몰랐다."

"흑! 우리 아빠… 죽는 거예요?"

"아니! 절대로!"

제닌은 강하게 부정했다. 어린 소녀를 안심시키기 위함이었다.

히끅! 끅!

소녀가 흠칫 어깨를 떨더니 딸꾹질을 시작했다. 제닌의 강한 억양에 놀란 모양이었다.

사람들의 시선이 작살처럼 꽂혀 들었다. 실체가 없는 눈빛임에도 제닌은 마치 온몸을 바늘로 찌르는 듯한 느낌을 받았다.

"후우……."

제닌은 한쪽 무릎을 꿇고 소녀와 눈높이를 맞췄다.

"나는 제닌이라고 하는데, 꼬마 아가씨는 이름이 뭐지?"

제닌은 이미 소녀의 이름을 알고 있었다. 세라라는 이름표가 이미 머리 위에 떠 있었기 때문이다. 그렇지만 원활한 대화를 위해서는 쉽게 대답할 수 있는 것을 물어보는 게 좋았다.

"히끅! 세, 세라요."

"아, 세라였구나. 너희 아빠는 죽지 않아. 그냥 너무 피곤해서 자는 것뿐이야. 며칠만 쉬면 다시 괜찮아질 거란다."

"하지만……. 아빠가 전에 엄청 아팠는데, 그때도 이렇게 누워만 있었어요. 그때 치료사 할아버지가 다음에도 이러면 못 깨어난다고 그래서… 그래서……. 흐아아앙!"

세라가 울음을 터뜨렸다. 듣는 사람도 덩달아 슬퍼지게 하는 서글픈 울음이었다.

지켜보던 여인들이 눈시울을 붉혔다. 그러나 정작 대화를 하는 제닌은 딴생각에 빠져 있었다.

'잠깐! 아파? 내가 왜 그 생각을 못했지?'

불현듯 머리를 스친 생각. 제닌의 얼굴에 웃음이 감돌았다.

사람들이 다시 수군거렸다.

그들의 눈에 비친 제닌은 가엾은 어린아이를 울리고 미소 짓는 사악한 악마였다.

"흐음……. 이거 어쩌지? 그렇게 울면 좋은 일이 다가오다가 멀리 도망갈 수도 있는데?"

"히끅! 흑! 조, 좋은 일?"

세라가 어깨를 들썩이며 되물었다.

"그래. 좋은 일."

제닌은 대답하며 쓰러진 사내 쪽을 슬쩍 바라보았다.

세라의 눈동자가 확연히 커졌다.

"정말요? 아빠가 일어날 수 있어요?"

"흐음……. 울어서 안 될 것 같은데?"

해결책을 찾아서 그런지, 슬쩍 농담까지 던졌다.

"아, 안 울었어요! 세라! 하나도 안 울었어요!"

'훗! 눈물은 좀 닦고 말할 것이지.'

그래도 더 놀리는 것은 좋지 않았다.

'사람들 시선에 찔려 죽기 전에 해결하는 게 좋겠지.'

제닝은 몸을 일으켰다. 주변을 휘휘 둘러보자 걱정스러운 얼굴로 뒤따라온 가트의 모습이 보였다.

"가트."

"예, 옙!"

손가락을 까딱거리자 가트가 황급히 달려왔다.

"가서 깨끗한 물 한 통만 떠오도록."

"무, 물 말씀입니까?"

"씁! 상관의 말에 반문하게 되어 있나?"

살짝 표정을 굳히자 가트가 화들짝 놀라며 달려갔다. 그리고 얼마 지나지 않아 커다란 통에 물을 담아 낑낑거리며 들고왔다.

"허억! 허억! 여기, 있습니다."

"수고했다. 물러나 있도록."

제닝은 사람들을 등진 상태에서 인벤토리를 열었다. 그리고 체력 회복 물약을 꺼냈다.

'얼마나 넣어야 할까?'

쓰러진 사람의 숫자는 대략 천명 가량. 그러나 그들 한 명 한 명에게 체력 회복 물약을 나눠줄 수는 없는 노릇이었다.

또한, 그들의 레벨은 기껏 해봐야 1이나 2에 불과할 터. 생명력 수치는 제닝이나 마리에 비할 바 없이 낮을 것이다.

'일단 열 병 정도만 넣어 볼까?'

그동안 테스트해본 결과, 하급 체력 회복 물약의 회복량은 대략 300 정도. 열 병이면 쓰러진 사람 한 명당 3 정도의 생명력을 회복시킬 양이었다.

제닌은 컵으로 물통을 휘휘 젓고는 한 컵 가득 떠 세라에게 건넸다.

"이, 이게 뭐예요?"

"좋은 일."

세라는 제닌의 대답에도 한동안 컵의 물을 바라보았다. 약한 붉은 기가 도는 물이 왠지 모르게 꺼림칙했던 탓이다.

망설이는 모습에 제닌은 혀를 찼다.

"뭐, 도와주고 싶어도, 도움받고 싶지 않다면 나도 어쩔 수 없지. 다시 줘."

"아, 안 돼요!"

제닌이 손을 벌리자 세라가 황급히 컵을 뒤로 감추며 쓰러진 아빠에게 다가갔다. 그리고 조심스럽게 입을 벌린 후 물을 흘려 넣었다. 목 주변을 살짝 눌러 물이 넘어가도록 하는 모습에서 예전에도 이런 병간호를 했음을 알 수 있었다.

'체력 막대는 절반 정도 채워지는군.'

사내의 눈이 파르르 떨리더니 밀려 올라갔다.

"으음……. 세라?"

"아빠!"

세라는 사내의 품에 얼굴을 묻고 오열했고, 사내는 그런 그녀의 등을 토닥였다.

제닌은 다시금 자신을 향해 내리꽂히는 사람들의 시선을 느꼈다.

"서, 성자다! 신의 은총이야!"

"저희에게도 그 물을……."

"성자시여 저에게도 신의 은총을!"

"은총을!"

사람들의 목소리에 제닌은 피식 웃음이 나왔다.

'사람을 악마 보듯 할 때는 언제고, 이제 와 웬 성자 타령이야?'

우습기도 했지만, 다른 한편으로는 일을 무사히 해결되어 만족스럽기도 했다.

'뭐, 이번은 그냥 넘어가 주지.'

"가트! 이제부터 이건 네 담당이다. 잘 나눠주도록."

제닌은 가트를 불러 물통을 맡긴 후 몸을 돌렸다.

"저, 저기……."

옷자락을 잡는 느낌에 뒤돌아보니 세라였다. 무슨 일이냐는 표정을 담아 바라보니, 세라는 머뭇거리며 입술을 움찔거릴 뿐이었다.

"응? 잘 안 들리는 데?"

"귀 좀······."

"귀?"

허리를 낮춰 귀를 기울이자.

쪽!

촉촉하고 보드라운 느낌이 볼에 일었다.

"고, 고마워요."

세라는 빨개진 얼굴로 도망치듯 멀어져갔다.

'뭐, 그런 걸 가지고 뽀뽀를······. 자기 아빠한테나 할 것이지······.'

제닌은 손으로 볼을 더듬었다.

누군가에게 선행을 베풀고 감사를 받는 기분.

'나쁘지 않군.'

제닌은 씩 웃었다.

물론 따지고 보면 원인 제공은 그가 한 셈이지만, 지금 상황에서 그건 그리 중요한 일이 아니었다.

Ⅲ

"감사합니다."

물을 마시고 정신을 차린 사내 하나가 제닌을 향해 고개를 숙였다. 그러자 몇몇 사람이 제닌을 향해 감사를 표했다.

'쑥스럽게 인사는 무슨⋯⋯.'

제닌이 입가에 멋쩍은 웃음을 지을 때, 문득 이상한 것이 눈에 들어왔다.

'이건 또 뭐지?'

[견습 건설노동자(Lv.1)]

가장 먼저 인사를 한 사내의 머리 위에 떠오른 글귀였다.

'이런 것도 된단 말이야?'

의미는 분명했다. 게다가 레벨이 적혀 있다는 것은 경험이 쌓이면 레벨 업이 가능하다는 의미였다.

자세히 바라보고 있자니 [견습 건설노동자]에 대한 설명이 떠올랐다.

- 건설 경험이 있는 노동자입니다.

- 무직자보다 고용비용은 비싸지만, 건설 시 속도와 완성도를 올려줍니다.

- 경험이 쌓일수록 건설에 필요한 체력과 지구력, 기술이 상승합니다.

'오호!'

제닌은 흥미로운 눈빛으로 사람들을 살펴보았다.

나머지는 없었지만, 그를 향해 인사한 사람들의 머리 위에는 이름표가 붙어 있었다. 그중에는 건설 노동자가 아닌 다른 글귀가 붙은 이들도 있었다.

[초급 목수], [미숙한 석공], [초급 설계사] 등 건설에 필요한 다양한 직종이었다.

제닌은 이것이 의미하는 바를 생각하며 눈을 빛냈다.

'조금 비싸더라도 이들의 능력을 키워야 해.'

돈이 문제가 아니었다.

비록 지금은 서류에 적힌 이름뿐이었지만, 제닌은 라테스 영지의 영주였다.

'만약 그곳도 요새처럼 건물을 지을 수 있다면?'

라테스 성도 이와 비슷한 식이라면 숙련된 기술자들이 다수 필요하게 될 터였다.

'더불어 건설 쪽의 직종이 생겼으니, 다른 쪽에도 생길 확률이 높아. 지금은 최대한 그 사람들을 발견해서 능력을 올려야 한다.'

그렇게 생각을 다질 때였다.

"어, 엇! 이게 뭐지?"

"세상에! 은화야! 무려 10실버!"

누군가가 주머니에서 반짝이는 은화를 꺼내 들고 외쳤다. 그러자 너도나도 주머니를 뒤져보더니 은화를 꺼내 들며 반색했다.

'설마… 건설 비용에 포함된 골드가 노동자들에게 돌아가는 것이었어?'

1골드는 10실버. 즉, 노동자들이 꺼낸 은화가 건설 비용에 포함된 것임을 짐작할 수 있었다.

하지만 의문 역시 들었다.

'그런데 왜 하나뿐이야? 나중에 들어간 4골드는?'

자세히 살펴보았으나, 노동자 중에 1골드 이상을 받은
이는 없는 듯싶었다.

'공중으로 날아간 건가?'

그렇다 해도 이상할 것은 없었다.

'하긴, 돈을 사용해 건물을 순식간에 완성해버리는 일
도 일어나는 데. 그깟 돈이 사라지는 것쯤이야.'

살짝 아쉽기는 해도 지금은 넘쳐나는 돈보다 시간이 훨
씬 중요한 때였다.

잠시 생각하는 사이 베스란이 다가왔다. 그리고 조심스
러운 목소리로 제닌에게 물었다.

"이 모든 게…… 영주님께서 하신 일입니까? 순식간에
건물을 세운 것도, 인부들을 치료한 것도, 그리고 저들에
게 돈을 준 것도?"

"뭐, 그렇다고 볼 수 있겠지?"

제닌은 대수롭지 않게 대답했다.

그러나 베스란의 얼굴은 놀라움을 넘어 경악에 가까워
지고 있었다.

잠시 놀란 마음을 삭이던 베스란이 고개를 끄덕였다. 그
리고 사람들을 둘러보며 큰소리로 외쳤다.

"보아라! 저 건물을!"

갑작스러운 외침에 몇몇 사람의 시선이 베스란에게 모여들었다.

"보라! 죽음에서 살아 돌아온 자들을! 또한, 너희의 손에서 반짝이는 은화를!"

'베스란, 이 양반이 지금 무슨 소리를 하려고?'

"믿기는가? 직접 눈으로 지켜보고 있는 본인도 믿기지 않는다. 그러나 이 믿기 어려운 사실 속에서도 너희가 한가지를 기억해야 할 것이다."

베스란은 자신을 바라보는 사람들의 시선을 죽 훑어보았다. 마치 시선을 즐기는 듯했다. 충분히 모여든 시선을 확인하자 베스란은 다시 입을 열었다.

"이 모든 것이 너희를 위한 영주님의 결단에서 이루어진 일이라는 것을!"

베스란의 말에 곳곳에서 수군거림이 일어났다.

"정말일까?"

"하긴, 우릴 노예에서 구해준 것도 이곳 영주님이라고 했잖아?"

"먹을 것도 주고, 따뜻한 옷도 주고……."

"그런데 남자들을 쓰러지게 한 건……."

사람들은 대체로 수긍하는 분위기였지만 한 가지, 노동자들이 쓰러진 것을 미심쩍어했다.

"조용! 조용! 그대들이 오늘 완성한 건물이 무엇인가? 바로 그대들이 살아갈 집이다. 또한, 추위에 떨어야 할 너희를 가엾이 여긴 영주님께서는 집을 순식간에 완성해버리는 마법까지 사용하셨다. 그것도 어마어마한 대가를 치르시면서!"

'큭! 이 양반 말 잘하는데?'

처음에는 말리려 했으나, 베스란의 언변은 생각보다 뛰어났다. 게다가 말해주지 않은 일까지 멋대로 지어내서 사람들을 선동하고 있었다.

중요한 것은 그 선동의 목적이었다.

'날 대단한 사람으로 만들어 사람들의 충성심을 끌어내려는 건가?'

제닌으로서는 환영할 만한 일이었다. 그와 더불어 생각지 못한 부분을 알아서 챙겨주는 베스란에 대한 신뢰가 무럭무럭 자라났다.

"게다가 쓰러진 자들을 그냥 두었는가? 영주님께서 그대들을 위해 사용한 것이 무엇인지 아는가? 바로 신의 은총이다. 집안의 보물로 대대로 내려온 물건을 그대들을 위해 아낌없이 베푸셨단 말이다!"

"오오! 어쩐지 죽어가던 사람이 바로 일어나더라니."

"이럴 수가! 집안의 보물을!"

"그런 분이 있다니! 욕심 많았던 우리 영주와는 전혀 다른 분이셔."

'신의 은총이라니, 집안의 가보라니……'

제닌이 듣기로는 거의 사기에 가까웠다.

'설마, 그 말을 정말 믿는 건가?'

그러나 베스란의 그런 말도 안 되는 이야기에 실제로 사람들은 감동하는 표정을 짓고 있었다.

'아니면 믿고 싶어 하는 건가?'

어쩌면 둘 다일 가능성이 컸다.

평민들은 대부분 무지했다. 교육의 기회가 전혀 없었기 때문이다. 먹고 살기 바쁜 형편은 아이들의 손이라도 빌려야 했고, 책의 가격은 평민에게는 눈이 튀어나올 정도로 비쌌다.

또한, 그들은 대부분 썩은 귀족 아래에서 평생을 착취당하며 살아왔다. 도움받기는커녕 어떻게 하면 피해를 보지 않을까를 전전긍긍해야 했던 것이다.

그들의 처지에서 제닌은 새로운 주인이었다.

비록 노예에서 풀어주었으나, 어차피 제닌의 아래에서 살아가야 한다는 사실 자체는 변하지 않았다.

그래서 그들은 믿고 싶었을 것이다.

제닌은 다른 귀족과 다르다는 것을.

그래야만 그들의 삶이 편안해지기 때문이다.

사람들은 저마다 감동하는 표정을 지었고, 일부는 눈물

을 글썽이기까지 했다.

"단지 그뿐인가? 영주님께서는 그대들이 그대들을 위한 일을 했음에도 그 노고를 잊지 않으셨다. 그대들의 손에 들린 은화를 보라! 무려 1골드짜리 은화다. 아마, 그대들 중에는 그 돈을 구경조차 못한 이들이 태반일 것이다. 그렇지 않은가?"

베스란은 10실버 대신 1골드라는 표현을 사용했다.

어차피 같은 가치였지만, 실버보다는 골드라는 표현이 더 값져 보이는 것을 노린 표현이었다.

"마, 맞습니다."

"정말, 꿈만 같습니다."

"고작 하루 일했는데, 이런 큰돈을 주시다니! 정말 영주님의 은혜에 감사드립니다. 앞으로 이런 일이 또 있다면 뼈가 부서지는 한이 있더라도 온 힘을 다하겠습니다!"

"저도 감사드립니다!"

"저도요! 영주님 고맙습니다!"

사람들은 입을 모아 제닌을 칭송하기 시작했다.

'훌륭하군. 정말 다시 보게 되었어.'

제닌은 베스란에 대한 평가를 상향 조정했다. 만약 베스란이 벡스처럼 부하가 되었다면, 선동이나 언변 같은 스킬이 하나쯤은 생겨났을 것 같았다.

"영주님은 그대들을 품 안에 거두었으며, 이곳을 지키

기 위해 모든 노력을 기울이실 것이다. 믿어라! 그대들은 이곳에서 안전할 것이다."

베스란은 이 말을 끝으로 입을 다물었다. 그리고 제닌을 향해 돌아서서 깊숙이 절했다.

"우와아아아아아!"

우레와 같은 함성이 터져 나왔다. 그와 더불어 제닌의 귓가에 알림 음이 소나기처럼 쏟아졌다.

[……에게 충성심이 생겼습니다.]

[……가 깊은 충성심을 느낍니다. 먼저 배신하지 않는 이상, 배신하지 않을 것입니다.]

눈앞을 어지러이 가로지르는 메시지들.

'대단하군…….'

제닌은 솔직히 감탄했다. 그는 그저 일어난 일을 수습했을 뿐이었다.

하지만 그것을 제대로 포장해 사람들에게 말하고, 그들의 마음을 움직인 것은 오로지 베스란의 능력이었다.

슬쩍 베스란을 바라보자 가트를 바라보며 씩 웃고 있는 모습이 보였다.

마치 '넌 나한테 안되지.'라고 말하는 듯했다.

'확실히 가트보다는 베스란이 훨씬 낫지.'

제닌은 베스란의 어깨를 두드리며 나직이 말했다.

"이왕이면 자존심을 박박 긁어 놓도록. 어떻게든 서열

을 끌어올리기 위해 발악하도록."

비록 개념은 조금 없었지만 가트에게는 기술이 있었다. 신무기를 만들던 장인들의 수장이 될 정도였으니 실력은 이미 검증된 사실이었다.

그 기술을 활용하기 위해서는 제대로 길들이는 작업이 필요했고, 제닌은 그 역할을 베스란에게 맡겼다.

속을 긁기에는 평소 티격태격하던 얄미운 사람이 제격이었다. 그 상황을 벗어나기 위해서는 서열을 올려야 했고, 그러려면 제닌에게 성과를 보이기 위해 온갖 노력을 기울일 터였다.

'그 절박함은 다시 기술의 발전을 가져올 테고.'

물론 가트로서는 열불이 터질 일이겠으나, 결과적으로 그의 실력도 비약적으로 발전할 터였다. 여러모로 선순환이라 할 수 있었다.

"제가 할 수 있는 모든 수단을 동원하겠습니다."

베스란이 빙그레 웃으며 대답했다.


Ⅳ


높이 10여 미터, 너비 5미터. 요새 전체를 아우르는 성벽이 완공되었다.

"우와……. 크다!"

"예전에 살던 영주님의 성도 성벽이 이렇게 높고 크지는 않았어."

인부들은 자신들이 완성한 성벽을 바라보며 입을 벌렸다.

"이런 걸……. 우리가 만들었다니……."

일부는 자신의 손을 바라보며 감격에 겨운 얼굴을 하기도 했다. 그들은 이런 거대한 역사에 자신들이 한몫했다는 사실이 자랑스럽기도 하고 뿌듯하기도 했다.

불과 며칠 전까지만 해도 노예로서 암담한 삶을 살아왔던 그들이었다. 그랬던 그들이었기에 더욱더 자신들이 무언가를 이루었다는 것에 감동했다.

물론 이런 인부들만 있는 게 아니었다.

"허억! 허억!"

"하아! 물! 회복의 물을 어서!"

아무렇게나 바닥에 쓰러져 회복의 물을 외쳐대는 이들도 있었다.

감격하는 이들과 헐떡이는 이들의 차이점은 제닌에 대한 충성심에 있었다.

직종을 얻은 이들은 제닌에게 진심으로 고마워하고, 충성심을 느낀 이들이었다. 그리고 그들은 체력과 기술이 상승했다.

게다가 그들은 건설할 때 눈이 풀리지 않고 제정신을 유지했다. 이것은 그들이 맡은 직종의 경험치를 비약적으로 상승시키는 결과를 가져왔고 또한, 경험치는 레벨을 올렸다. 그것은 다시 그들의 체력과 기술을 향상하는 선순환을 가져왔다.

그 덕분에 제닌에게 충성하는 이들은 즉시 완료에도 더는 헐떡이지 않았다.

'저렇게 차이를 보이다니……'

제닌은 지휘소에서 아래를 내려다보며 혀를 찼다.

'그러게 좀 진심으로 믿지 그랬어? 그렇게 의심이 많으면 피곤하기밖에 더해?'

헐떡이는 이들 역시 겉으로는 충성을 표현했다. 그러나 아무리 충성을 외쳐도 그들에게 충성심이 생겼다는 메시지는 떠오르지 않았다. 진심이 아니라는 의미였다.

"뭐, 어차피 자기들 운명이겠지."

제닌은 중얼거림을 끝으로 시선을 거뒀다. 그리고 거점 시야를 활성화 한 채 요새의 모습을 살펴보았다.

불과 일주일도 되지 않는 시간 동안 요새는 처음과는 전혀 다른 모습으로 거듭나 있었다.

'후훗! 돈 들인 보람이 있어.'

병영과 훈련소를 새로 지었고, 창고와 공방은 원래 있던 것을 개축했다. 광산 역시 더 안전하고 튼튼하게 바뀌어 있었고, 석재 채취장이 생겼다. 요새를 벗어난 산기슭에는 벌목장까지 지어져 있었다.

'이 정도면 당분간 자리를 비우더라도 알아서 꾸려갈 수 있겠지.'

제닌은 고개를 끄덕이며 시야를 원래대로 돌렸다.

앞으로 며칠 후면 프라덴 후작이 보낸 조사관이 당도할 것이다. 제닌은 그때를 이용해 이 요새에 대한 일을 해결할 생각이었다.

– 아빠!

갑자기 머릿속을 울리는 소리.

'응? 왜 그래 마리?'

– 테일스가. 말해. 누가 오고 있는데. 자기랑 같은 갑옷. 입었는데.

테일스는 요새 주변을 돌며 정찰 임무를 수행하고 있었다. 물론 프라덴 후작의 기사 갑옷을 착용한 상태였다.

그와 같은 갑옷을 입은 이들. 그리고 이 시기에 다가오는 이들이면 목적은 빤했다.

'조사관. 생각보다 빨리 왔군.'

기다리던 바였다.

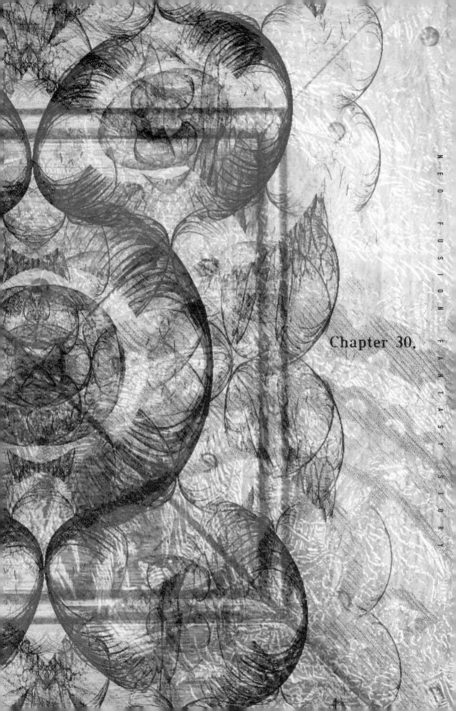

Chapter 30.

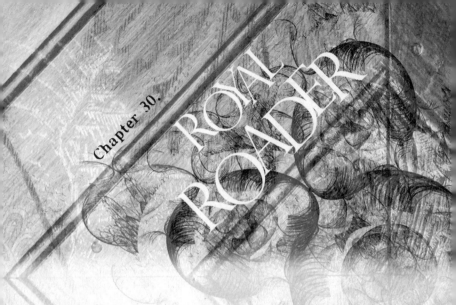

Chapter 30.

ROYAL ROADER

1.

"크하하핫! 다 죽여 버려라! 버러지 같은 것들을 짓밟아 버려!"

빛 한 점 들어오지 않는 공간. 단단한 나무 벽 너머에서 광기 어린 목소리가 들려왔다.

두두두두두.

말발굽 소리가 들려왔고, 무언가 부서지는 소음과 처절한 비명이 한데 어우러졌다.

"시, 싫어……."

실리아는 저도 모르게 입술을 비집고 새어 나온 목소리에 흠칫 놀라 손으로 입을 틀어막았다.

비록 사방이 막혀 보이지 않았지만, 실리아는 바깥의 상황이 머릿속에 그려졌다.

그것은 지옥이었다. 바로 그녀가 잡혀 오던 그날, 그녀의 눈에 비친 광경이었다.

"으흐흑!"

단단히 입을 틀어막았음에도 울음이 새어나왔다.

어두운 공간을 한참 울리던 울음소리가 갑자기 그치더니 뿌드득 하는 소리가 새어 나왔다.

"다 죽어 버렸으면 좋겠어. 짐승만도 못한 자식들!"

어두운 공간에 푸르스름한 빛 두 개가 나타났다. 빛은 실리아의 눈에서 뿜어지고 있었다.

표독스러운 눈으로 어딘가를 노려보던 실리아는 이내 정신을 잃고 쓰러졌다.

어두운 공간은 고요 속에 파묻혔다.


Ⅱ


"역시 버러지들이군."

퉤엣!

검은 갑주를 입은 기사가 걸쭉한 침을 뱉었다. 이어 아래를 내려다보며 물었다.

"이봐, 수십 명 중에 쓸만한 계집 하나 없다는 게 말이 되나?"

기사의 발밑에는 피를 철철 흘리며 꿈틀거리는 노년의 사내가 있었다.

"사, 살려……."

"크흐흐! 쓸만한 계집이 어디 있는지 알려주면 그럴 용의가 있는데? 혹시, 아나?"

"저, 저는 모, 모릅……."

"그거 살기 싫다는 말이지?"

"제, 제발……."

기사가 발을 뒤로 뺐다. 그리고 힘차게 앞으로 휘둘렀다. 매섭게 공중을 가른 기사의 발은 꿈틀거리는 사내의 옆구리에 틀어박혔다.

콰직!

"크헉!"

외마디 비명과 함께 날아간 사내의 몸이 바위에 부딪혔다. 남겨진 것은 짓이겨진 고깃덩이뿐이었다.

"크흐흐! 과연 토란님이십니다! 역시 버러지는 짓이겨야 제맛이죠. 이럴 줄 알았으면, 저도 한 마리쯤은 밟아 죽이는 건데. 아쉽습니다."

온몸에 피 칠갑을 한 기사 하나가 다가왔다. 그는 촘촘히 가시 돋친 철퇴를 들고 있었는데, 가시 사이에는 살점과 피가 그득했다.

"라딘, 피 맛은 좀 봤나?"

트란이라 불린 기사가 다가오는 기사에게 물었다.

"크크! 피를 보긴 봤는데 이거야 원······. 너무 싱거워서 피 맛을 본 것 같지도 않습니다. 역시 반항하는 놈의 대가리를 부수면서 맛보는 게 진정한 피 맛 아니겠습니까?"

"크흐흐! 그것도 그렇겠지."

트란은 고개를 끄덕이며 아직도 학살을 벌이고 있는 기사들을 바라보았다.

"적당히 몸 풀었으면 그만하고 들어오라고 해."

"예! 트란님. 뒤처리는 확실하게 하겠습니다!"

"그래. 우린 산적을 잡은 거야."

"아무렴요! 그것도 아주 흉포한 놈들이었죠!"

라딘은 낄낄거리며 학살 현장으로 돌아갔고, 트란은 몸을 돌렸다.

몇 대의 마차와 그 주위에 모인 사람들은 다가오는 트란의 모습을 보며 흠칫 몸을 떨었다. 잔인한 학살의 현장을 지켜본 결과였다.

트란이 행렬로 들어서자 모여 있던 사람들이 썰물처럼 빠지며 길을 열었다. 그 중앙에는 문관 복장의 인물이 못마땅한 표정을 지은 채 서 있었다.

"오래 기다리게 해드려서 죄송합니다. 그라스님."

"저게 무슨 짓이요? 유민을 저렇게 학살해도 되는 것이오?"

"유민이라니요?"

트란은 눈을 둥그렇게 뜨며 되물었다. 마치 자신은 아무것도 모른다는 표정이었다. 그가 다시 말했다.

"저기 어디에 유민이 있단 말씀입니까? 영광스러운 제국을 좀먹는 흉악한 산적이 있어 처리한 것뿐입니다."

"그걸 지금 말이라고 하오?"

그라스는 눈을 치뜨며 되물었다.

"허… 참……. 정말 산적인데, 아주 흉악한 산적인데……. 다 죽어버려 증명할 수도 없고 이것 참……."

트란은 답답하다는 듯 주먹으로 가슴을 때렸다. 답답하다기보다는 상대를 놀리는 뉘앙스가 엿보이는 말과 행동이었다.

"트란경! 그대의 행동이 도가 지나치다는 걸 정말 모르는 것이오? 그대가 기사대장이 되지 못한 이유가 바로 그!"

역정을 내던 그라스는 말을 끝마치지 못했다. 그의 앞에 불쑥 얼굴을 들이민 트란의 행동 탓이었다.

"어이! 거기까지만 하지?"

"어, 어이? 거기까지만?"

기가 막힌 표정을 짓는 그라스의 턱을 트란이 잡아챘다. 그리고 이글거리는 눈동자로 그와 눈을 마주쳤다.

"이, 이게 무슨 짓인가! 당장 놓지 않으면!"

"왜? 늙은이한테 가서 징징거린다고?"

"느, 늙은이? 징징거려?"

트란이 늙은이라고 말하는 인물은 결코 그렇게 불려서
는 안 될 사람이었다. 바로 그들의 주군 프라덴 후작이었
기 때문이다.

주군에 대한 모욕적인 언사에 그라스는 얼굴을 시뻘겋
게 물들였다.

"이 자가 정말 기사단에서 쫓겨나 봐야 정신을!"

그라스는 말을 끝까지 잇지 못했다. 바로 앞에서 번들거
리는 눈빛으로 바라보는 트란 때문이었다.

"이봐 영감. 오늘 밤에 산적 만나게 해 줄까?"

순간 그라스는 온몸에 소름이 돋아났다. 그 말뜻에 담긴
의미가 느껴졌기 때문이다.

그와 동시에 그라스는 문득 트란이 지금까지 일으켰던
사고들을 떠올렸다. 그러자 감정이 격해져 잠시 잊고 있던
사실이 드러났다.

'이 자, 그러고도 남을 자야!'

트란은 프라덴 후작가에서 무력이 가장 강한 기사였다.
그럼에도 그는 기사대장이 되지 못했다. 바로 개차반인 성
격과 끊임없이 일으키는 사고 때문이었다.

후우우웅.

매서운 한기를 품은 바람이 그들 사이를 휘돌며 지나갔
다.

이곳은 아무것도 없는 황무지였다.

사람 하나쯤 사라져도 아무도 모른다는 의미였다. 트란의 말대로 야밤에 몰래 죽이고 파묻은 다음 산적이 한 짓이라고 둘러댄다면 어떨까?

꿀꺽!

그라스는 마른 침을 꿀꺽 삼켰다.

"산적, 아주 흉악한 산적이 맞는 것 같소."

그라스의 대답에 트란이 누런 이를 드러내며 웃었다.

"역시! 영감이 봐도 그랬지? 거봐! 그런 걸 가지고, 아까는 왜 그랬어?"

"미, 미안하오. 내가 착각했나 보오."

그라스의 대답에 트란이 혀를 찼다.

"노안이 온 모양이야. 아! 그래서 이런 옛말이 나온 거구나?"

트란은 뭔가를 떠올린 듯 손가락을 튕겼다. 그라스는 무슨 말일까 생각하며 말이 이어지길 기다렸다.

"뭐야? 안 궁금해?"

"구, 궁금하오."

그라스가 억지로 묻자, 트란은 비릿한 웃음을 머금은 채, 답했다.

"늙으면 죽어야 한다고."

'이런 미친 작자가!'

그라스는 얼굴을 시뻘겋게 물들였으나 차마 대놓고 트란에게 말하지는 못했다. 화가 좀 났다고 밤의 산적을 불러들일 수는 없는 노릇이었다.

"쩝! 재미없네."

트란은 그라스의 턱을 놓고 물러섰다. 그리고 돌아서서 자신의 말로 향했다.

"후우……."

그라스가 안도의 한숨을 토할 찰나, 트란이 다시 뒤돌아섰다.

"아 참!"

"히꺽!"

그라스는 너무 놀란 탓에 딸꾹질이 나왔다.

"저기 마차 안에 있는 계집. 하룻밤만 빌릴 게. 그래도 되지?"

"아……."

그라스는 안 된다는 말이 목구멍까지 치밀어 올랐으나, 간신히 내리눌렀다.

안 되는 것은 맞았다. 마차 안의 계집은 프라덴 후작이 아끼는 재주를 가진 계집이었기 때문이다.

그러나 트란을 말릴 수 없는 이유가 두 가지 있었다.

하나는 트란은 한 번 마음먹으면 하는 자라는 점이었고, 나머지 하나는 안타깝게도 이곳에서 그를 막거나 제어할

자가 없다는 점이었다.

굳이 안 된다고 해봤자, 트란이 하고자 한다면 할 테고, 괜스레 야밤에 산적이 침입할 이유만 만들어주는 셈이었다.

"그, 그렇게 하시오. 단."

"내가 조건은 별로 안 좋아하는데?"

"죽이지는 마시오. 그 계집은 후작께서 매우 아끼시는 계집이오. 무사히 데려오라는 엄명이 있으셨소."

"큭! 그 늙은이 밝히기는……. 그런데 아직 세울 수나 있을까 모르겠어."

그라스는 다시 한 번 열이 끓었으나, 대꾸하지 않았다. 그저 지긋한 눈빛으로 바라보고만 있자 트란이 어깨를 으쓱했다.

"뭐, 그렇게 하지. 그래도 하룻밤 정을 나눈 사이인데, 쉽게 죽일 수야 있나?"

Ⅲ

"이런 개 같은! 도대체 어떤 자식들이 이런 짓을 하는 거야?"

제닌은 치밀어 오른 욕설을 참을 수 없었다.

수십 명이 몰살당했다. 그것도 온전한 것을 찾을 수 없을 정도로 짓이겨진 시체가 대부분이었다.

문제는 몰살당한 이들이 병사가 아니라는 점이었다.

그들은 유민이었다. 그것도 반항할 수조차 없는 노약자
가 다수 포함된 유민이었다.

"아무래도 놈들인 것 같습니다."

"그걸 누가 몰라서 그래?"

테일스의 말에 제닌이 버럭 소리를 내질렀다. 테일스는
찔끔한 표정으로 입을 닫았다. 상관의 기분이 별로일 때는
건드리지 않고 피하는 게 상책이다.

"오는 동안 마주치지 않아 화가 나서 그러지."

"그게 왜……."

테일스는 이유를 묻다가 문득 한 가지를 떠올렸다.

"아! 헛걸음하신 게 화가 나신 겁니까? 아니면 길이 엇
갈려 괜히 안 보셔도 될 광경을 보신 게……."

테일스는 싸늘히 노려보는 제닌의 눈빛에 황급히 입을
닫았다.

"돌아가는 시간 동안 놈들이 더 살아 있게 되잖아? 난
그 사실이 너무 화가 나 참을 수 없다고!"

"아!"

테일스는 단번에 이해했다.

"지금 당장 갈아 마셨어야 했는데……."

제닌은 주먹을 움켜쥐다 문득 테일스를 바라보았다.

"그런데 넌 아무렇지도 않냐?"

"예?"

"이 광경을 보고도 아무 느낌이 없냐고?"

"아……."

잠시 입을 벌리고 있던 테일스가 이내 씁쓸한 미소를 베어 물었다.

"이곳에서는 흔한 일이니까요."

"흔해?"

"그래도 걱정하지 마십시오. 시신들의 모습은 눈에 아주 달 담아 뒀으니까요. 놈들을 만나면 그대로 되갚아줄 겁니다."

테일스는 굳게 다문 입술로 의지를 다졌다.

"이자는 빼먹지 말고."

"여부가 있겠습니까?"

농담조로 말을 마치기는 했으나, 제닌의 표정은 착잡하기 그지없었다.

'미적거릴 시간 따위는 없다는 건가?

지금 이 시간에도 보이지 않는 곳에서는 누군가가 죽어가고 있을 터였다.

"끝내야지. 할 수 있다면 최대한 빨리."

"예? 뭘 끝내신다는……."

"됐고, 가자."

제닌은 말에 올라 힘껏 고삐를 내리쳤다.

말은 마차 바퀴 자국이 이어진 곳을 따라 전력으로 질주
했다.


IV


철그렁. 철컹.

나무 벽 너머에서 들려오는 요란한 소리에 실리아는 퍼
뜩 정신을 차렸다.

'도착한 건가?'

실리아는 주먹을 꼭 움켜쥐었다. 앞으로 눈앞에서 벌어
질 일에 대한 두려움 때문이었다.

'제발 고문하는 곳은 아니었으면 좋겠어⋯⋯.'

실리아는 특별한 능력이 있었다. 사람의 말에서 참과 거
짓을 가려내는 능력이었다.

유민으로 떠돌던 그녀는 노예 상인에게 붙잡혔고, 이곳
저곳을 전전하다가 프라덴 후작가로 들어갔다. 거기서 우
연한 기회에 그녀가 거짓을 판별해 내는 능력이 있음이 밝
혀졌고, 그녀는 특별 대우를 받기 시작했다.

노예의 생활 대신 널따란 방과 편안한 생활이 주어졌다.
그 대신 그녀는 가끔 어딘가에 들어가 누군가의 말에서 참
과 거짓을 판별해 주어야 했다.

그곳은 어두컴컴한 방일 때도 있었고, 피와 비명이 난무하는 고문실일 때도 있었다.

이렇게 마차를 타고 멀리 온 적은 처음이었지만, 그녀를 데려올 일은 심문해야 할 누군가가 있다는 것을 의미했다. 다만 고문실은 아니었으면 하는 바람일 따름이었다.

끼이이익.

듣기 싫은 소리와 함께 문이 열렸다.

밖은 밤이었다.

"크ㅎㅎㅎ."

모닥불에 비친 커다란 그림자가 불길하게 일렁였다.

실리아는 순간 온몸에 소름이 돋았다. 웃음소리는 바로 몇 시간 전 끔찍한 일을 시작했던 인물의 웃음소리와 똑같았다.

"나와라."

"시, 싫어……."

실리아는 주춤주춤 뒷걸음질쳤다.

그러나 사방이 막힌 마차 안에는 그녀가 도망칠 곳이 없었다.

"아주 기분 좋은 일이 기다리고 있거든? 그러니까 좋은 말로 할 때 나오지?"

"거짓말!"

참이기는 했다. 웃음소리의 주인공은 실제로 그렇게 생각하고 있었다. 실리아의 능력이 가진 단점은 상대방이 정말 그렇게 믿고 있다면 사실이 아니더라도 참으로 받아들인다는 점이었다.

다만, 능력을 떠나 실리아는 상대에게 기분 좋은 일이 자신에게는 지옥 같은 일이라는 것을 느꼈다.

"쩝! 여자들은 이런 게 문제라니까? 왜 좋은 말로 하면 안 듣지? 꼭 나를 그렇게 거칠게 만들어야겠어?"

트란은 고개를 내저으며 마차 안으로 들어섰다.

"오, 오지 마!"

"나는 갈 건데? 그러면 어떡하려고?"

빈정거리며 다가오는 상대의 모습에 실리아는 입술을 깨물었다.

'도와줘! 누가 날 좀!'

스걱!

섬뜩한 소리와 함께 빛줄기가 나타났다.

마차 옆면을 뚫고 들어온 빛줄기는 다가오던 트란을 향해 쏘아졌다. 하지만 트란은 순간적으로 몸을 틀어 빛줄기를 피해냈다.

"어떤 자식이!"

트란은 검을 뽑으며 마차 밖으로 뛰쳐나갔다.

"싫다잖아."

트란은 목소리가 들려오는 곳으로 황급히 고개를 돌렸
다.

푸른빛이 감도는 은발을 가진 잘생긴 청년이 자신의 키
보다 큰 대검을 들고 서 있었다.

V

스슷!

그림자 한쪽이 길게 늘어나며 한 병사의 목을 스쳐 갔
다.

"끄르륵!"

경동맥을 잘린 병사가 목을 부여잡고 쓰러졌다. 손아귀
사이로는 새빨간 피가 쉴 새 없이 뿜어졌다.

"으헛! 누, 누구냐!"

주변의 병사들은 깜짝 놀라며 흉수를 찾았으나, 어디에
도 사람의 모습은 보이지 않았다.

스슷. 스스슷.

다시 몇 명이 목을 부여잡고 쓰러졌다.

병사들은 사방을 두리번거렸지만, 흉수는 보이지 않았
고 희생자는 계속 늘어났다.

"도, 도망쳐!"

"이, 이건 악마의 소행이야!"

병사들이 혼비백산해서 도망치려 할 때, 한 무리의 기사가 그들의 앞을 막았다.

"도망치는 놈은 내가 죽여주지."

"쥐새끼 같은 놈들이 싸울 생각은 안 하고 어딜 도망치려 들어?"

라딘을 위시한 기사들이 흉흉한 기세를 뿜어대며 병사들을 압박했다.

그들의 무기에는 살점과 피딱지가 흉측하게 말라붙어 있었다. 확연하게 남은 학살의 흔적은 병사들에게 공포로 다가왔다.

병사들은 다시 뒷걸음질쳤다. 그리고 필사적으로 눈을 번뜩이며 주변을 살폈다. 그러나 적의 모습은 도무지 찾을 수 없었고 희생자는 계속 늘어갈 따름이었다.

그렇게 수십 명가량이 줄어들자, 병사들은 공포에 질린 채 벌벌 떨어댈 따름이었다.

이러지도, 저러지도 못하는 상황.

계속 자리에 있어봤자 또 다른 희생양이 될 터였고, 도망치면 흉흉한 기세의 기사들이 따라와 죽일 것이다.

그저 죽음만이 그들을 기다리고 있는 듯했다.

어느 순간 한 병사가 눈을 질끈 감았다.

"으아아아아!"

병사는 비명 같은 소리를 내지르며 사방으로 무기를 휘

두르기 시작했다. 보이지 않는 적이 눈먼 무기에라도 맞아
주길 바라는 행동이었다.

"으아아!"

"우아아아!"

병사의 행동은 다른 병사들에게도 전염되듯 퍼져 나갔
다.

차마 도망칠 생각은 하지 못했다. 그들은 보이지 않는
적보다 불과 몇 시간 전에 잔인한 광경을 연출한 기사들
쪽이 더 무서웠다.

"크핫! 병신같은 자식들! 저런 눈먼 무기에 누가 맞아줄
것 같은가?"

"그러게 말이야. 그나저나 라딘님, 대체 어떤 놈일까
요?"

"이제부터 알아봐야겠지. 저놈들의 목숨 값으로 말이
야."

라딘을 위시한 기사들은 비릿한 웃음을 흘리면서도 주
의 깊게 병사들을 살폈다.

눈을 감고 휘둘러대는 통에 아군에 의한 피해자가 속출
했으나, 공포에 질린 병사들은 아랑곳하지 않았다.

어차피 보이지 않는 놈에게 당하나 아군의 칼에 당하나
기사에게 당하나 어쨌든 죽는다는 사실만큼은 마찬가지였
다.

다만 그렇게 발악하는 것은, 운 좋게라도 얻어걸린다면 자신만큼은 살 수 있었기 때문이다. 다른 이들의 생사를 도외시한 이기적인 발악이었다.

'쓰레기 같은 자식들.'

기사들이 비웃음을 담아 병사들을 바라보고 있을 때였다.

스슷!

작지만 날카로운 소음이 일어났다. 바로 기사들의 한가운데에서였다.

"크윽! 뭐, 뭐야?"

기사 하나가 주저앉았다. 그의 발목 뒤에서는 진득한 피가 흘러나오고 있었다.

'아래?'

라딘은 황급히 아래를 살펴보았다. 하지만 그는 아무것도 찾아낼 수 없었다.

'생각보다 똑똑한 쥐새끼군! 병사들이 알아서 자멸할 것 같으니 이쪽을 노리는 건가?'

"아래를 살펴라!"

라딘의 말에 기사들은 저마다 무기를 꼬나쥐고 아래를 살폈다. 그러나 모닥불에 일렁이는 그들의 그림자뿐, 적으로 보이는 누군가는 보이지 않았다.

"크윽!"

기사 하나가 다시 쓰러졌다. 역시 발목을 공격받은 듯, 그곳에서 피를 흘리는 상태였다.

라딘은 황급히 그곳을 살폈으나, 역시나 아무것도 없었다. 그저 일렁이는 그림자뿐이었다.

'설마?'

생각과 동시에 그는 단검을 꺼내 일렁이는 그림자를 향해 던졌다.

푸욱!

— 크윽!

단검이 그림자에 꽂히자 인간의 것이라고 보기 어려울 정도로 기괴한 목소리가 들려왔다.

"그림자다! 놈은 그림자에 숨어 있어!"

라딘의 말에 기사들은 저마다 그림자를 향해 칼을 꽂았다. 그러나 전과 같은 반응은 없었다.

— 크크크! 고작 인간 따위가 이 몸을 상대할 수 있을 것으로 생각하는가?

다시금 기괴한 목소리가 라딘의 귓가에 들려왔다.

"이 빌어먹을 자식이! 그렇게 자신 있으면 숨어 있지만 말고 모습을 드러내란 말이다!"

— 후회할 텐데?

'후회는 무슨! 어서 모습이나 드러내라! 그 순간 버러지처럼 짓이겨 죽여줄 테니!'

라딘은 번뜩이는 눈으로 사방을 살피며 피묻은 철퇴를 움켜잡았다.

스르르륵.

그림자가 일어섰다. 나타난 것은 사람이라 보기 어려웠다. 실체가 보이지 않고 그저 검은 기류를 휘감은 기괴한 모습만 보일 따름이었다.

그러나 그럼에도 한 가지 변하지 않는 사실이 있었다. 바로 놈이 적이라는 점이었다.

"쳐라!"

라딘의 외침에 따라 기사들은 일제히 달려들어 무기를 내질렀다.

"엇! 뭐지?"

"어엇! 이게 대체!"

분명히 적의 몸을 갈랐건만, 손아귀에 전해지는 느낌이 없었다. 기사들은 어리둥절한 얼굴로 자신의 손에 든 무기를 바라보았다.

무기는 멀쩡했다. 불과 몇 시간 전만 해도 인간의 뼈와 살을 한꺼번에 잘라내던 무기들이었다.

"뭐가 어떻게 된 일인지……. 크윽!"

신음을 흘리는 기사를 시작으로 쉐도우마스터에게 달려들었던 모든 기사가 바닥에 주저앉았다. 그들의 발목 뒤에서는 진득한 피가 배어 나왔다.

기사들은 일어나려 애썼으나, 그럴 수 없었다. 잘려나간 아킬레스건 때문에 다리에 힘이 들어가지 않았다.

"대, 대체……. 정체가 뭐냐? 악마인가? 마족인가?"

라딘의 목소리에는 떨림이 묻어났다.

기사들이 한꺼번에 당했다. 그것도 자신이 어떻게 당하는지조차 모르는 찰나에 벌어진 일이었다.

여기 있는 기사 중에서는 라딘이 가장 실력이 좋았지만, 그저 약간 나은 정도였다. 그런 기사들이 영문도 모른 채 한꺼번에 당했으니, 자신이라고 해서 크게 다를 것은 없어 보였다.

- 크흐흐! 그걸 알아서 무엇하겠는가?

목소리와 함께 쉐도우마스터의 몸이 길게 늘어났다.

라딘은 펄쩍 뛰어올라 아래로 검을 내리쳤으나, 그의 검은 쉐도우마스터의 몸을 그대로 통과해 지나갔다.

라딘은 발목 뒤에서 전해지는 아찔한 통증에 좌절했다.

콰당탕탕!

그대로 떨어져 바닥을 구른 라딘이 낭패한 몰골로 쉐도우마스터를 바라보았다.

"크윽! 우릴 어쩔 셈이냐?"

- 글쎄. 나는 되도록 죽이고 싶지만, 주인이 그러지 말라니 그럴 수밖에. 난 그저 너희가 도망치지 못하게 지키라는 명령을 받았을 뿐이다.

"주인? 명령? 그대의 주인이 누구인가? 흑마법사인가? 아니면 마족?"

쾅쾅!

라딘이 그렇게 물어본 직후에 마차 쪽에서 폭음이 터져 나왔다.

— 크흐흐. 너희 대장과 맞붙는 분이 바로 이 몸의 주인님이시지.

쉐도우마스터의 말에 라딘은 얼굴을 찡그리면서도 진한 웃음을 지었다.

"크큭! 저 시체를 말하는 건가?"

라딘은 확신에 찬 어조로 대꾸했다.

트란은 그들과는 차원이 다른 실력자였다. 적어도 지금까지 라딘이 만나본 모든 기사 중 가장 강한 인물이었다.

'트란 님은 반드시 이긴다. 설사 소드 룰러가 온다고 해도 트란 님은 이길 것이다!'

라딘은 그렇게 확신했다. 자신의 목숨이 달린 일이기에 더욱 트란의 승리를 믿을 수밖에 없었다.

— 크흐흐. 주인이 당하는 건 곤란하지만, 힘들어하는 모습을 보고 싶기는 하군.

쉐도우마스터의 기괴한 목소리는 연이어 발생하기 시작한 폭음 속에 묻혀들었다.

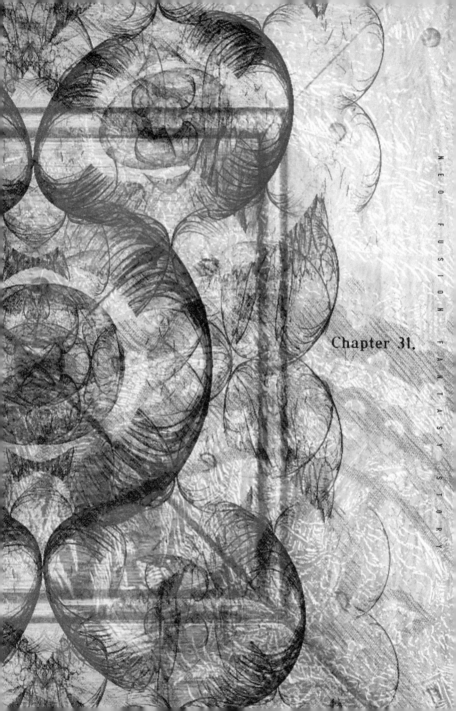

Chapter 31.

Chapter 31.

ROYAL
ROADER

I

쿠웅!

둔중한 소리와 함께 흙먼지가 피어올랐다. 자욱하게 피어오른 흙먼지는 달빛을 가렸다.

바닥에 너부러진 인물은 제닌이었다. 통증은 거의 없었지만, 등부터 제대로 떨어진 충격에 머릿속이 멍한 기분이었다.

"쿨럭!"

흙먼지를 들이마신 탓에 기침이 터져 나왔으나 제닌은 재빨리 몸을 굴렸다.

콰직!

암적색의 오러가 채찍처럼 휘어지며 제닌이 누워있던

자리를 휘갈겼다. 만약 피하지 않았다면, 제닌은 또다시 큰 타격을 허용해야 했을 터였다.

'썩을! 이거 쉽지 않은데?'

제닌은 손을 몇 번 쥐었다 폈다 하며 손아귀의 저릿함을 누그러뜨렸다.

몇 번 부딪치지 않았음에도 제닌은 몰골은 말이 아니었다. 그나마 방어력 높은 갑옷이 보호해 줘서 망정이지, 그렇지 않았더라면 그는 진즉 패했을 것이다.

"크하하! 쥐새끼는 역시 바닥에 굴려야 제맛이지. 이거 혼자 보기 아깝군그래."

말과 함께 트란이 기습적으로 검을 휘둘렀다.

제닌은 황급히 뒤로 물러나며 공격을 피하려 했으나, 트란의 검에 서린 암적색 오러가 길게 늘어나며 제닌을 향해 쇄도했다. 방향을 틀어 피하는 시도를 해 보았지만 오러 역시 호선을 그리며 제닌의 몸을 쫓았다.

'빌어먹을!'

제닌은 입술을 깨물며 어쩔 수 없이 대검을 들었다. 트란의 오러와 제닌의 웨폰 아우라가 맞부딪쳤다.

콰쾅!

폭음과 함께 제닌의 몸은 다시 한 번 뒤로 날아갔다.

'대체 왜 내가 밀리는 거냐고!'

힘, 밀리지 않았다.

속도, 제닌이 오히려 더 빨랐다.

장비, 제닌 쪽이 월등하게 좋았다.

제닌은 자신이 밀리는 것을 이해할 수 없었다.

하지만 그에게 부족한 게 딱 하나 있었다.

기교였다.

검술을 차치하고서도, 상대는 오러를 자유자재로 다룰 줄 알았다. 오러는 변화막측하게 변형되었고 제닌은 그것을 막아내는 것만으로도 힘에 겨울 지경이었다.

'엑셀시어가 원래 이렇게 대단한 놈들이었어?'

제닌은 새삼 그런 생각이 들었다.

처음엔 쉬울 줄 알았다. 그래서 정면에서 당당하게 나타났다. 유민을 학살한 놈들에게 학살이 무언지를 뼈저리게 느끼게 해주고 싶었다.

'젠장! 이럴 줄 알았으면 그냥 조용히 숨어 암습이나 할 것을!'

모습을 드러낼 당시에는 설사 상대가 엑셀시어라 해도 별 상관없다는 생각이었다. 그가 지금껏 처리한 엑셀시어의 숫자만 해도 세 명이나 됐기 때문이다.

그런데 처음 검을 마주치는 순간, 제닌은 제 생각이 틀렸음을 깨달았다. 손아귀가 저릿할 정도로 강한 상대방의 검격 때문이었다.

게다가 상대방은 검을 마주치는 찰나의 순간, 자신의 검이 손상되는 것을 느끼고 오러를 강하게 둘러 검을 보호했다. 단지 그 한 수만으로도 상대방은 제닌을 긴장하게 했다.

'그럼 그동안 내가 상대했던 놈들은 뭐지?'

사실 그동안 제닌이 상대했던 엑셀시어들은 제 실력의 반도 제대로 발휘하지 못했다고 보는 편이 옳았다.

처음 만났던 아인스 드 카시어스는 이제 갓 엑셀시어의 경지에 오른 인물이었다. 그뿐만 아니라 제닌의 도발에 휘말려 이성을 상실한 점이 결정적인 패배의 요인이었다.

두 번째는 요새 안에 있었는데, 잠든 사이에 기습한 탓에 제대로 반항조차 못했다. 물론 이것은 쉐도우마스터의 솜씨였다. 제닌은 자신의 기척으로 상대방이 깰 것을 염려하여 쉐도우마스터의 은밀함을 이용했다.

세 번째는 기사 엑트. 그는 제닌의 수확 스킬에 쓸려 나가버린 부하들을 넋 놓고 바라보다가 당했다.

비록 그중에 제대로 실력을 겨룬 적은 없었으나, 그들을 쓰러뜨렸다는 사실이 문제였다. 이 사실은 제닌으로 하여금 은연중에 엑셀시어의 실력을 낮춰보는 결과를 가져왔다.

그러나 진정한 엑셀시어의 실력은 대단했다.

사실 대륙에 몇 없다는 소드 룰러는 논외로 치고, 엑셀시어는 현역으로 활동하는 이들 중 정점에 오른 이들의 실력이었다.

제닌이 그런 엑셀시어를 그렇게 쉽게 처치했던 것은 운이 좋았다고 할 수도 있었고, 제닌이 그들의 약점을 제대로 공략했다고 볼 수도 있었다.

여기서 또 하나 중요한 것은, 제닌이 상대하는 트란이 엑셀시어 중에서도 정점에 오른 인물이라는 점이었다. 비록 성격은 개차반이었지만, 무력만큼은 소드 룰러를 넘볼 정도로 엄청난 인물이었다.

쿠당탕탕!

제닌의 몸은 바닥을 뒹굴었고, 다시 한 번 피어오른 흙 먼지가 달빛을 가렸다. 비록 시야는 막혔어도 미니맵은 빠르게 쇄도하는 붉은 점을 보여 주었다.

제닌은 대검을 힘껏 움켜쥐며 거리를 가늠했다. 그리고 흙먼지 너머 상대의 모습이 아른거릴 때쯤 [기습] 스킬을 발동했다.

시야가 이지러지며 눈앞에 상대의 등이 나타났다.

'웨폰 아우라! 일점집중!'

푸른 불꽃을 머금은 제닌의 대검이 떨어져 내렸다.

그 순간 상대가 빙글 돌더니 제닌이 내리치는 검의 경로에 자신의 검을 가져다 댔다.

'막아도 소용!'

잠시 자신 있는 표정을 짓던 제닌은 금세 표정을 구겼

다. 앞을 가로막은 상대의 검이 비스듬한 것을 발견한 탓이었다.

'젠장! 어떻게 된 놈이!'

공격은 현란했고, 방어는 철벽과 같았다. 게다가 제닌의 검이 가진 막대한 공격력을 알아챘는지, 처음 한 번 부딪친 이후로는 검을 맞부딪치지 않았다.

피하거나 지금처럼 비스듬히 흘릴 따름이었다.

키리릭!

제닌의 검은 상대의 검을 타고 흘러내렸다. 자세가 무너진 탓인지 일점집중은 발동되지 않았다.

그나마 다행이었다. 만약 일점집중이 발동했다면, 제닌은 바닥에 대고 열심히 칼질을 해대고 있을 것이다.

"홋! 그거 꽤 재미있는 기술인데?"

트란은 피식 웃으며 검을 휘둘렀다.

이미 자세가 무너져 버린 제닌은 그대로 공격을 허용할 수밖에 없었다.

캉!

날카로운 금속음과 함께 불꽃이 튀었다. 다행히 갑옷이 상대의 공격을 버텨 주었다.

"크하핫! 장인이 만든 검을 순식간에 잘라 먹으려 드는 검도 그렇고, 오러까지 막아내는 갑옷이라. 이거 갈수록 탐나는데 어쩌지?"

상대는 검을 휘두르면서도 말할 여유가 있었다. 반면 제닌은 인상을 잔뜩 구긴 채 물러서기에 급급할 따름이었다.

"그런데 다른 곳도 그렇게 단단할까?"

트란은 다시 오러를 발현해 휘둘렀다. 이번에는 갑옷이 가리지 못한 부분을 노렸다.

제닌은 대검을 들어 방어하려 했으나, 암적색 오러는 낭창낭창하게 휘어지며 대검을 피해 날아들었다.

겨우겨우 피하고는 있었으나, 제닌의 몸에 하나 둘 상처가 새겨지기 시작했다.

"크큭! 통하네? 너, 이제 어떡할래?"

'이런 얼어 뒈질 놈이!'

매번 놀리다가 막상 놀림당하는 처지에 놓여보니 사람이 왜 이성을 잃게 되는지 알 것 같았다.

'그래! 마음껏 놀려 봐라! 제대로 이자 쳐서 갚아줄 테니까!'

제닌은 이를 악 다물며 쉐도우마스터에게 의지를 전했다.

'이쪽으로 와서 돕도록.'

― 곤란한 지경이시군요. 마스터.

'지금 너까지 놀리냐?'

― 어이쿠! 이런! 마스터께서는 지금 제 도움이 절실히 필요하신 거 아닙니까? 그런데 그렇게 화를 내시다니요.

능청스러운 말투로 시간을 끄는 쉐도우마스터. 말투를 보아하니 제닌의 급한 상황을 이용해 뭔가를 얻으려는 수작이 빤해 보였다.

제닌은 그런 쉐도우마스터의 수작에 휘둘리고 싶은 마음이 털끝만큼도 없었다.

'좋은 말 할 때, 오지? 확 바꿔버리기 전에.

ㅡ 헙! 그, 그걸…… 어떻게…….

쉐도우마스터의 당황한 목소리가 들려왔다.

'왜 내가 그걸 몰랐을 거로 생각하지?'

사실 당연한 일이었다.

지금까지 [스켈레톤 킹의 반지]로 소환하는 소환물은 제닌의 마력이 올라감에 따라 바뀌었다.

쉐도우마스터를 소환한 이후로 제닌의 마력은 월등하게 증가한 상태였다. 당연히 소환되는 소환물이 바뀌어야 정상이었다.

지금도 매번 소환할 때마다 다른 것을 소환할 거냐고 묻는 메시지가 떠올랐다.

다만, 제닌이 거부하고 있었을 따름이었다.

솔직히 쉐도우마스터는 쓸모가 많았다. 또한, 무엇보다 중요한 것은 놈에게 이성이 있다는 점이었다.

제닌에게는 또 다른 스켈레톤 킹의 반지가 있었다. 그리고 그것의 소환물은 계속 변화해 지금은 스켈레톤 골든나이트라는 반짝이는 해골 기사를 소환할 수 있었다. 그러나 그렇게 변화하는 동안 쉐도우마스터처럼 이성을 가진 소환물은 한 번도 나타나지 않았다.

쉐도우마스터가 그만큼 특별하다는 이야기였다.

- 바, 바꾸지 마십시오! 아니, 제발 바꾸지 말아 주십시오!

쉐도우마스터의 말투가 필사적으로 바뀌었다.

'바꾸면 넌 어떻게 되는 데?'

- 그, 그게…….

대답하기 어려워한다는 것은 그만큼 곤란하다는 것과 같은 의미였다. 지금은 그 정도를 아는 것만으로도 충분했다. 차차 알아보면 될 일이었고, 지금은 그보다 시급한 일이 있었다.

'그나저나 빨리 안 올래? 나 죽으면 아예 소환할 사람 자체가 없어지는 거 몰라?'

- 가, 갑니다!

대답과 동시에 트란의 그림자 한 귀퉁이가 창처럼 뾰족하게 변해 쏘아졌다.

"웃!"

불길한 낌새에 간발의 차이로 피한 트란이 놀란 표정을 지었다.

"이건 또 뭐야?"

"뭐긴 뭐야? 네놈을 지옥으로 보내줄 선물이지."

상대방의 당황한 표정을 확인한 제닌은 입가에 비릿한 웃음을 머금었다.

이젠 갚아줄 차례였다.

그러나 상대는 제닌의 생각처럼 만만치가 않았다.

"넌 어디서 이런 잡다한 것만 배워 왔냐? 그 시간에 수련이나 할 것이지."

트란은 한심하다는 표정으로 혀를 찼다. 제닌의 검술 실력이 모자란다는 것을 대놓고 꼬집은 셈이었다.

"썅! 그럼 그 잡다한 기술에 뒈져 보든가!"

제닌의 말도 막 나가기 시작했다. 하도 당하다 보니 저도 모르게 열이 뻗친 탓이었다.

쉐도우마스터는 그림자를 뾰족한 창처럼 만들어 찔러댔고, 제닌 역시 방어 일변도에서 공격으로 태세를 전환했다.

"아! 거참 성가시게 구네!"

트란은 짜증스러운 외침을 토해냈다. 하지만 속마음은 적잖이 긴장한 상태였다. 그를 긴장하게 한 것은 제닌의 공격보다는 쉐도우마스터의 공격이었다.

막으려 해도 그것을 그냥 무시하며 들어오는 통에 피하는 수밖에는 방법이 없었다. 거기에 제닌의 공격까지 가세하자 트란은 점차 손발이 어지러워지는 상황에 몰려가고 있었다.

212

'진작 이럴 것을!'

솔직히 쉐도우마스터가 이렇게 큰 도움이 될 것이라고는 전혀 예상하지 못했었다. 물체는 물론 오러까지 무시할 수 있다는 점은 제닌은 몰라도 다른 사람에게는 거의 악몽과 같은 수준이었다.

'이대로는 답이 없어!'

트란은 얼굴을 구긴 채 자신을 향해 쏘아지는 그림자의 창을 피해냈다.

솔직한 말로 제닌은 그의 상대가 아니었다. 제대로 마음먹었다면 순식간에 끝낼 수도 있었다. 그러나 그러지 않았던 것은 제닌의 검과 갑옷이 무척 탐이 났기 때문이다.

어차피 자신의 것이 될 바에야 이왕이면 손상 없이 얻는 편이 좋지 않겠는가! 그런 생각에 트란은 일부러 강한 공격을 삼가고 있던 참이었다.

'어쩔 수 없지. 비록 장비가 조금 손상된다고 해도.'

트란은 마음을 굳혔다. 그리고 쇄도하는 그림자 창을 간발의 차이로 피해내며 제닌을 향해 돌아섰다.

"죽어!"

트란이 내지르는 검에는 이전과는 다른 오러가 어려 있었다. 이전의 오러는 잘 다듬은 암적색 막대기와 같았다면, 지금의 오러는 핏물을 머금은 것처럼 붉었다. 게다가 아지랑이 같은 붉은 기류가 오러 주변을 휘감은 상태였다.

척 보기에도 심상치 않아 보이는 공격에 제닌은 본능적으로 위험을 느꼈다. 그와 동시에 반사적으로 [기습] 스킬을 발동했다.

제닌은 상대의 머리를 향해 내리치려는 검을 억지로 막았다. 그리고 [수확] 스킬을 발동했다.

그의 몸이 한 바퀴 회전하면서 푸른 불꽃으로 이루어진 원반이 그려졌다.

"윽!"

트란은 등 뒤에서 느껴지는 막대한 기세에 깜짝 놀랐다.

'피하면 그만.'

그는 검을 내지르던 힘을 이용해 몸을 앞으로 던졌다. 그 자리를 벗어나기 위함이었다.

그러나 트란의 몸이 공중에 떠올랐을 때.

퉁.

보이지 않는 막이 그의 몸을 막아섰다. 제닌이 미리 만들어둔 [보호]의 막이었다.

"무, 무슨!"

트란의 눈동자에 경악이 떠올랐을 때.

"체크메이트다. 이 개자식아!"

한 서린 제닌의 일갈과 함께 푸른 불꽃으로 이루어진 원반이 트란의 몸을 집어삼켰다.

콰직! 쩡!

반으로 접힌 트란의 몸이 [보호]의 막을 깨고 밖으로 날아갔다. [수확]의 공격력이 보호의 방어력을 뛰어넘은 탓이었다.

제닌은 날아가는 트란을 향해 몸을 날렸다.

끝낼 수 있을 때, 확실히 끝내야 했다.

상대는 자신을 압도했던 무력을 가진 이였다.

'심장을 박살내기 전까지는 끝난 게 아니야!'

털끝만큼의 방심이 돌이킬 수 없는 결과를 불러올 수도 있었다.

쿠당탕탕!

트란의 몸이 형편없이 바닥을 굴렀다.

검은 자루만 남은 채 부러져 있었고, 갑옷은 옆구리 부분이 깨져 나간 모습이었다. 그 와중에서도 검을 세워 막았던 것이 간신히 죽음은 면하게 했다.

"쿨럭!"

기침과 함께 피를 게워내는 트란의 상태는 그리 좋아 보이지 않았다. 하지만 눈동자에 서린 기세만큼은 전혀 수그러들지 않았다.

"빌어먹을 자식이!"

트란은 비치적거리며 몸을 세웠다. 눈으로 흘러내린 핏물로 붉게 물든 시야에 자신을 향해 쇄도하는 제닌의 모습이 잡혔다.

"아주 갈가리 찢어주마!"

트란의 온몸에서 붉은 아지랑이가 피어올랐다. 그리고 그것은 그의 주먹에 뭉쳐 핏물처럼 붉은 오러를 만들어 냈다.

'아직도?'

달려드는 제닌의 눈에 놀라움이 스쳐 갔다.

거의 만신창이에 가까운 몸으로도 저런 투지를 보인다는 게 그로서는 놀라울 따름이었다.

'그래봤자 마지막 발악일 뿐.'

그만큼 상대의 몸 상태는 좋지 않았다. 아마 이번이 마지막 힘을 쥐어짜 낸 한 방일 터.

'기습? 아니, 정면으로 간다.'

어차피 상대는 기습의 공격 패턴을 알고 있었다. 또한, 기습을 사용하면 갑작스럽게 이동한 탓에 제닌에게도 약간의 틈이 만들어졌다. 상대는 그걸 역이용할 수 있을 정도로 노련했다.

그럴 바에는 차라리 정면으로 가는 게 좋다는 생각이었다.

"하앗!"

대검의 사정거리에 다다르자 제닌은 기합과 함께 대검을 아래로 내리쳤다. 그 순간 트란의 몸이 붉은 잔상을 남기며 파고들었다.

3

뻐억!

복부에 어마어마한 충격이 전해졌다. 내장이 뒤틀리고 가닥가닥 끊어진 느낌이었다.

쩔그렁.

손에 들려있던 대검이 바닥에 떨어졌다. 갑옷은 복부 부분이 완전히 함몰된 상태였다.

쿨럭!

제닌은 한 모금 피를 토해냈다.

"애송이, 놀아주니까 재밌었냐?"

트란이 비틀린 웃음을 지었다.

"……."

제닌은 입술을 달싹였다. 그러나 목소리가 워낙 작은 탓에 들리지 않았다.

"응? 뭐라고?"

잔뜩 일그러져 있던 제닌의 얼굴이 환하게 펴졌다.

"레벨 업이라고 이 개자식아!"

트란이 어리둥절해하는 사이, 바닥에 떨어졌던 대검이 잠깐 사라졌다 다시 제닌의 손에 들렸다.

제닌은 그것을 그대로 내리쳤다.

빠각!

제닌의 대검은 트란의 오른쪽 어깨에 틀어박혔다.

"아주 재밌었거든? 정말 죽을 만큼!"

"크윽! 빌어먹을 애송이 자식이!"

트란은 몸을 부들부들 떨며 주먹을 들어 올렸으나, 이어지는 제닌의 목소리가 그의 말을 끊었다.

"일점집중."

푸른 불꽃을 머금은 대검은 은은한 달빛 아래 눈부신 궤적을 그려냈다. 일견하기에는 아름다워 보였지만 궤적에는 한낱 인간의 육신쯤은 짓이겨 버릴 힘이 담겨 있었다.

생기를 잃은 트란의 몸은 차가운 땅 위에 쓰러졌다.

"네놈이 죽인 분들께는 지옥에 가서 사죄하라고."

퉤!

제닌은 쓰러진 트란의 몸에 침을 뱉었다.

"천국을 바라보면서 말이야."

유민의 학살을 주도한 놈은 죽었다. 하지만 그렇다고 죽은 유민들이 살아 돌아오는 것은 아니었다.

'그래도 대가를 치르게 하는 게 옳은 거야.'

시선을 돌려 마차 쪽을 바라보았다. 아직 대가를 치러야할 놈들은 많이 남아 있었다.

제닌은 씁쓸한 표정을 머금은 채 몸을 돌렸다. 몇 걸음 걷지 않았을 때, 뭔가가 발에 차이는 느낌이 들었다. 제닌의 시선이 자연스럽게 아래를 향했다.

'이건 뭐지? 웬 책이?'

제닌이 의문을 가지고 책을 들어 올렸을 때였다.

띠링!

[스킬 북을 얻으셨습니다. 스킬 북을 통해 스킬을 생성할 수 있습니다. 저장된 스킬 카렌달 검술을 익히시겠습니까?]

눈앞에 떠올라 반짝이는 글자만큼, 제닌의 표정도 반짝였다.

II

"끄아아악! 왜, 왜 이런 짓을!"

"우, 우린 같은 제국의!"

테일스는 제국이라 말한 기사의 턱을 그대로 걷어찼다.

빠각!

"크억!"

"제국의 개 잡종 놈아. 아직도 내가 제국의 개새끼로 보이느냐?"

그 무엇보다 확실한 부정이었다.

또한, 제국에 대한 욕을 서슴없이 하는 것으로 보아, 기사들은 그가 현재 전쟁 중인 적국에서 왔다는 것을 깨달을 수 있었다.

"테일스, 적당히 하자. 어차피 뒈질 놈 괴롭혀 봤자 뭣하겠냐?"

뒤쪽에서 목소리가 들려왔다.

"바이슨님은 이놈들이 한 짓을 못 보셔서 그렇습니다. 만약 보셨다면, 바이슨님도 결코 이쯤에서 끝낼 수는 없을 겁니다!"

테일스는 그렇게 대꾸하며 기사들에 대한 구타를 계속 이어나갔다. 그의 머릿속에는 처참하게 짓이겨진 유민들의 시신이 생생하게 그려지고 있었다.

'거 참······. 뭘 봤길래 저러지?'

바이슨은 의문스러운 표정을 지으면서도 테일스의 행동을 막지는 않았다. 아니, 막지 못했다.

비록 예전의 위치 때문에 테일스가 바이슨을 존대하고 있었지만, 테일스는 요새의 병사 중 최고의 지위였다. 즉, 이제는 그의 상관이라는 의미였다.

제닌의 처음 생각은 적당히 하고 지위를 거둘 생각이었으나, 테일스는 의외로 지휘관의 소질이 있었다.

특히 사람들을 훈련하고 그들을 다루는 것은 예전 그의 대장이었던 바이슨조차 놀라워할 정도로 탁월했다. 그런 이유로 테일스는 여전히 기사의 지위로 남게 되었다.

제닌과 함께 나갔던 테일스는 갑자기 돌아와 병사들을 소집했다. 그리고 전력으로 말을 몰아 당도한 곳이 이곳이었다.

도착해보니 제국군으로 보이는 병사들은 거의 몰살당한 상태였고, 기사들은 발목 뒤의 힘줄이 잘려 바닥을 기고 있었다.

그리고 마차 주변에는 꼬장꼬장해 보이는 노년의 문관을 중심으로 일단의 사람들이 모여 있었다.

사람들은 무엇을 보았는지 마물이라는 말을 중얼거리며 덜덜 떨고 있었는데, 주변에 목이 잘린 시신이 몇 구 있었다.

'대체 무슨 일이 있었던 건지……'

바이슨은 이해할 수 없었지만, 어쨌든 이곳을 정리하는 편이 좋겠다는 판단을 했다.

병사들의 시신을 수습하고, 살아남은 병사들을 결박해 한곳으로 모았다.

기사들 쪽을 슬쩍 바라본 바이슨은 신경을 껐다. 테일스가 알아서 처리할 문제였다.

'그런데 영주님은 어디에 계시지?'

Ⅲ

[카렌달 검술서]

'쳇! 이왕이면 주황색을 줄 것이지.'

제닌은 보라색으로 빛나는 검술서를 바라보며 투덜거렸다. 처음에는 아무런 색도 나타나지 않았지만, 제닌이 집어든 뒤로 보라색으로 반짝였다.

물론 배부른 소리였다.

그가 여태까지 획득한 것 중, 가장 높은 등급이 주황색이었다. 또한, 그 아래인 보라색도 여태껏 단 한 개밖에 얻지 못했다.

어마어마한 공격력을 가진 [보호의 육중한 패왕의 검]이 보라색 장비였다. 같은 급인 카렌달 검술서 또한 그만큼의 가치를 지니고 있을 것이다.

'마음 같아서는 당장 익히고 싶지만……'

아쉽게도 요새에 돌아간 뒤로 미뤄야 할 것 같았다. 지금은 처리해야 할 일이 많았다.

'이건 좀 미루고……. 착용 해제.'

제닌은 검술서를 인벤토리에 집어넣으며 갑옷을 착용 해제시켰다. 트란의 주먹에 맞아 복부가 함몰된 덕분에 숨쉬기가 힘들 정도였다.

'착용.'

다시 착용하자 찌그러졌던 갑옷은 멀쩡하게 복구된 채로 제닌의 몸 위에 입혀졌다. 사람의 몸에 맞게 사이즈가 변하는 기능도 있는데, 이 정도야 놀라울 일도 아니었다.

'그런데 내구도가 다 떨어지면 어떻게 되지?'

시간이 날 때, 한 번 시험해봐야겠다는 생각이 들었다.

제닌은 그렇게 정리한 후, 트란이 수작을 걸던 마차로 다가갔다. 발소리가 들려오자 마차 안쪽에서 바스락거리는 소리가 들려왔다.

"이봐. 거기 계속 있을 거야? 안 답답한가?"

"저, 절 해칠 건가요?"

겁에 질린 목소리가 들려왔다.

'아까도 얼핏 들었지만, 목소리가 참 곱군.'

실제 모습을 보지는 못했지만, 들려오는 목소리는 외모
에 대한 기대감을 주었다.

"그거야 지금부터 내가 묻는 말에 어떻게 대답하는가에
따라 달라지겠지."

"······."

안쪽에서는 대답이 들려오지 않았다.

"제국 정보부에서는 프라덴 후작이 반란을 획책하고 있
다는 정보를 입수했다. 나는 반란과 관련된 자들을 색출해
제거할 목적으로 이곳에 왔지. 너는 그 반란과 관련이 있
나?"

"···거짓말."

'하! 이건 예상 답안에 없던 반응인데?'

'예, 아니오'를 생각하고 있던 제닌에게는 신선한 충격
이었다.

"왜 거짓말이라고 생각하지?"

"당신이 그렇게 생각하고 있지 않으니까요. 절 해칠 생
각인가요?"

처음보다는 떨림이 많이 가신 목소리였다.

'내가 그렇게 생각하지 않는다? 이건 또 무슨 말이지? 설마 마음을 읽는다든가 하는 능력이 있는 건가?'

자신이 레벨 업이라는 말도 안 되는 일을 겪었는데, 마음을 읽는 사람이 있다고 해도 이상할 것은 없었다.

"아까도 말했을 텐데. 제국에 충성하는 자는 살리고, 그렇지 않은 자는 죽인다고."

"또 거짓말이네요."

왠지 한숨이 들어간 듯한 목소리와 함께 부스럭거리는 소리가 가까워졌다.

은은한 달빛 아래 실리아의 모습이 드러났다.

금발에 날씬한 체구. 제법 예쁘장했지만 이미 마리의 인간 같지 않은 외모에 익숙해진 제닌의 눈에는 봐줄 만한 정도였다.

"예쁘군. 기사가 수작을 걸만해."

제닌의 말에 실리아가 가늘게 좁힌 눈매로 그를 바라보았다. 움켜쥔 하얗고 작은 주먹은 그녀가 화가 났음을 말해 주었다.

"당신, 거짓말이 입에 밴 사람이군요!"

"왜 그렇지?"

"날 예, 예쁘다고 생각하지 않잖아요!"

실리아는 자존심이 상한 목소리였다. 자고로 여자의 자

존심은 미모였기 때문이다.

"생각? 그건 그렇고, 옆에 있는 건 뭐지?"

제닌은 실리아의 옆쪽에 시선을 두었다.

아까부터 뭔가 다른 존재가 있는 듯한 낌새를 느꼈는데, 실리아가 가까이 다가오자 희끄무레한 존재가 보이기 시작했다.

자세히 살펴보니 어린아이 모습을 한 반투명한 존재였다. 모습은 인간 같았지만, 적어도 제닌이 아는 이상 몸이 반투명한 인간은 없었다.

"옆요?"

제닌의 물음에 실리아의 눈동자가 화들짝 커졌다.

"서, 설마……. 아르가 보여요?"

실리아는 떨리는 목소리로 되물었다.

"아르? 그걸 아르라고 하나?"

제닌이 고개를 끄덕이자 실리아가 아르라고 불린 존재를 바라보았다. 반투명한 어린아이가 고개를 끄덕이는 모습이 보였다.

"사실이군요! 당신, 정말 아르를 볼 수 있었어요!"

"그런데 아까부터 거짓말을 구분할 수 있는 것 같더니……. 그게 저 아르라는 녀석 때문인가?"

실리아는 대답하지 않고 주먹을 꼭 쥔 채 제닌을 바라보았다.

"저도 하나만 물어볼게요. 당신, 제국 사람 아니죠?"

"난 제국의……."

제닌은 시선을 아르라는 존재에 둔 채, 제국 사람이라고 대답하려 했다. 아르가 세차게 고개를 가로젓는 모습이 보였다.

'훗! 역시 그랬군.'

아무래도 아르라는 존재는 사람의 말에서 참과 거짓을 가려내는 재주를 가진 듯했다.

"뭐, 굳이 소속을 따지자면 왕국 쪽이다."

아르가 고개를 끄덕였고, 실리아는 안도의 한숨을 내쉬었다.

'우리 국민이었나 보군.'

안도 섞인 한숨은 굳이 말로 하는 것보다 더 강한 긍정을 나타냈다.

"그자는… 그자는 죽었나요?"

"아까 수작 걸던 기사를 말하는 거라면 그렇다."

실리아는 다시 안도의 한숨을 내쉬며 바닥에 털썩 주저앉았다. 그리고 별안간 울음을 터뜨렸다.

'뭐, 뭐야? 갑자기 왜 우는 건데?'

졸지에 여자를 울린 모양새가 되자 제닌은 살짝 당황했다.

"영주님……. 헙! 죄송합니다."

뭔가 보고를 하려고 다가오던 바이슨이 울음을 터뜨리는 여인의 모습을 보고 황급히 몸을 돌렸다.

"아니거든!"

"옙! 영주님께서 아니라고 하신다면·아니신……."

말은 긍정이지만, 속 뜻은 전혀 그렇지 않았다. 이래서야 마치 자기가 울려 놓고 잡아떼는 것처럼 보이지 않는가!

"바이슨, 돌아서."

"옙!"

바이슨은 즉각 반응했다.

"좀 달래봐."

"예?"

바이슨이 검지로 자신을 가리키며 되물었다.

뜬금없는 말이기도 했지만, 자신이 없어서이기도 했다. 바이슨은 자신의 외모에 대한 콤플렉스가 있었다.

못생기다 못해 흉악해 보이는 외모 덕분에 여자들은 그와 눈도 마주치지 못했고, 어린아이들은 그를 봤다 하면 질색하며 울음을 터뜨렸다. 처음 제닌이 그들의 상관이 되었을 때, 도발적인 눈빛을 보냈던 것에는 제닌의 외모가 잘생긴 이유도 한몫했었다.

그런 자신에게 우는 여자를 달래라니. 다가가자마자 경기를 일으키지 않으면 다행이었다.

하지만 어쩌겠는가, 상관이 시키면 하는 시늉이라도 해야 하는 게 부하인 것을.

바이슨은 최대한 표정을 풀며 실리아에게 다가갔다.

"저, 저기……."

실리아의 울음소리가 커졌다. 바이슨은 흠칫 놀랐으나 조금 더 가까이 다가갔다. 고개 숙인 채 울고 있는 그녀는 아직 그의 모습을 제대로 보지 못했다.

근처에 다다라 조심스럽게 손을 들었다. 그리고 등을 토닥이자 실리아는 더 크게 울음을 터뜨리며 그에게 안겨왔다.

뭔가에 북받친 듯 오열하는 실리아의 모습에 제닌은 혀를 차며 몸을 돌렸다.

"여, 영주님……."

"진정되면 데리고 오도록."

목 놓아 우는 여인을 바라보고 있자니, 저도 모르게 울컥하는 마음이 들었다. 다른 건 몰라도, 그녀의 마음속에 서린 '한' 만큼은 절절하게 전해졌기 때문이다.

'고생이 많았나 보군.'

제닌도 제국에게 점령당한 곳의 왕국민들이 얼마나 힘든 생활을 하고 있는지 잘 알고 있었다.

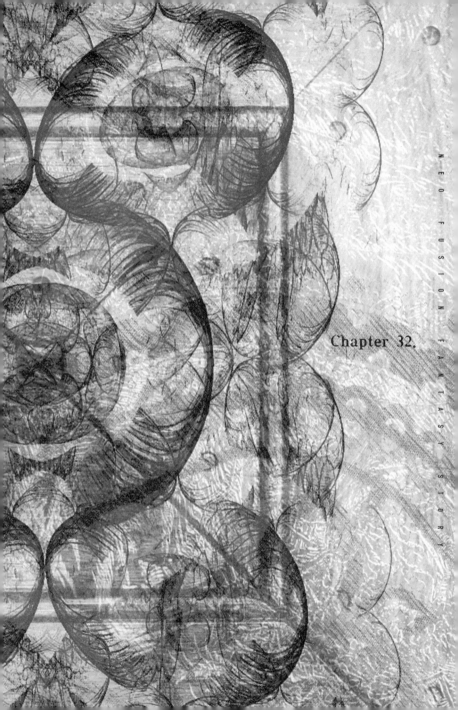

Chapter 32.

ROYAL
ROADER

I

"끄아아악!"

처절한 비명을 끝으로 마지막 기사의 생명이 끊어졌다. 테일스는 피 칠갑을 한 몸으로 기사에게서 떨어졌고, 그의 몸에서 느껴지는 살기에 나머지 병사들은 혀를 내둘렀다.

'저렇게 독할 수가……'

'저런 놈인 줄 알았으면, 잘해주는 건데……'

특히 예전의 선임이었던 병사들은 테일스를 흘깃거리며 불안한 눈빛을 내보였다.

원래 막내란 선임의 온갖 갈굼을 받으면서 커가는 자리였다. 그때는 당연한 것으로 생각했으나, 지금은 상황이 역전되었다. 그토록 갈궜던 막내가 가장 높은 자리에 오른

231

것이다.

물론 아직 테일스는 보복 비슷한 행위를 한 적이 없었다. 비록 지위는 높아졌지만, 오히려 더 깍듯하게 예전 선임들을 대했다.

그래서 살짝 마음을 놓고 있었으나 적의 기사를 잔인하게 죽이는 모습을 보니 병사들은 긴장할 수밖에 없었다. 저 성격이 언제 자신들을 향할지 알 수 없었기 때문이다.

"여, 영주님!"

"영주님이시다!"

제닌의 등장은 긴장감이 고조되던 병사들에게 한 줄기 빛이 되었다. 적어도 영주 앞에서는 테일스가 함부로 날뛸 수 없으리라는 생각 때문이었다.

'쯧쯧! 아주 작살을 내놨군.'

제닌은 테일스가 서 있는 곳을 훑어보다가 미간을 찌푸렸다. 거의 짓이겨진 듯 보이는 기사들의 시체는 적아를 떠나 인간으로서 보는 게 불편했다.

'독한 놈. 정말 그대로 만들다니……'

제닌은 처참하게 짓이겨진 유민들의 시신을 보며 이를 갈았었다. 그러나 비명을 흘리며 죽어가는 적을 그렇게까지 만들 독심은 없었던 것이다.

오히려 그때는 태연해 보이던 테일스가 독심을 발휘했다.

'겉으로는 감정을 잘 드러내지 않는가 보군. 아니면 너

무 감정이 격한 나머지, 그게 오히려 태연해 보였든지.'

제닌은 그렇게 생각하며 병사들을 지나쳐 한곳에 모아둔 포로들에게 다가갔다. 그리고 문관 복장을 한 인물의 앞에 섰다. 척 보기에도 이곳에서 가장 높은 지위를 가진 인물처럼 보였다.

'아마 이 자가 조사관이겠지?'

조사관은 꼬장꼬장해 보이는 인상이었지만, 테일스의 활약 탓인지 얼굴에 두려움이 떠올라 있었다.

"이게 무슨 짓이오. 우리는······."

"프라덴 후작의 사람이라고?"

조사관이 눈을 둥글게 뜨며 제닌을 바라보았다. 이에 제닌이 손을 들어 병사 하나를 가까이 다가오게 했다.

"이 문장이 뭘까?"

갑옷의 가슴에 새겨진 문양을 가리키자 조사관의 얼굴이 굳어졌다.

"이, 이건······."

"여기서 질문. 우리가 어디서 왔을 것 같아?"

"서, 설마······."

조사관은 떨리는 눈동자로 한쪽을 바라보았다. 요새가 있는 방향이었다.

"역시 문관이라 그런지 눈치가 빠른데?"

"어, 어떻게 요새를······."

조사관이 알기로 요새의 방어는 철저했다. 하늘 높이 솟은 단단한 목책과 실력 있는 기사들이 방비하고 있는 요새를 공략하기란 결코 쉬운 일이 아니었다.

"설마 대답을 바라고 물은 건 아니겠지?"

적에게 공략 방법을 묻고 대답을 기대한다는 것 자체가 우스운 일이었다.

"그, 그렇지요……."

조사관은 식은땀을 삐질삐질 흘려가며 대답했다.

"몇 가지 묻고 싶은 게 있는데."

"저… 그 전에 자리를 옮기시면 안 되겠습니까?"

조사관이 조심스럽게 물었다.

"호오!"

제닌은 호기심 어린 눈빛으로 조사관을 바라보았다.

자리를 옮기자는 말은 두 가지로 해석할 수 있었다.

하나는 남은 이들을 위한 자신의 희생이었다.

제닌이 자신에게 물어볼 것은 십중팔구 기밀에 해당할 것이다. 그것을 같이 듣는다면 함께 있던 이들은 기밀 유지를 위해 땅에 묻힐 확률이 높았다.

반면 자신만 홀로 살아남기 위해 남은 이들을 버리는 목적일 수도 있었다. 남들이 보지 못한 곳으로 가서 기밀을 말해줄 테니 목숨은 살려달라는 거래를 요청하는 것일 수도 있었다.

'전자라면 살려두는 걸 고려해 보겠지만, 후자라면……'

기사들을 모두 처리했음에도 아직 눈에서 살기를 피워 대고 있는 테일스에게 넘길 생각이었다.

제닌은 조사관을 데리고 조용한 곳으로 움직였다. 그리고 다짜고짜 물었다.

"자리를 옮기자는 이유가 뭐지?"

"보시다시피 저는 어차피 죽을 날 받아 놓은 늙은이일 뿐입니다. 저 혼자 가면 될 길에 굳이 앞날이 창창한 아이들을 데려갈 필요는 없겠지요."

"혼자만 죽겠다는 의미인가?"

'그런데 그렇다고 보기엔 눈빛이 별로 결연해 보이지 않는데?'

또한, 스스로 죽을 날 받아 놓은 늙은이라고 했지만 실제로 그렇게 늙은 것도 아니었다. 중년에서 약간 노년으로 치우친 정도, 죽음을 바라기엔 이른 나이였다.

제닌이 살짝 눈매를 좁히며 바라보자 조사관이 껄껄 웃었다.

"허허허! 이거 들켜 버렸네요. 솔직히 좀 잘 봐달라는 의미로 드린 말씀이었습니다. 아무리 늙은 목숨이라 해도 더 오래 살고 싶은 건 인간인 이상 누구나 가지는 마음 안이겠습니까?"

조사관의 솔직한 답변에 제닌은 피식 웃었다.

"대답만 잘한다면."

II

조사관 그라스는 많은 것을 알고 있었다. 그리고 묻지 않은 것들까지 순순히 털어놓았다.

제닌은 모든 말을 들은 후, 실리아를 불러 거짓을 판별해 보았다. 그라스는 태연한 얼굴로 지금까지 말한 모든 말에 거짓이 없음을 말했고, 실리아는 그것을 참으로 인정했다.

'일단은 믿는 척하겠지만, 전부 믿는 건 옳지 않아.'

실리아의 참, 거짓 판별 능력에는 한 가지 맹점이 있었다. 그것은 객관적인 진실이 아니더라도 상대방이 그렇게 믿고 있다면 그것을 참으로 판단한다는 점이었다.

만약 상대가 잘못된 사실을 진실로 믿고 있는 경우, 오히려 잘못된 정보에 휘둘릴 수도 있었다.

'그래도 내부에서만큼은 유용하게 쓰일 수 있겠어.'

권력자에게는 내부의 적만큼 무서운 존재가 없었다.

외부의 적이야 어떻게든 해결할 방법을 마련할 수 있었으나, 내부의 적은 그게 불가능하기 때문이다. 예로부터 지금까지 권력자의 목숨을 빼앗은 가장 날카로운 무기는 적의 칼날이 아닌 측근의 비수였다.

'아마 프라덴 후작 역시 이것을 위해 활용했겠지.'

실리아의 능력은 그런 측근의 변심을 미리 알아차리는
데 유용하게 쓰일 수 있었다. 실리아를 몰래 숨겨 둔 상태
에서 지나가는 말로 충성을 확인해 보면 간단한 일이었
다.

'야망이 크지만, 의심이 많고 조심스러운 사람.'

프라덴 후작에 대한 제닌의 평가였다.

'조심스럽다는 점은 문제지만, 의심이 많다는 점은 나
에게 유리하겠지.'

의심이 많다는 점은 비밀을 공유할 사람이 그만큼 적어
진다는 의미였다. 그라스에게 들은 바로, 신무기에 대해
아는 사람은 소수였다. 후작과 후계자를 비롯해서 채 열
명도 되지 않았다.

물론 그라스가 알지 못한 다른 자가 있을지도 모르지만,
일단 소수를 제외한 나머지 사람들은 신무기에 대해 전혀
모른다는 점이 중요했다.

프라덴 요새 또한, 나머지 사람들은 그저 그곳에 요새가
하나 있다는 정도로만 알 뿐이었다.

'그들만 한꺼번에 처리하면 요새는 완벽하게 내 것으로
만들 수 있겠지. 하다못해 후작과 후계자만 처리해도 최소
한 혼란을 일으킬 수는 있을 거야.'

프라덴 후작에게는 후계자를 제외하고도 서너 명의 아들이 있었다. 즉, 후작과 후계자를 동시에 제거하면 후계 다툼이 발생한다는 의미였다.

'계획이 틀어지면 일단 후작의 제거를 최우선순위로 삼는다. 그리고 혼란스러운 틈을 타 나머지를 제거한다.'

하지만 이것은 차선의 방법일 수밖에 없었다.

후작이 제거된 사이, 나머지 아들이 다른 누군가에게 신무기에 대한 말을 흘릴 가능성이 있었기 때문이다.

살짝 고민하던 제닌이 고개를 가로저었다.

'역시 한꺼번에 처리하는 게 좋겠어. 처음 계획대로 회의할 때를 노리는 게 좋겠지.'

회의가 언제 있을지는 제닌도 몰랐다.

다만, 적어도 한 번은 있을 것임을 알았다. 신무기의 개발 상황을 파악하려 보낸 조사관이 기한이 지나도록 돌아오지 않는다면, 대책을 논의하기 위한 회의가 열릴 것이다. 제닌이 조사관의 행렬을 습격한 것도 그런 이유에서였다.

'조사관의 예정된 복귀 시간은 열흘 후. 최소한 그 전에 도착해서 후작가의 동태를 살펴야 한다.'

제닌은 그렇게 생각을 정리한 후, 스테이터스 창을 열었다. 전투의 성과를 확인하기 위함이었다.

[왕국의 영웅 제닌, 인간(남, 21) 레벨 : 25(7545/7105 레벨 업 가능), 생명력 : 725, 마력 : 12125, 기본공격력 :

72.5, 기본방어력 : 72.5, 근력 53(36+17), 순발력 39(34+5), 지능 19(14+5), 지혜 30(25+5), 활력 46(30+16), 감각 36(31+5), 보너스 포인트 15]

"오! 역시!"

제닌은 눈을 동그랗게 뜨며 감탄했다. 급격히 증가한 경험치 때문이었다.

전투 전의 경험치는 6800 정도였다. 그런데 이번 한 번의 전투로 무려 700 이상이 올랐다. 이 정도면 보급부대 서너 개를 습격한 것과 비슷한 경험치였다.

'역시, 답은 강자였단 말인가!'

솔직히 요즘은 경험치 올리는 게 너무 힘들어졌다.

병사들은 무조건 1, 게다가 웬만한 기사들도 이제는 1의 경험치밖에 주지 않았다. 고위기사도 4-5에 불과했고, 하이어 급 정도는 쓰러뜨려야 비로소 10 정도의 경험치를 획득할 수 있었다.

그런 계산을 토대로 해보면 이번 전투로 얻을 수 있는 경험치는 많아야 2-300 정도에 불과했다. 그런데 실제로 얻은 경험치는 거의 세 배에 육박했다.

제닌은 그게 자신을 궁지에 몰아넣었던 기사 때문이라는 것을 알았다.

'게다가 마지막 순간 레벨 업을 했으니, 그놈 하나가 최소한 450 이상의 경험치를 줬다는 말이로군.'

만약 레벨 업을 할 때의 경험치가 7105를 넘었다면, 레벨은 26이 됐을 것이다. 하지만 그렇지 않았다는 것은 레벨 업을 할 때의 경험치가 7105 미만이었다는 것을 의미였고, 현재의 경험치가 7545였으니 트란 한 명이 최소한 440 이상의 경험치를 주었다는 말이었다.

레벨 업을 했음에도 다시 레벨 업을 할 수 있는 보험이 생겼으니, 제닌에게는 26레벨이 된 것보다 지금이 더 좋았다.

'잘 됐어. 그렇지 않아도 요즘 사람이 허수아비처럼 보여서 살짝 마음에 걸렸었는데, 학살이 아니어도 충분히 경험치를 올릴 수 있겠어.'

제닌도 사람이었다.

아무리 적이라 해도 저항조차 할 수 없는 이들을 학살하는 것은 마음에 걸렸다. 보급부대를 습격할 때는 물자의 차단이라는 목적이 있었지만, 그런 목적도 없이 아무 곳이나 들어가 학살을 벌이는 것은 꺼려졌다.

특히 노예로 잡혀 있던 사람들을 구하고 그들의 애환을 전해 들으면서 그런 마음은 한층 커졌다.

'어차피 문제는 대가리였어. 대가리만 깔끔하게 따내면, 나머지는 포로로 잡을 수 있어.'

포로, 일반 병사들의 학살을 꺼리는 또 하나의 이유였다. 예전에는 포로를 잡아도 처치하기가 곤란했으나, 지금은 포로를 활용할 아주 좋은 방법이 있었다.

전향시킬 필요도 없었다. 그저 요새로 데려와 포로들을 지정해 건설 명령을 내리면 그들은 충실한 노동자가 되어 건물을 지을 터였다. 그리고 왕국 출신의 주민들은 그들을 지휘하며 경험을 쌓을 것이다.

'완벽하군.'

물론 트란과 같은 강자를 상대하려면 위험이 따를 터였다. 그래도 그만큼의 보상이 있다면 충분히 가치가 있는 일이었다.

또한, 획득한 검술을 익히고 쉐도우마스터를 최대한 활용하면 트란보다 더한 강자도 상대할 자신이 있었다.

'별 기대 없이 왔었는데.'

"ㅎㅎㅎ."

제닌은 낮은 웃음을 흘렸다.

생각보다 얻은 게 너무 많았다.

진정한 엑셀시어와의 전투를 경험했고, 쉐도우마스터의 공격이 강자에게도 충분히 위협적이라는 사실도 알아냈다. 게다가 부족했던 검술을 보완할 검술서도 얻었고, 참과 거짓을 구분할 능력이 있는 사람도 얻었다.

하나하나가 제닌에게는 큰 도움이 될 것들이었다.

그런데 그런 것들을 생각하느라 제닌이 한 가지 깜빡한 사실이 있었다.

'이, 이 사람… 이상해……'

실리아는 제닌의 맞은 편에 앉아 있었다. 그리고 제닌의 음침한 웃음소리가 들려오자 마차 벽에 등을 바짝 붙이며 물러섰다.

갑자기 손을 들어 허공을 더듬더니, 감탄하고, 놀라고, 생각하고, 만족하고 마지막에는 음침하게 웃는 제닌을 실리아는 도저히 정상으로 볼 수 없었다.

'설마 미친 사람? 그, 그럼 안 되는데……'

제닌의 이상한 행동에 위기감을 느낀 실리아는 조심스럽게 몸을 일으켰다. 그리고 살금살금 마차 문쪽으로 움직이려는 순간, 뭔가가 강하게 그녀의 손목을 잡아챘다.

"꺅!"

실리아는 뾰족한 비명을 내질렀다.

"어딜 가려고?"

고개를 돌려보니 살짝 미소를 머금은 제닌의 얼굴이 보였다. 문제는 이미 이상한 행동을 지켜본 실리아로서는 그 웃음이 무척이나 무섭게 느껴졌다는 점이었다.

"사, 살려주세……. 흐아아앙!"

실리아는 부들부들 떨다가 울음을 터뜨렸고, 제닌은 황당한 얼굴로 그런 그녀를 바라보았다.

'이 아가씨는 왜 나만 보면 우는 거야? 내가 언제 죽인다고 했나?'

"영주님, 무슨……. 헙!"

마차 안을 들여다보던 바이슨이 황급히 뒤로 물러났다.

손목이 잡힌 상태에서 울고 있는 여인. 그리고 약간 짜
증스러운 듯한 제닌의 표정. 오해하기에는 충분한 상황이
었다.

"됐고. 바이슨."

"옙!"

"애 좀 달래봐."

제닌은 마차 문을 열고 훌쩍 지붕 위로 올라갔다.

'대체 뭐가 무섭다는 거야? 뭣 좀 물어보려고 태웠더니,
주인을 쫓아내네.'

물론 자신의 행동은 전혀 고려하지 않은 투덜거림이었
다.


Ⅲ


"자, 그럼 한 번 익혀볼까?"

요새로 돌아온 제닌은 베스란에게 뒷일을 맡기고는 지
휘소에 틀어박혔다.

두근거리는 마음으로 인벤토리에서 검술서를 꺼냈다.

[카렌달 검술을 익히시겠습니까?]

"당연하지!"

제닌이 승낙한 순간 그의 눈앞에 반투명한 그림이 떠올랐다. 검을 든 기사의 모습이었다.

'저 기사가 검술을 보여주는 건가?'

가만히 서 있던 기사가 천천히 움직이기 시작했다.

꿀꺽!

제닌은 마른 침을 삼켜가며 기사의 움직임을 주시했다.

검광이 난무하는 화려한 검술은 아니었다.

다만, 간결하고 깔끔했다. 군더더기가 없다는 말이었다. 검의 동선은 항상 최단거리를 그리고 있었으며 노리는 곳은 상대방에게 치명상을 입힐 급소였다.

'어? 그런데……'

제닌은 지금껏 검술을 배운 적이 없었다. 그저 육체적인 힘과 뛰어난 성능의 장비, 그리고 본능적인 감각으로 싸워왔을 따름이었다.

검술에 대한 이론은 전혀 없었고, 분석 또한 할 수 없다는 의미였다.

'내가 어떻게 그걸 아는 거지?'

제닌이 그런 의문을 떠올렸을 때였다.

뭔가가 머릿속을 비집고 들어오는 느낌이 들었다. 이어 극렬한 통증이 해일처럼 밀려왔다. 마치 누군가가 머릿속을 송곳으로 후벼 파는 듯한 통증이었다.

"끄, 끄아아아악!"

제닌은 비명을 내지르며 바닥을 뒹굴었다.

손톱은 바닥을 긁었으나 바닥은 순식간에 뜯겨 사라졌다. 긁을 바닥이 없어지자 제닌은 사방을 굴러다니며 팔, 다리를 휘둘렀다.

그렇게 발광이라도 하지 않으면 미칠 것 같은 통증을 도저히 버텨낼 수 없었다.

쿵! 쾅! 콰쾅!

지휘소는 지진이라도 난 듯 거세게 흔들렸고, 푸른 섬광이 언뜻언뜻 눈에 들어왔다. 이 광경은 요새 안에 있던 모든 사람의 시선을 잡아끌었다.

"아빠!"

깜짝 놀란 마리가 지휘소로 달려가려 할 때였다.

쿠쿠쿠쿠쿠쿠.

나무로 지어진 지휘소는 그대로 무너져 내렸다.


IV


수없이 많은 영상이 머릿속을 스쳐 지나갔다. 지금까지 제닌이 치렀던 전투장면이었다.

모든 걸 지켜본 후, 제닌은 결론을 내릴 수 있었다.

'멍청한 자식.'

판단은 흐렸고, 동작은 엉성했다. 쓸데없는 움직임으로 힘을 낭비했으며, 이를 통해 위험을 자초했다.

'아주 죽으려고 작정을 하지 않고서야.'

물론 당시에는 모든 것을 최선이라고 생각했었다. 하지만 돌이켜보니 한심할 따름이었다.

이미 지나간 과거는 중요치 않았다. 어쨌든 제닌은 이겨내고 살아남았다. 그보다 중요한 것은 앞으로 같은 실수를 반복하지 않으면 된다는 점이었다.

'그래. 중요한 건 알게 되었다는 거지.'

마치 레벨 업을 처음 경험했을 때의 느낌과 비슷했다. 그때처럼 육체적으로 강해진다든가 하는 느낌은 없었으나, 정신적으로는 그 이상의 뿌듯함과 희열이 느껴졌다.

- 띠링!

[카렌달 검술을 익히셨습니다.]

[하위스킬 : 마력 강체술을 익히셨습니다.]

[하위스킬 : 아우라 컨트롤을 익히셨습니다.]

[하위스킬 : 간파를 익히셨습니다.]

제닌이 가슴 벅찬 희열에 취해 있을 때, 알림음과 함께 여러 개의 메시지가 주르륵 떠올랐다.

'한꺼번에 세 개나?'

제닌은 각 스킬들을 살펴보았다.

[마력 강체술(Lv.1) 숙련도 1/100 마력 20/초]

– 마력을 운용하여 근력과 순발력, 활력을 100% 강화
시킵니다.

– 카렌달 검술의 하위스킬로 스킬 포인트에 영향을 받
지 않습니다.

'허! 이런 사기 같은 스킬이!'

마력 강체술을 살펴본 제닌은 기가 막힌 표정을 지었다.

무려 100%의 강화였다. 그것도 고작 1레벨의 효과였으
니 앞으로 스킬 레벨을 올리면 효과가 얼마만큼 올라갈지
가늠할 수 없었다.

또한, 중요한 것은 스킬 포인트에 영향을 받지 않는다는
점이었다.

'빌어먹을! 이런 기술을 익히고 있었으니, 그놈이 그렇
게 강했지!'

제닌은 치밀어 오르는 욕설을 삼켰다. 그와 더불어 흡족
한 웃음이 그의 얼굴에 떠올랐다. 상대는 이미 쓰러졌고,
상대의 기술은 자신의 것이 되었기 때문이다.

'다른 건 또 어떨까?'

제닌은 기대하며 나머지 스킬을 살펴보았다.

[아우라 컨트롤(Lv.1) 숙련도 1/100 마력 23/초]

– 아우라의 모양을 변형합니다.

– 웨폰 아우라를 사용한 상태에서 적용할 수 있으며, 레
벨에 따라 변형률과 변형 속도가 달라집니다.

- 카렌달 검술의 하위스킬로 스킬 포인트에 영향을 받지 않습니다.

[간파(Lv.1) 숙련도 1/100]

- 적의 공격을 파악하고, 약점을 찾아냅니다.

- 스켈 레벨이 오를수록 정확도가 높아집니다.

- 카렌달 검술의 하위스킬로 스킬 포인트에 영향을 받지 않습니다.

'오호!'

나머지 두 가지 스킬 또한 제닌에게는 꿀과 같았다.

'아우라 컨트롤! 이거면 진짜 엑셀시어 행세를 할 수 있어!'

간파도 좋았지만, 제닌이 더 마음에 들어 한 것은 아우라 컨트롤이었다.

오러의 변형은 엑셀시어의 기예였다.

그 때문에 제닌은 지금껏 엑셀시어를 뛰어넘는 실력을 자부함에도 엑셀시어 행세를 할 수 없었다. 하지만 아우라 컨트롤이 있음으로써 누구 앞에서도 당당하게 엑셀시어임을 드러낼 수 있게 되었다.

'흐흐흐! 좋군! 좋아! 이렇게 계속 나아가다 보면 소드 룰러도 우습게 볼 날이 올 거야.'

제닌이 속으로 웃음 지을 때, 메시지가 떠올랐다.

[카렌달 검술 스킬의 습득을 완료하였습니다. 사용자의

정신을 일깨웁니다.]

'으응?'

제닌이 의문을 떠올릴 때, 정신이 어디론가 빨려 들어가는 듯한 감각이 그를 휩쓸었다. 뒤이어 무거운 물체가 가슴을 내리누르는 것 같은 답답함이 제닌을 엄습했다.

'뭐, 뭐야?'

황급히 눈을 떠보았으나 보이는 건 없었다.

'웨폰 아우라.'

시선 아래쪽에서 푸르스름한 빛이 나타났다. 제닌은 그 빛으로 자신의 가슴을 내리누른 두꺼운 목재를 발견할 수 있었다.

'설마……'

제닌은 천천히 기억을 더듬어 보았다. 그러자 고통을 이기지 못해 미친 듯이 바닥을 구르며 사방으로 팔다리를 휘둘렀던 기억이 어렴풋하게 떠올랐다.

'그렇다면?'

어느 정도 감이 왔다.

'보통 사람이 발광했다면 집기 몇 개를 부수고 말겠지만……'

자신은 달랐다. 게다가 어렴풋하게 스킬을 마구 남발했던 기억도 떠올랐다. 만약 웨폰 아우라를 머금은 팔다리를 마구 휘둘러 댔다면.

'고작 나무로 지어진 지휘소가 버틸 리 없겠지.'

가슴을 누르는 두꺼운 목재는 지휘소를 이루던 구조물로 보였다.

'그런데 뭐가 이렇게 무거워?'

밀어 올리려 힘을 써봤으나, 목재는 꿈쩍도 하지 않았다.

'마력 강체술.'

회심의 스킬을 발동했으나, 역시나 가슴을 내리누른 목재는 요지부동이었다. 아무래도 다른 것들과 얽히고설켜 있어 움직일 수 없는 듯싶었다.

'이런 썩을! 좋은 걸 좀 얻었나 싶었더니…….'

호사다마라는 말처럼 좋은 일에는 항상 좋지 않은 일이 뒤따르는 것 같았다.

그나마 다행인 것은 그토록 무거운 물체가 누르고 있는데도 체력 막대가 거의 줄어들지 않았다는 점이었다.

'아우라 컨트롤.'

제닌은 손에 맺힌 아우라를 길게 변형시켜 보았다. 스킬을 얻은 후 처음 해보는 일임에도 아우라는 그가 마음먹은 대로 움직여 주었다.

길쭉한 검처럼 변형된 아우라가 제닌의 가슴을 누른 목재를 파고들었다. 그리고 부드럽게 잘라냈다.

'그래. 힘으로 안 되면 잘라내면 되는 거야.'

뚝!

목재가 완전히 잘려나가자 제닌은 그것을 밀치며 몸을 일으켰다. 그 후, 주변을 둘러보니 갖가지 구조물들이 얽히고설킨 폐허가 되어 있었다.

'허…….. 정말 완전히 무너졌네.'

자신이 한 일임에도 새삼 놀라웠다.

'그나저나 밖으로 나가려면…….'

제닌이 잠시 생각을 할 때였다.

쿵. 쿵. 쿵.

밖에서 뭔가를 두드리는 듯한 소리가 들려왔다. 그런데 문제는 그 소리가 또 다른 소리를 불러왔다는 점이었다.

드드드드.

머리 위의 구조물들이 흔들리기 시작했다. 그게 무엇의 징조인지는 굳이 생각하지 않아도 빤해 보였다.

"이런 젠장!"

외침과 함께 몸을 웅크린 제닌의 위로 붕괴가 일어났다.

V

"벡스 투! 빨리! 빨리 움직여!"

쿠워어어어어!

마리의 구령에 따라 거대한 화이트베어가 몸을 일으켰다. 그리고 앞발을 들어 무너진 잔해를 향해 휘둘렀다.

콰직! 콰직!

한 번 휘두를 때마다 쌓여 있는 잔해가 한 뭉텅이씩 사라졌다. 마치 벌레가 사과를 파먹는 것처럼 잔해를 파고 들어가는 화이트베어. 그러나 어느 순간, 잔해가 진동하더니 풀썩 무너졌다.

"이 바보야! 살살 해야지!"

마리가 다가와 화이트베어의 머리에 꿀밤을 먹였다.

쿠엑!

외마디 비명과 함께 화이트베어의 머리가 땅으로 곤두박질쳤다.

쿠워, 쿠워, 쿠워어.

화이트베어는 억울한 듯한 표정을 지으며 호소했으나, 마리는 콧방귀를 끼며 들어주지 않았다.

"다시 해! 살살해! 살살!"

화이트베어는 다시 몸을 일으켰다. 그리고 다시 잔해를 향해 앞발을 휘둘렀다.

살살 하라는 소리 때문인지 처음과 비교하면 깨작거리는 수준에 불과했다.

"야! 벡스 투! 빨리! 해야지!"

마리가 다시 한 번 손을 휘둘렀고, 화이트베어의 머리는 다시 한 번 땅바닥에 부딪혔다.

쿠워워! 쿠워어어어어!

다시 이어지는 억울한 듯한 호소.

– 나더러 어떡하라는 거냐고!

비록 말 못하는 짐승의 울부짖음이었으나, 옆에서 지켜
보던 사람 모두가 뜻을 알아들을 수 있었다.

'영주님만 괴물인 줄 알았더니.'

딸도 만만치 않은 괴물이었다.

항상 천진한 웃음을 머금고 요새를 뛰어다니는 마리는
요새를 밝게 만드는 일종의 마스코트였다.

그 덕에 사람들은 마리를 그저 귀여운 아이로만 보았다.
화이트베어 역시 제넌이 길들여서 마리에게 준 것으로 생각
했다. 그런데 지금의 모습을 보니 전혀 그런 게 아니었다.

물론, 라테스 성에서 온 사람들은 마리의 진정한 힘을
알고 있었으나, 뒤에 도착한 사람들에 비하면 어디까지나
소수에 불과했다.

화이트베어는 오우거와 비견될 정도로 강력하고 또 흉
포한 맹수였다. 가볍게 앞발만 휘둘러도 인간 따위는 순식
간에 죽일 수 있었다.

그런데 작은 아이가 화이트베어를 쥐잡듯하고 있었다.

'저 손에 한 대라도 맞으면?'

사람들은 마리의 손을 바라보았다. 작고 연약해 보이는
손이었으나, 그 손에 상상을 초월한 힘이 담겨 있음을 느
낄 수 있었다.

사람들은 천진한 웃음을 띠며 요새를 뛰어다니는 마리의 모습을 머릿속에 떠올렸다. 그리고 옆을 지나치다 장난삼아 툭 건드리는 모습을 상상해 보았다.

　꿀꺽.

　곳곳에서 마른 침 삼키는 소리가 들려왔다. 모두가 등줄기를 타고 오르는 오싹한 한기에 몸을 움츠리고 있었다.

　"벡스 투! 빨리 안 해? 빨리! 빨리!"

　마리는 발을 동동 굴렀고, 화이트베어는 어쩔 수 없다는 듯 느릿하게 몸을 일으켰다. 그리고 다시 잔해로 다가가는 순간이었다.

　들썩.

　잔해의 중심부에서 움직임이 느껴졌다.

　"어?"

　마리는 눈을 동그랗게 뜨더니 쏜살같이 그곳으로 달려갔다.

　"아빠?"

　들썩이던 잔해의 위에 올라선 마리가 그렇게 물었을 때, 그 바로 옆에서 푸른 빛줄기가 솟아올랐다.

　"꺅!"

　마리의 비명에 뿜어지던 빛줄기가 사그라졌다.

　"마리! 비켜라! 다친다!"

　잔해 안에서 목소리가 들려왔다.

"응!"

마리는 해맑게 대답하며 물러섰다.

이어 푸른 빛줄기가 잔해 중심부에서 몇 번 뿜어지더니 제닌이 잔해를 뚫고 솟구쳤다.

"휴……. 죽는 줄 알았네."

제닌은 한숨을 내쉬더니 피식 웃었다. 그는 완전히 무너진 건물조차 자신을 어떻게 할 수 없다는 사실이 마음에 들었다.

그런 그의 품으로 마리가 달려들었다. 제닌의 품에 안긴 마리는 눈물이 그렁그렁 맺힌 눈으로 그를 올려다보았다.

"마리. 걱정했어! 많이! 많이!"

마리는 말과 함께 어깨를 들썩이며 울음을 터뜨렸고, 제닌은 들썩이는 마리의 등을 토닥였다.

'역시, 걱정해주는 건 마리밖에 없구나.'

애달픈 모습에 제닌은 왠지 모르게 가슴이 저릿해졌다.

'그래…… 마리도 이젠.'

제닌은 어딘가에 있을 가족의 모습에 슬며시 마리의 모습을 그려 넣었다.

"그나저나, 마리. 아까 밖에서 쿵쿵거린 게 누구야?"

"응? 그, 그거?"

마리는 대답하기 곤란한 듯한 표정을 지었다. 비록 제닌을 구하기 위한 일이었으나, 결과적으로 제닌에게 피해를 준 일이 되었기 때문이다.

그러던 마리가 이내 얼굴을 환하게 밝히며 대답했다.

"벡스 투! 벡스 투가 그랬어!"

"호오! 그렇단 말이지?"

쿠익! 쿠잉! 쿠이이이잉!

벡스 투는 맹렬하게 고개를 가로저었다.

'허어… 무슨 짐승이…….'

'설마, 사람 말을 알아들을 수 있는 건가?'

지켜보던 사람들이 놀람을 터뜨릴 때, 제닌은 비릿한 웃음을 머금은 채 벡스 투를 향해 손가락을 까딱였다.

벡스 투는 죽상을 지으며 고개를 흔들다가 이내 포기한 듯 제닌의 앞으로 다가섰다.

제닌이 손을 들어 올렸다.

벡스 투는 겁에 잔뜩 질린 얼굴로 커다란 덩치를 한껏 움츠렸다.

하지만 이어진 것은 폭력이 아닌, 부드러운 쓰다듬기였다.

"자식. 네가 고생이 많다."

머리를 쓰다듬는 손길에 벡스 투는 커다란 눈에서 눈물을 뚝뚝 흘려댔다. 역시 자신의 노고를 알아주는 건 큰 주인밖에 없다는 마음이 들었다.

"앞으로 마리가 하는 말 잘 듣고. 알았지?"

쿠잉!

벡스 투는 눈물 맺힌 고개를 세차게 끄덕였다.

제닌은 벡스 투에서 시선을 거두고 마리를 내려다보았다.

"마리."

살짝 굳은 말투에 마리가 몸을 바짝 움츠렸다.

"잘못했지?"

"으응……. 마리가. 잘못 했어……."

솔직히 인정하는 모습이 기특해 보여 제닌은 마리의 머리를 쓰다듬었다.

"거짓말은 나쁜 거야. 특히 혼나는 게 무서워서 거짓말을 하다 보면 나중에 더 큰 잘못을 하게 되거든. 알았지?"

마리가 세차게 고개를 끄덕였다.

"그리고 날 구하려고 하다가 그런 건데, 설마 내가 혼내겠어? 우리 귀여운 마리를?"

"정말? 마리. 귀여워?"

마리가 금세 환해진 얼굴로 되물었다.

품에 꼭 안아 주자 마리는 제닌의 가슴에 얼굴을 비비적거리며 기분 좋은 웃음을 터뜨렸다.

"꺄하하!"

그러는 사이 베스란을 위시해 테일스와 가트가 다가와 있었다.

"영주님. 무사하셨습니까?"

제닌은 웃음을 거두며 되물었다.

"며칠이나 지났지?"

"그게… 지휘소가 무너진 지 오늘로 사흘째입니다."

"사흘?"

제닌이 눈을 둥그렇게 뜨며 되물었다.

그가 체감한 시간은 기껏 해봐야 한두 시간에 불과했다. 그런데 사흘이나 지났다니 제닌은 도저히 믿기지가 않았다.

'후……. 이거, 바쁘게 움직여야겠는데?'

남은 시간은 일주일.

제닌은 그 안에 요새의 일을 정리하고 프라덴 영지에 도착해야 했다.

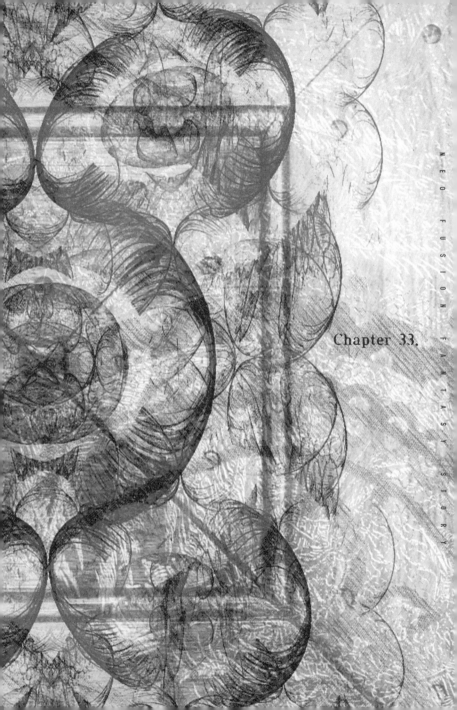

Chapter 33.

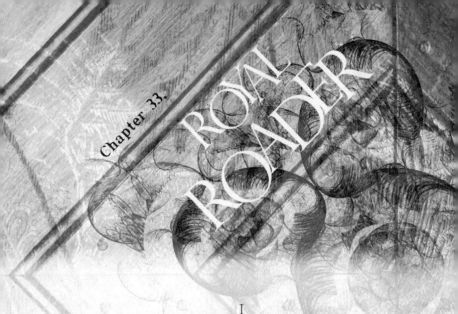

ROYAL
ROADER

I

[지휘소(Lv.2)의 건설이 완료되었습니다.]

하얀 석재로 이루어진 2층 건물이 모습을 드러냈다. 오백 명의 일꾼을 동원해 불과 세 시간 만에 완공된 건물이었다. 즉시 완료를 사용하지 않았음에도 그랬다.

'뭐, 이젠 놀랄 것도 없지.'

공동주택 백여 채를 짓는 데 이틀이었다. 목책을 성벽으로 바꾸는 대공사도 일주일이면 됐다. 비록 그것들은 즉시 완료를 사용했으나, 원래 책정된 시간도 엄청나게 적다는 의미였다.

제닌은 가볍게 고개를 저으며 건물 안으로 들어섰다.

– 띠링!

261

[지휘소 레벨 상승으로 다른 건물을 업그레이드할 수 있습니다.]

[사용자 전용창고를 이용할 수 있습니다. 전용창고는 요새 내에서 인벤토리와 연동됩니다.]

[거래소를 이용할 수 있습니다.]

제닌은 먼저 건설 메뉴를 열어보았다.

'건물에도 레벨이 있었군.'

처음에는 그저 건물 이름이 나타날 뿐, 레벨이 표시되지는 않았었다.

'이거, 지휘소 부순 걸 잘했다고 해야 하나?'

제닌은 멋쩍은 웃음을 지었다.

지휘소가 부서지지 않았다면 발견하지 못했을 기능이었다. 게다가 이왕이면 튼튼한 석재로 짓는 게 나을 것 같아 2레벨짜리를 고른 것도 탁월한 선택이었다.

'이봐, 건물 레벨을 올리면 뭐가 좋아지지?'

[각 건물이 가진 고유 기능이 강화되고 효율이 높아지며 조건을 만족하는 발전형 건물을 지을 수 있습니다.]

기능을 발견하는 건 힘들지만, 일단 발견한 기능에 대한 정보를 얻는 건 어렵지 않았다.

'발전형 건물? 혹시 지금 가능한 것도 있나?'

[병영과 훈련소가 2레벨에 다다르면 훈련던전을 건설할 수 있습니다.]

'훈련던전? 거긴 뭐하는 곳인데?'

일단 '던전'이라는 단어 자체가 호기심을 자극했다.

[훈련소의 한계 레벨 이상의 레벨 업을 가능하게 해줍니다. 훈련소의 한계 레벨은 5, 훈련던전의 한계 레벨은 10입니다. 또한, 골드를 소모하여 효율을 높일 수 있습니다.]

'10레벨? 그럼 웬만한 고위기사만큼 강해진다는 말인가? 그런데 골드를 소모해서 효율을 높일 수 있다니. 그건 또 무슨 말이지?'

이번 물음에는 대답이 들려오지 않았다. 이유는 제닌도 잘 알고 있었다.

'그놈의 정보공개 레벨. 답답해서라도 빨리 레벨 업을 하든지 해야지.'

제닌은 아쉬운 듯 입맛을 다셨다.

'어차피 해보면 알게 될 테니까, 일단 병영하고 훈련소 레벨부터 올려 볼까?'

제닌은 건설 메뉴에서 병영과 훈련소의 업그레이드 명령을 내렸다.

약간의 소음과 함께 사람들이 움직이는 소리가 들려왔고, 시야 오른쪽 아래에 각 건물의 그림과 소요시간이 떠올랐다.

'병영은 3시간, 훈련소는 2시간.'

굳이 즉시 완료를 사용할 필요도 없을 듯싶었다.

그냥 둬도 저녁쯤이면 완성될 터였고, 그동안 즉시 완료의 남발로 체력회복 물약이 얼마 남지 않은 상태였다.

'그건 그렇고 전용창고라고 했나?'

생각과 동시에 인벤토리 창이 열렸다. 그리고 인벤토리 옆에는 그보다 커다란 공간도 함께였다.

'100칸씩 두 페이지, 총 200칸!'

제닌의 눈이 반짝였다.

'이제 인벤토리 공간이 모자라 걱정할 필요는 없겠네. 게다가 보안도 확실하니, 중요한 물품은 되도록 여기에 보관하면 되겠어. '

중요한 물품도 문제지만, 가득 들어찬 인벤토리를 정리하는 것도 중요했다.

제닌은 우선 남아도는 식량자루를 전용창고에 옮겼다. 요새 안의 창고에 가득 쌓아 두었음에도 아직 인벤토리 수십 칸 이상이 식량자루였다.

그밖에 불필요한 장비들까지 정리하고 나니, 인벤토리가 한결 깔끔해졌다.

'이제 남은 건 거래소인가?'

[거래소를 이용하시겠습니까?]

눈앞에 떠오른 메시지를 승낙하자 시야가 이지러졌다. 새로 지어진 지휘소의 깔끔한 모습이 사라지며 대신 나타난 것은 이런저런 장비와 각종 물자가 난잡하게 어우러진 공간이었다.

'이게 거래소?'

제닌이 어리둥절하고 있을 때, 눈앞이 반짝이며 항목이 떠올랐다.

[장비] [자원] [소모품]

제닌은 각 품목을 하나씩 살펴보았다.

'고작 네 개? 그것도 하얀색뿐이네.'

단출해 보이는 품목과 장비의 색깔을 확인한 제닌은 실망한 표정을 지었다.

'이왕이면 녹색이나 파란색을 팔 것이지.'

제닌은 아쉬운 듯 입맛을 다시며 각 장비를 살폈다.

[수습병사의 철검, 공격력 : 11-13, 무게 : 2.3kg, 내구도 : 15/15] [가격 : 4골드]

[수습병사의 갑옷, 방어력 : 19, 무게 : 15kg, 내구도 : 24/24] [가격 : 12골드]

[수습병사의 투구, 방어력 : 13, 무게 : 1.5kg, 내구도 : 17/17] [가격 : 3골드]

[수습병사의 방패, 방어력 : 21, 무게 : 4.5kg, 내구도 : 27/27] [가격 : 5골드]

'어? 이거 성능이······.'

제닌은 인벤토리를 열어 전에 기사들에게서 얻었던 장비를 살펴보았다.

[정련된 철검, 공격력 : 8-10, 무게 : 3kg, 내구도 : 9/11]

검뿐만 아니라 다른 장비 역시 수습병사 쪽이 더 뛰어난 성능을 가지고 있었다.

'중요한 건 이게 기사들이 쓰던 장비라는 점이야. 장인의 손길을 탄 수십 골드짜리!'

제닌의 입이 헤벌쭉 벌어졌다.

'다른 것 필요 없이 단순히 이곳의 장비를 사서 내다 팔기만 해도 엄청난 돈을 벌 수가 있겠는데? 최소한 열 배, 잘하면 수십 배!'

지금은 전쟁 중이었다. 각종 장비의 가격이 상한가를 치는 시기라는 의미였다.

물론 병사나 용병들이 사용하는 저질 장비는 몇 실버면 살 수 있었지만, 품질이 좋아질수록 장비의 가격은 기하급수적으로 상승했다.

장인의 손길을 거친 장비는 최소한 수십 골드, 잘하면 백 골드 이상을 호가했다.

그런데 그보다 더 뛰어난 장비가 나타난다면 어떨까?

아마 기사나 귀족들은 웃돈을 주고서라도 사려고 할 터였다. 좋은 장비는 곧 그들의 생존과 직결되기 때문이었다.

'예상치 못한 곳에서 이런 행운이라니! 정말 어딘가의

신이 나를 돕기라도 하는 건가?'

전에는 신을 믿지 않았지만, 레벨 업을 경험하면서부터
는 정말 어딘가에 인간계를 굽어보는 신적 존재가 있을 것
같다는 생각이 들었다. 그렇지 않고서야 이해할 수 없는
일들이 너무 많이 일어났기 때문이다.

제닌은 들뜬 마음으로 나머지 항목도 살펴보았다.

[1 목재 : 0.2골드]

[1 석재 : 0.2골드]

'뭐야? 0.2골드? 5분의 1이잖아!'

자원의 가격을 본 제닌은 살짝 얼굴을 구겼다.

전에 공동주택을 지을 때, 모자라는 자원을 골드로 대체
한 적이 있었다. 그때는 목재나 석재 1당 1골드를 사용했
었다.

'앞으로 싸게 살 것을 생각하면 좋아해야 하는 게 맞을
텐데, 왜 이렇게 속이 쓰리지?'

기분 좋게 물건을 사서 나왔는데, 바로 옆에서 같은 물
건을 더 싸게 팔 때의 기분. 지금 제닌의 심정이 딱 그랬
다.

제닌은 찌푸린 얼굴로 남은 소모품란도 살펴보았다.

항목은 달랑 하나였다. 그러나 그 하나는 굳어 있던 제
닌의 얼굴을 다시 환하게 만들었다.

[하급 체력회복 물약, 생명력 회복 300] [가격 : 10골드]

'잘 됐군! 안 그래도 조만간 던전에 한 번 다녀올까 고민하고 있었는데.'

그동안 즉시 완료를 사용하느라 체력회복 물약의 소모가 컸다. 얻을 곳은 던전 뿐이었기에 다녀올 계획을 잡고 있었으나, 그럴 만한 시간이 없어 미뤄두고 있던 참이었다.

'일단 100개만 사 볼까?'

[하급 체력회복 물약 100개를 구매하시겠습니까? 총 1495골드가 소모됩니다.]

'응?'

어째 가격이 달랐다.

'10골드씩 100개면 1000골드 아닌가?'

대답은 없었다.

'쳇! 이런 것도 정보공개 레벨에 걸리는 거냐?'

제닌은 혀를 차며 시험 삼아 한 개를 구매해보았다. 그러자 100개에 1495골드라는 말을 이해할 수 있었다.

하급 체력회복 물약의 가격이 10골드에서 10.1골드로 올라갔기 때문이다. 하나를 더 사보니 가격은 10.2골드로 늘어났다.

'가격이 1%씩 늘어나는 건가? 무제한으로 구매하는 건 불가능하다는 말이군.'

좋지 않은 소식이었건만, 제닌은 덤덤하게 받아들였다.

아무것도 없는 곳에서 무제한으로 물건을 쏟아내는 것보다는 차라리 더 현실성 있어 보였기 때문이다.

'분명 뭔가가 있을 거야. 이런 비현실적인 것들을 가능하게끔 하는 뭔가가. 난 아직 그것을 찾아내지 못하고 있는 것뿐이야.'

제닌은 자신에게 벌어진 일에 대해 아직 알아낸 것보다 알아내지 못한 것이 더 많다고 생각했다.

'하나씩 발견해 나가다 보면 분명 그 원인까지 도달할 수 있을 거야.'

제닌은 체력회복 물약 100개를 사고, 검과 방어구도 각각 100세트씩 구매했다.

소모된 자금은 총 5083골드였다.

'얼마 안 되네?'

예전 같았으면 엄두도 못 낼 금액이었으나, 현재 제닌이 보유한 자산을 합하면 수백만 골드에 달했다. 오천 골드쯤은 대수롭지 않게 넘길 정도였다.

게다가 이것은 순수한 소모가 아닌, 투자의 개념이었다. 오천 골드를 투자해 벌어들일 수 있는 돈은 수만 골드에 달했다.

'그나저나 구매만 되고 판매는 안 되는 건가?'

그렇게 생각하자 인벤토리와 전용창고가 열리며 메시지가 떠올랐다.

[판매할 물건을 선택하십시오.]

슬쩍 물건을 바라보자 그 물건에 대한 판매가격이 떠올랐다.

'87골드?'

제닌은 눈을 동그랗게 떴다.

그가 바라본 것은 [정련된 철검]이었다. 4골드짜리 [수습병사의 철검]보다 성능이 떨어지는 검을 무려 스무 배나 비싸게 사들이고 있었다.

'대체 왜?'

역시나 이번에도 답변은 없었다.

다른 물건도 살펴보니 각각의 가격이 떠올랐다. 재미있는 점은 같은 물건이라도 각기 다른 가격이 매겨져 있다는 점이었다.

겹쳐 있는 물건 같은 경우는 창이 크게 확대되며 각 물건의 세부 가격을 표시했다.

'이거, 왠지 중요할 것 같다는 느낌이 드는데?'

다름 아닌 그의 감각이 그렇게 외치고 있었다. 그리고 지금까지의 경험을 토대로 볼 때, 이런 느낌이 들 때는 그것이 사실일 확률이 매우 높았다.

'어쩌면 이게 그동안 나에게 벌어진 일을 설명할 수 있는 단서가 될 수도 있어.'

불현듯 머리를 스친 생각에 제닌은 진지한 눈빛으로 물

건을 살폈다.

'같은 물건. 다른 가격. 차이점이 뭘까?'

제닌은 같은 물건 중에서 가장 가격이 높은 것과 낮은 것을 꺼내 비교해 보았다.

겉보기로는 다른 점이 하나도 눈에 띄지 않았다. 그럴 수밖에 없었다. 인벤토리에 들어갔던 것은 내구도가 다하기 전에는 깨끗한 상태를 유지하기 때문이다.

'다른 점이라면… 내구도?'

각 장비의 설명까지 자세히 들여다본 후에야 제닌은 차이점을 발견할 수 있었다. 문제는 내구도가 낮은 것의 가격이 더 높다는 점이었다.

'내구도가 낮으면 가격이 낮아져야지, 왜 높아지는데?'

상식을 벗어나는 일이었다.

'내구도가 낮다는 건 그만큼 많이 사용했다는 뜻이겠지. 그럼 낡았다는 거고……'

제닌의 생각은 여기에서 막혔다.

'아니, 이게 무슨 와인도 아니고, 낡으면 녹슬고 부서지기밖에 더해?'

"후우……."

제닌은 한숨을 내쉬며 고개를 가로저었다.

아무래도 시간을 두고 천천히 생각해 봐야 할 것 같았다.

'그래도 한가지 발견해 낸 게 어디야? 내구도가 낮을수록 가격이 더 높단 말이지…….'

제닌은 거래소를 벗어나 기술관 가트를 호출했다.

가트는 부리나케 달려왔다. 제닌에게 조금이라도 점수를 따 베스란에게 밀린 서열을 회복하기 위한 노력이었다.

"헉! 헉! 영주님. 여기 있습니다."

가트는 거친 숨을 몰아쉬며 큼지막한 자루를 내밀었다. 파손된 장비들이 담긴 자루였다.

"수고했어."

제닌이 받아 들고 몸을 돌리려 하자 가트의 얼굴에 아쉬운 듯한 표정이 스쳐 갔다.

"왜? 더 할 말이라도 있나?"

"그게……. 아, 아무것도 아닙니다."

가트는 머뭇머뭇하다가 고개를 내저었고, 제닌은 몸을 돌리며 피식 웃었다.

'원하는 걸 다 들어주면 버릇만 나빠지지. 나중에 들어주더라도 일단은 애가 바짝 타게 하는 게 중요해.'

가트의 마음속에 담긴 말은 제닌도 잘 알고 있었다. 그럼에도 모른 척한 것은 일종의 길들이기 수단이었다.

'거래소 입장.'

제닌은 거래소에서 자루에 담긴 장비들의 가격을 살폈

272

고, 대체로 높은 가격에 만족했다.

거기에 자루에 담긴 파손 품을 전부 팔았을 때, 중요한 점 하나를 더 발견할 수 있었다.

'가격이 줄어들었어? 아무래도 물건을 파는 만큼 가격이 다시 줄어드는 것 같은데? 그렇다면!'

제닌은 씩 웃으며 거래소에서 벗어났다.

지휘소의 문을 열자 아직 그 자리에 서 있는 가트가 보였다.

"영주님? 왜 다시……."

"공방에 가서 부서진 장비 전부 가져오고, 병사들이 착용한 장비도 싹 다 벗겨서 가져와."

"예? 그, 그게 무슨……."

"정확히 한 시간 준다."

제닌은 자신이 할 말만 하고 문을 닫았다.

문 뒤로 가트가 부리나케 뛰어가는 소리가 들려왔다.

'헌 장비를 비싸게 팔고, 새 장비를 싸게 사면 그것도 남는 장사 아니겠어?'

비록 목표로 했던 이유를 찾는 데는 실패했으나, 거래소를 이용해 제닌은 돈을 벌 수 있었다.

병사들에게서 거둬들인 것과 공방에서 수리하기 전의 파손된 장비, 그리고 인벤토리에 남아 있던 장비까지 모두 처분하자 차액은 수십만 골드에 달했다.

물건을 거래소에 처분하는 만큼 거래소에서 판매하는 장비의 가격은 내려갔고, 결국 제닌은 수습병사의 장비 세트를 요새의 모든 사람 숫자만큼 살 수 있었다.

그것을 고려하고도 무려 수십만 골드의 이득이었으니, 실제로는 백만 골드 이상의 이익을 본 셈이었다.

"훗! 이건 뭐, 땅 짚고 헤엄치기도 아니고…… 돈 벌기가 뭐 이리 쉬워?"

제닌이 가벼운 웃음을 터뜨릴 때였다.

- 띠링!

[전직조건 전쟁상인을 충족하였습니다. 전쟁 물품으로 얻은 이득 1000000/1000000골드. 전쟁상인으로 전직하시겠습니까?]

뜻밖의 메시지에 제닌은 눈을 크게 떴다.

'여기서 돈을 번 것도 이득으로 인정된다는 건가? 하긴 전직조건에도 이득이라고만 적혀 있지, 다른 곳에 팔라는 말은 없었으니까.'

이유야 어쨌든 제닌에게는 좋은 일이었다.

'이봐, 전쟁상인에 대한 설명을 들을 수 있나?'

[전쟁상인]

- 전쟁에 쓰이는 물자를 거래하는 상인입니다.

- 군수품의 거래에서 10%의 이득을 추가로 얻습니다. 거래를 통해 거둬들인 이득의 일정 비율을 경험치로 획득

할 수 있습니다.

"흐음……."

제닌은 턱을 만지작거리며 눈앞의 글귀를 살폈다.

'이득에 따라 경험치를 획득하는 것은 좋은데, 역시 뭔가 좀 아쉬운데?'

전쟁상인을 직업으로 선택하면 돈은 많이 벌 수 있을 터였다. 그러면 더 많은 병사를 양성할 수 있고, 더 좋은 장비를 갖출 수 있었다.

하지만 돈은 이미 많았다. 적어도 제닌은 앞으로 자신이 할 일에서 돈이 부족해서 중단될 일은 없을 것으로 생각했다.

제닌이 직업으로 원하는 것은 그 정도가 아니었다.

'역시 지휘관이 낫겠어. 레벨 업을 해서 무력을 올리는 것도 중요하지만, 병사들을 다루는 것은 그보다 더 중요해. 지휘관이라면 병사들 통솔에 관한 스킬이 생길 거야.'

레벨 업, 물론 좋았다. 그러나 혼자의 힘으로는 한계가 있었다.

특히 수천, 수만 명이 어우러지는 전장에서 개인은 작은 존재일 수밖에 없었다. 제닌이 기대하고 있는 것은 그런 전장에서도 힘을 발휘할 수 있는 직업과 스킬이었다. 사실 예전부터 제닌은 전쟁상인보다는 지휘관 쪽에 마음이 쏠린 상태였다.

'지휘관 전직조건 확인.'

[전직조건 지휘관, 병력 2245/10000]

'어? 병력이 언제 이렇게 늘어났지?'

조사관 행렬을 맞이하러 가기 전에는 1500명 정도였다. 그런데 고작 사흘 사이에 병력이 700명 가까이 늘어났으니 이상함을 느낄 만도 했다.

'훈련소에서 하루에 훈련할 수 있는 숫자는 50명뿐일 텐데?'

제닌이 그런 의문을 떠올릴 때였다.

– 띠링!

[훈련소(Lv.2)의 건설이 완료되었습니다.]

'훈련소에 대한 설명을 들을 수 있나?'

[훈련소(Lv.2)]

– 무직자를 병사(Lv.2)로 훈련합니다.

– 직업을 가진 사람도 훈련할 수 있으나, 레벨은 절반으로 줄어듭니다.

– 한번에 100명을 동시에 훈련할 수 있으며, 훈련 완료까지 22시간이 필요합니다.

'훈련 가능한 인원이 늘어났고, 시간은 줄어들었군.'

훈련소가 1레벨일 때는 한 번에 50명, 그리고 24시간이 필요했다.

이것은 경험으로 알아낸 사실이었다. 50명의 인원이 다

차면 훈련소 문이 저절로 닫혀 다른 사람의 출입을 막았기 때문이다.

닫힌 문은 정확히 24시간이 지난 다음에야 열리며 훈련된 병사들을 내보냈다.

'2레벨 병사면 정예병 수준은 되겠군.'

비록 1레벨이었으나, 훈련소를 마친 병사는 강제징집된 병사 몇 명은 상대할 수 있는 숙련병의 실력이었다.

'잠깐! 훈련소가 5레벨이면? 5레벨 병사를 만든다는 소리잖아?'

제닌은 벡스를 처음 부하로 삼았을 때를 떠올렸다. 미숙한 하급병이었던 벡스가 순식간에 웬만한 기사는 찜쪄먹을 실력으로 거듭났다.

'훈련소의 업그레이드를 최우선순위로 두어야겠군.'

지금은 병력의 숫자와 질, 모두 떨어지는 상태였다. 요새를 지키고 앞으로 전투를 벌이기 위해서는 병력의 충원이 가장 시급했다.

베스란에게 이미 왕국민 출신 노예를 계속 사들이라는 지시를 내려놓았으나, 노예를 사들이는 데에는 한계가 있었다.

'숫자가 모자라면 질을 끌어 올리면 되는 일이지. 요새 안의 모든 남자를 5레벨 병사로 훈련 시키면 6천 명의 기사단이 생기는 거나 마찬가지야.'

6천 명.

병사의 숫자로 보면 별것 아니었지만, 모두가 기사 수준이라면 이야기가 달라졌다. 전쟁이 발발하기 전 크라인 왕국 전역의 기사를 합해도 만 명이 채 되지 않았기 때문이다.

'훈련소에서 올릴 수 있는 한계 레벨이 5, 그리고 훈련 던전에서는 10까지 올릴 수 있다고 했지?'

5레벨이 일반 기사 수준이라면 10레벨이면 고위기사도 함부로 할 수 없을 터였다.

"큭! 6천 명의 고위기사급 병력이라……. 이거 슬슬 방법이 보이는 것 같은데? 이 빌어먹을 전쟁을 끝낼 방법이!"

제닌은 건설 메뉴를 열어 훈련 던전의 건설 명령을 내렸고, 훈련소도 한 단계 더 업그레이드하라는 명령을 내렸다.

'그나저나 갑자기 늘어난 병력은 뭐지?'

모르면 잘 아는 사람에게 물어보면 될 일이었다.

'테일스, 지휘소로 오도록.'


Ⅱ


잠시 후 헐레벌떡 달려온 테일스에게 제닌은 병력 훈련

278 3

상황을 물었다.

"지금까지 훈련소를 마치고 나온 사람은 천칠백 명입니다. 그런데 정말 이해할 수 없는 일은, 고작 하루 훈련을 받았을 뿐인데 숙련된 병사가 된다는 점입니다."

"아마 내일부터는 정예병 수준의 병사가 될 거야."

"예? 그, 그게 정말입니까?"

"내가 언제 거짓말하는 것 봤나?"

제닌의 물음에 테일스는 세차게 고개를 내저었다.

"그나저나, 요새의 병력 숫자가 오백 가량이 늘었는데, 혹시 여기에 대해 아는 게 있나?"

"오백 명요?"

테일스는 슬쩍 고개를 갸웃거리다가 뭔가가 생각난 듯한 표정을 지었다.

"아! 혹시 그 일이? 그런데… 그게 병력이라고 말할 수준은 아닌 것 같은데요?"

"판단을 물어본 게 아닐 텐데?"

제닌이 살짝 미간을 찌푸리자 테일스가 황급히 설명을 덧붙였다.

"그러니까 기술관이 개량 석궁을 완성했습니다. 그래서 시험 삼아 여자들에게 몇 번씩 쏴보라고 했는데, 그렇게 쏴본 여자들이 오백 명정도 될 겁니다."

"몇 번씩이나 쏴봤는데?"

"그게……. 만들어진 석궁이 백 개이고, 쿼렐이 오천 발이었습니다. 안정성인가 뭔가를 시험한다고 다섯 명이 돌아가며 석궁을 쐈으니……."

테일스는 말끝을 흐리며 얼굴을 찌푸렸다.

'돌대가리냐? 간단한 산수 문제를 가지고.'

제닌은 한심하다는 표정으로 테일스를 바라보았다.

"한 사람당 열 번 정도겠군."

"그, 그렇습니다!"

테일스가 손뼉을 마주치며 대꾸했다.

'고작 석궁 열 번 쏴보는 것만으로 병사가 된다? 굳이 훈련소가 필요 없다는 말인가?'

제닌이 눈을 반짝였다.

"기술관에게 가서 내일 아침까지 최대한 많은 석궁을 만들라 전하도록."

"예. 그렇게 전하겠습니다."

"아! 완성된 석궁 하나당 5골드의 성과급을 지급한다는 말도 같이 전하도록. 아무래도 목표가 있어야 더 의욕이 생길 테니까."

"5, 5골드나 주신단 말씀이십니까?"

테일스가 휘둥그레진 눈으로 제닌을 바라보았다.

비록 제닌에게는 하찮은 돈이지만, 일반인이 생각하기에 5골드는 평생 한 번 만져보기 어려운 액수였다.

'그러고 보니 내가 병사들에게는 좀 무심했던 것 같군.'

부러워하는 테일스의 표정을 보아하니 문득 라테스 출신 병사들이 떠올랐다. 지금껏 제닌이 시키는 대로 묵묵히 임무를 수행해 왔으나 변변한 포상 한 번 한 적이 없었다.

"테일스."

제닌은 몸을 돌린 테일스를 다시 불렀다.

"부르셨습니까?"

"손 내밀어. 양손 모아서."

"예?"

의문 어린 표정을 지으면서도 테일스는 양손을 모아 제닌의 앞에 내밀었다.

툭.

노랗게 빛나는 물체가 테일스의 손 위에 떨어졌다. 5골드짜리 금화는 그의 손에 묵직한 무게감을 선사했다.

투툭. 툭. 툭. 차르르륵.

"헙!"

테일스가 손 위에 수북이 쌓이는 금화를 바라보며 헛바람을 삼킬 때, 제닌이 말했다.

"잘 받아야 할 거야. 너희 라테스 출신 병사들이 받을 포상이 정해지는 순간이거든."

"그게 무슨 말씀이신지……."

"하나라도 떨어뜨리는 순간 포상은 그 액수로 정해진다는 뜻이지."

빙긋 웃는 제닌의 말에 테일스의 얼굴에 놀람이 스쳤다. 하지만 그것도 잠시, 테일스는 손위로 떨어지는 금화를 받기 위해 온 신경을 기울였다.

'내 손바닥이 이렇게 작았었나?'

테일스는 문득 자신의 손바닥이 작다는 생각이 들었다. 평소에는 전혀 생각지 않았던 문제였지만, 상황이 상황이다 보니 그럴 수밖에 없었다.

떨어지는 금화는 어느새 양손을 가득 채운 상태였고, 그 위에 수북이 쌓여가는 중이었다.

'크크. 슬슬 불안할 때가 됐을 텐데?'

제닌은 슬쩍 테일스의 얼굴을 살폈다. 아니나 다를까, 테일스는 손안에 쌓인 금화의 산이 쓰러지지 않을까 노심초사하는 표정이었다.

'소, 손가락을 살짝만 벌리면?'

면적이 늘어난 만큼 안에 담기는 금화의 양은 많아질 터였다.

하지만 테일스가 손가락을 살짝 벌리는 순간, 그 틈으로 금화 하나가 삐죽 고개를 내밀었고, 테일스는 빠져나가는 금화를 잡기 위해 황급히 손을 오므렸다.

그러나 갑작스러운 움직임은 그 위에 쌓여가는 금화의

산에 지진을 일으키기 충분했다.

와르르 무너져 내리는 금화의 산.

"우, 우와아악!"

테일스는 비명을 내질렀고, 이어 그의 손에 쌓여 있던 금화는 일제히 바닥에 쏟아져 내렸다.

제닌은 황급히 몸을 숙여 바닥의 금화를 줍는 테일스의 모습을 바라보며 혀를 찼다.

"쯧쯧! 늘 문제를 일으키는 건 과한 욕심이지. 그냥 가만히 있었으면 100골드는 더 받을 수 있었을 텐데……. 이거, 아쉬워서 어쩌나?"

말은 그랬지만, 얼굴에는 재미있다는 표정이 가득했다.

"허으윽!"

테일스는 아쉬움이 가득한 표정을 지었으나, 이미 엎질러진 물이었다.

그런 테일스를 바라보고 있노라니 이상하게 괴롭히고 싶은 충동이 일어났다.

"이거, 바이슨에게 말하면……."

"헙! 여, 영주님! 제, 제발 그것만은!"

"왜? 어차피 지금은 네가 대장인데."

"하, 하지만……."

테일스의 곤란해하는 모습을 바라보던 제닌은 피식 웃으며 인벤토리에서 통돼지 바비큐를 하나 꺼냈다.

"이것도 가져가서 먹고."

"헉! 감사히 먹겠습니다. 그런데 영주님, 그… 마, 말은……."

"아! 욕심부리다가 백 골드나 적게 받은 거?"

테일스가 다시 죽상을 지었고, 제닌은 그런 그의 어깨를 두드렸다.

"그동안 고생 많았다. 걱정하지 말고 오늘 하루는 마음껏 즐기도록. 그리고……."

제닌은 큼지막한 오크통 몇 개를 꺼냈다.

"취해서 행패 부리면 죽는다?"

"헙! 예! 명심하겠습니다!"

Ⅲ

다음 날 아침, 제닌은 요새의 모든 사람을 한 자리에 모았다. 그리고 가트와 장인들이 밤새 완성한 석궁을 나눠주며 몇 발씩 쏘도록 지시했다.

[석궁병(Lv.0)]

– 석궁을 몇 번 쏴본 미숙한 병사입니다.

– 비록 미숙하지만 강력한 석궁의 위력에 힘입어 충분한 살상력을 가지고 있습니다.

병력의 숫자가 눈부신 속도로 올라가기 시작했다. 그리고 어느 순간, 경쾌한 알림음이 제닌의 귓가에 울려 퍼졌다.

[전직조건 지휘관을 충족하였습니다. 병력 10000/10000. 지휘관으로 전직하시겠습니까?]

제닌의 입꼬리가 비스듬히 올라갔다.

'직업 지휘관에 대한 설명을⋯⋯.'

설명을 들으려는 순간, 다시금 알림음과 함께 메시지가 떠올랐다.

[두 가지 직업의 전직조건을 충족하였습니다. 숨겨진 조건을 달성하였습니다. 사용자의 성향에 어울리는 조합직업을 찾습니다.]

'응? 숨겨진 조건? 조합직업?'

생소한 말에 제닌이 고개를 갸웃거릴 때, 다시금 메시지가 떠올랐다.

[조합직업 흑막으로의 전직이 가능합니다. 흑막으로 전직하시겠습니까?]

'흑막? 검은 장막이라⋯⋯.'

일단 어감은 마음에 들었다.

'설명해봐.'

[흑막]

– 검은 장막에 가려진 자. 드러난 곳보다 드러나지 않은 곳에서 일을 도모하는 사용자의 성향에 어울리는 직업입니다.

– 전쟁상인과 지휘관의 조합직업인만큼 두 직업의 특성
을 계승합니다. 군수품 거래에서 10%의 추가이득을 얻고,
지휘하는 병사들의 능력이 10% 상승합니다. 단, 레벨 업
필요 경험치가 100% 증가합니다.

　– 정체가 드러나지 않은 상태에서 만 명 이상에게 영향
을 주는 행동을 할 경우, 추가 경험치를 획득할 수 있습니
다.

　"흐음……."

　잠시 고민하는 표정을 짓던 제닌이 표정을 풀었다. 그리
고 씩 웃었다.

　"이거, 내 스타일인데?"

　전쟁상인과 지휘관의 이점만으로도 필요 경험치 100%
증가의 페널티를 감수할만했다.

　제닌은 특히 만 명 이상에게 영향을 주는 행동을 할 경
우, 추가 경험치를 획득할 수 있다는 말이 마음에 쏙 들었
다.

　그런 큰일은 그저 했다는 사실 자체만으로도 제닌에게
만족감을 줄 터였다. 그런데 거기에 경험치라는 보상이 더
해지면 만족감은 몇 배로 뛰어오를 것이다.

　'흑막으로 전직한다.'

　하얀빛이 피어올라 제닌의 몸을 휘감았다.

　물론 제닌 자신에게만 보이는 빛이었다.

"아! 환해! 환해!"

'아! 마리도 있었군.'

제닌은 주변을 돌며 폴짝폴짝 뛰는 마리를 부드러운 미
소로 바라보았다.

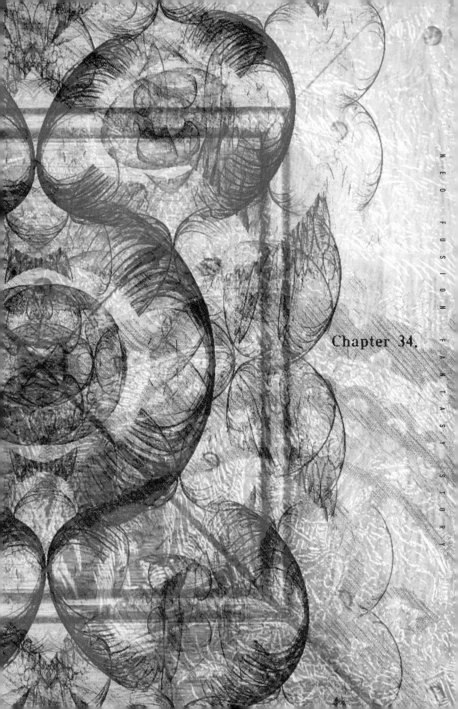

Chapter 34.

ROYAL
ROADER

I

　가르타스 백작이 떠오르는 신흥 세력가라면 프라덴 후
작은 전통의 강자였다. 그의 가문은 이미 오래전에 제국
동부를 아우르는 세를 구축하고 지금까지 성세를 누리고
있었기 때문이다.

　제국 동부에는 풍요로운 곡창지대가 있었다. 그곳에서
생산되는 식량은 제국의 인구 전체를 먹여 살리고도 남을
정도였다.

　제법 많은 양을 세금으로 거둬들임에도 동부의 주민은
풍족한 삶을 누릴 수 있었다.

　– 동부의 거지는 얼어 죽을망정 굶어 죽지는 않는다.

　이 말은 동부의 풍족함을 무엇보다 잘 나타내는 말이었다.

프라덴 후작은 세금을 더 거둬도 주민이 충분히 살아갈 수 있음을 알면서도 세율을 올리지 않았다.

군사력은 많은 인구에서 나오고, 인구를 증가시키기 위해서는 풍족한 식량이 갖춰져야 한다는 사실을 잘 알고 있었기 때문이다.

그런 노림수는 잘 맞아떨어졌고, 후작은 풍부한 인구를 바탕으로 막강한 군사력을 갖출 수 있었다.

그뿐만이 아니라 후작은 풍요로운 동부 귀족의 수장이었다. 이것은 그에게 동부에서 타지역에 수출하는 곡물의 양을 결정할 수 있는 권한을 쥐여주었다.

이 덕분에 프라덴 후작은 공작조차도 함부로 하지 못할 권력을 거머쥐고 있었다.


Ⅱ


"흐음……. 이거 좀 이상한데?"

제닌은 마차 창문을 통해 밖을 내다보는 중이었다. 특히 그는 창밖을 지나쳐가는 주민의 얼굴을 유심히 살펴보았다.

"이상해? 뭐가?"

옆에서 들려온 마리의 목소리에 제닌은 그녀의 머리에 손을 올렸다. 그리고 결을 따라 천천히 쓰다듬었다.

"히힛!"

마리가 기분 좋은 웃음소리를 냈다.

그 모습에서 제닌은 궁금해서 물어본 게 아닌, 단순히 머리를 쓰다듬기를 바랐던 것으로 생각했다.

"그냥 혼잣말이었어."

제닌은 지나가듯 중얼거리며 다시 생각에 잠겼다.

'왜 저렇게 밝을까?'

제닌이 의문을 품은 것은 주민의 얼굴에 떠오른 표정 때문이었다.

원래 귀족이 기침 한 번 하면 몸살을 앓아야 하는 게 최하층 평민의 역할이었다.

하물며 지금은 전쟁 중이었다. 가족 중 하나 정도는 징집되었을 테고, 물자 징발을 이유로 가혹한 세금이 매겨졌을 것이다. 아무리 생각해도 제닌은 이곳 주민의 얼굴이 밝은 이유를 찾을 수 없었다.

'제국 동부가 원래 풍족한 곳이고, 프라덴 후작이 아주 아량이 넓은 사람이라 세금을 적게 거둘 수도 있다고 치자.'

물론 어디까지나 가정일 따름이었다. 그보다 더 이해할 수 없는 일이 남아 있었다.

'하지만 징집을 안 할 수는 없었을 텐데?'

제닌은 프라덴 후작가에서 전선으로 병력이 보내졌다는

사실을 알고 있었다.

숫자도 적지 않았다. 베스란이 수집한 정보로는 프라덴 후작가에서만 물경 이 만에 달하는 병력을 파견했다고 했다.

'둘 중 하나겠지. 내가 지나쳐 온 많은 사람이 하필이면 가족 중에 징병 될 만한 남자가 없거나…… 아니면 징병이 되었음에도 저들이 저렇게 밝을 만한 이유가 있다거나.'

물론 보다 마음이 끌리는 쪽은 후자였다.

'그래도 부럽긴 하네.'

다른 것을 떠나, 최하층인 평민들의 얼굴이 저토록 밝다는 사실 하나만으로도 제닌은 부러웠다. 이는 이곳을 다스리는 영주가 아량이 넓고 능력이 출중하다는 것을 의미했기 때문이다.

평민에게 영주를 선택할 권한은 없었다. 그저 자신들을 다스릴 영주가 좋은 사람이기를 바랄 따름이었다.

'적어도 능력은 있다는 건가? 제국을 먹을 야망을 품을 만한 능력이?'

원래부터 귀족이었던 자들은 평민의 소중함을 몰랐다. 그저 최대한 쥐어짜 자신의 부와 권력을 키울 생각뿐이었다. 그런 귀족들이 보기에 평민은 그저 도구나 가축에 불과했다.

그러나 평민 출신인 제닌은 반대였다.

'평민이 있기에 귀족이 있고, 왕이 있는 거야. 진정 큰 계획이 있다면, 가장 먼저 영지 주민의 충성부터 얻는 게 순서야.'

평민들은 단순했다. 배운 바가 없기에 그저 배부르게 먹을 수 있고, 따뜻하게 잠을 잘 수 있으면 그것만으로도 만족했다. 이러한 만족은 곧 영주에 대한 감사로 이어질 터였고, 영주가 무언가를 하고자 할 때, 앞다투어 나서게 할 터였다.

솔직히 말하자면 영주에 대한 충성심을 둘째 치고, 자신과 가족의 행복을 지키기 위해서라도 그들은 무슨 일이든 하려 할 것이다.

그런 의미에서 프라덴 후작은 든든한 기반을 다져 놓았다고 볼 수 있었다. 주민의 밝은 표정만 보아도 그것을 느낄 수 있었다.

'가르타스 백작도 그렇고, 프라덴 후작도 그렇고……. 비록 적이지만 대단하군.'

영주에 대해 생각을 하다 보니 문득 고향을 다스리던 영주의 얼굴이 떠올랐다. 그 순간 제닌은 얼굴을 와락 구겼다.

'썩을! 그 빌어먹을 놈!'

제닌의 고향을 다스리던 영주는 그에게 귀족에 대한 반

감을 처음 심어준 인물이었다.

그의 아버지가 상단을 운영할 때, 영주는 시도때도없이 상납을 요구했다. 그랬음에도 막상 상단의 세가 기울어지자 전혀 도움을 주지 않았다. 아니, 오히려 다른 상단을 부추겨 그 아버지의 상단을 더 빨리 망하게 할 정도였다.

'그래. 생각해 보니 그놈도 아르스 드 비엘 못지않은 놈이잖아?'

갑작스레 떠오른 생각은 제닌의 킬리스트에 한 명의 이름을 추가함으로 끝이 났다.

'응?'

팔을 흔드는 느낌에 고개를 돌려보니, 자신을 올려다보는 마리의 커다란 눈이 보였다.

"화났어?"

걱정이 담긴 물음에 제닌은 피식 웃었다.

"아니야. 그냥 나쁜 놈 얼굴이 떠올라서 그랬을 뿐이야."

"나쁜 놈?"

"그래. 나쁜 놈."

"누구? 마리가 혼내 줄 거야!"

앙증맞은 주먹을 말아쥐며 다짐하는 모습에 제닌은 절로 피어오르는 아빠 미소를 참을 수 없었다.

'정말, 나중에 마리를 똑 닮은 딸 하나만 낳으면 좋겠는데 말이야.'

마리의 머리를 쓰다듬으며 그렇게 생각하던 제닌은 천천히 고개를 가로저었다.

'아니지. 이미 있잖아?'

눈을 마주친 마리가 배시시 웃었다.


Ⅲ


프라덴 후작은 두툼한 몸집에 후덕한 인상을 주는 얼굴을 가지고 있었다. 물론 성격 또한 겉과 같았다면 그는 결코 제국 동부를 아우르는 거대한 권력을 틀어쥘 수 없었을 터였다.

"그래서, 사라졌다?"

프라덴 후작은 물음과 함께 앞에 선 사내를 바라보았다. 겉보기에는 부드러운 눈빛이었지만 그 안에 싸늘한 칼날이 담겨 있다는 사실은 누구보다 앞에 선 사내가 잘 알았다.

"하, 하오나. 가용한 모든 사람을 풀어 샅샅이 뒤지고 있습니다. 그러니 조만간 소식이……."

사내는 떨리는 목소리로 어떻게든 설명하려 했으나, 후작의 웃음소리가 그의 말을 잘랐다.

"허헛! 자네, 참으로 재미있는 사람이군!"

웃음 띤 후작의 말에 앞에 선 사내의 얼굴은 급격히 굳어졌다. 그는 5년 가까이 후작가에서 일한 인물이었다. 후작의 웃는 얼굴 뒤에 숨겨진 진정한 성격에 대해 파악할 시간이 충분했다는 의미였다.

사내는 지금껏 후작에게 재미있다는 말을 들은 사람 치고 여태껏 제자리를 지키고 있는 사람이 없었음을 잘 알았다.

좌천은 그나마 양호했다. 그 후로 영영 보이지 않는 사람들도 많았다.

즉, '재미있는 사람'이라는 후작의 한마디가 어쩌면 사내의 목숨을 끊을 수도 있다는 의미였다.

"각하! 기회를! 한 번만 더 기회를 주십시오!"

"허헛! 한 번 실망 시킨 사람이 두 번이라고 안 그럴까? 이만 물러가 보게."

후작은 몸을 돌렸다.

"가, 각하! 한 번만! 부디 딱 한 번만!"

앞에 선 사내는 후작의 바짓자락이라도 잡고 애원하려 다가갔으나, 어느 순간 목덜미에 와 닿는 싸늘한 감촉을 느꼈다.

주륵.

진득한 액체가 목덜미를 타고 흐르는 느낌과 함께 아릿

한 통증이 느껴졌다.

"좀 더 앞으로 가도 괜찮은데?"

차갑지만 왠지 모르게 요염함이 느껴지는 목소리였다. 사내는 그 목소리를 듣는 순간 온몸의 솜털이 곤두서는 기분이 들었다.

'블러디 캣……'

사내는 상대의 명칭을 떠올리며 두 눈을 질끈 감았다.

블러디 캣, 핏빛 고양이.

권력의 속성은 끊임없이 사람을 유혹한다는 점이었다. 즉, 권력을 쥔 이들이 그 권력을 탐하는 다른 누군가의 표적이 되기 쉽다는 의미였다.

한 지역을 아우르는 권력을 거머쥔 탓에 프라덴 후작은 지금껏 숱한 암살의 위협에 시달려야 했다. 그러나 지금껏 누구도 성공하지 못했다.

여기에는 프라덴 가문 대대로 내려오는 비밀 호위의 역할이 컸다.

얼굴도, 이름도 몰랐다.

다만 후작의 침실 앞에 놓여 있는 암살자의 시체가 비밀 호위의 존재를 증명할 따름이었다. 시체에는 네 줄기 깊숙한 자상이 새겨져 있었는데, 꼭 고양잇과 맹수가 할퀸 것 같은 모양새였다.

사람들은 두려워하며 블러디 타이거라는 별칭을 붙이려

했다. 그러나 그때, 누군가가 비밀 호위가 여자의 목소리를 가지고 있다는 소문을 퍼뜨림으로써 '블러디 캣' 이라는 별칭이 붙게 되었다.

그리고 다음 날 아침 소문을 퍼뜨린 자가 시체로 발견됨에 따라 '블러디 캣' 이란 별칭은 굳어졌다.

'움직이면 죽는다. 얼굴을 봐도 살아남기 어려워.'

사내는 살아남기 위해서는 목에 단검을 겨눈 상대가 뭔가를 지시할 때까지 가만히 기다리는 게 최선이라고 생각했다.

꿀꺽.

사내의 마른침 삼키는 소리가 방안에 울려 퍼졌다.

"푸홋!"

갑작스러운 웃음소리가 들려왔다.

"각하. 이 사람 저한테 주시면 안 돼요?"

블러디 캣이란 섬뜩한 별칭에 어울리지 않는 맑은 목소리였다.

"허헛! 재미있는 사람을 데려다 뭐에 쓰려고?"

후작에게 재미있는 사람은 무능력한 사람과 같은 의미였다.

"재미있기는 한데, 제법 눈치는 있잖아요? 어떻게든 살아 보겠다고 발악하는 모습도 재미있고."

"단지 그뿐인가?"

후작은 은근한 뉘앙스를 담아 물었다. 눈앞의 사내가 비록 재미있는 사람이기는 하지만, 생김새만큼은 말끔하게 잘 생겼기 때문이다.

"어머? 각하는 설마 제가 이런……. 재미있는 자에게 끌린다고 생각하세요?"

두 사람의 대화에서 '재미있는' 이라는 말이 반복될수록 사내의 얼굴은 굳어졌다.

'차라리 대놓고 욕을 할 것이지…….'

물론 목숨이 왔다갔다하는 상황에서 대놓고 따질 배짱은 없었다.

"뭐, 자네가 알아서 하게. 어차피 내 머릿속에서는 잊힌 재미있는 사람이니……."

목소리와 함께 후작의 발소리가 멀어져갔다.

"후훗! 이 재미있는 사람을 어떻게 하지?"

묘한 웃음소리와 함께 들려온 목소리.

눈을 감은 탓에 보이지는 않았으나, 사내는 왠지 맹수가 자신을 바라보며 입맛을 다시는 듯한 기분이 들었다.


Ⅳ


"A급 용병 카인스?"

성문을 지키는 병사의 눈매가 가늘어졌다. 좁혀진 병사

의 시선 끝에는 용병패를 내민 젊은 청년이 있었다.

'이렇게 젊은 자가?'

병사의 눈빛에 의심이 어리기 시작했다.

정규병과 비교하면 천대받는 용병이지만, 급이 높은 용병은 이야기가 달라졌다.

특히 A급 이상부터는 거의 기사급의 대우를 할 정도였는데, 이것은 그들의 실력이 그만큼 뛰어났기 때문이었다. A급 용병만 돼도 기사 이상의 실력을 갖췄고, 그 중 특출한 자는 고위 기사에 필적하기도 했다.

그런데 눈앞의 청년은 아무리 봐도 그만한 실력을 갖추고 있는 것처럼 보이지 않았다.

푸른빛이 도는 은발에 잘생긴 얼굴, 거기에 호리호리해 보이는 체구까지. 청년은 실력을 갖춘 용병과는 전혀 거리가 먼 외모를 가지고 있었다.

'아무리 봐도 A급은 아닌 것 같은데?'

물론 약간의 편견이 들어간 판단이기도 했다. 병사의 외모는 오크가 형님 할 정도로 험악했기 때문이다.

"정말 본인이 맞나? 지금이라도 사실대로 말하면 옆의 딸을 봐서라도 쫓아내는 선에서 끝내주지."

부리부리한 눈으로 노려보는 병사의 말에 제닌은 피식 웃으며 대답했다.

"본인, 맞습니다."

"이 자가 정말⋯⋯."

병사가 안 되겠다는 표정을 지으며 노려볼 때였다.

우웅.

곤충의 날갯짓 소리와 함께 제닌이 세운 검지 끝에서 푸르스름한 빛 무리가 어렸다.

'서, 설마 저거⋯⋯.'

의심할 나위 없는 오러를 바라본 병사의 눈이 휘둥그레졌다.

눈앞의 잘 생긴 청년은 무기도 없이 손가락 끝에서 오러를 맺었다. 이는 청년이 적어도 고위 기사 이상의 실력을 갖췄음을 증명하는 것이나 다름없었다.

제닌은 오러가 어린 검지를 병사의 눈앞에 살랑살랑 흔들며 물었다.

"무슨 급?"

"에, 에이 급?"

얼떨결에 대답하는 병사에게 제닌이 손을 내밀었다. 마치 뭔가를 달라고 요구하는 동작이었다.

"무, 무얼?"

"용병패, 그냥 그쪽이 가지시려고?"

병사는 얼떨떨한 얼굴로 용병패를 내밀었고, 제닌은 그것을 받으며 그의 귓가에 속삭였다.

"당신 닮을 미래의 딸을 생각해서, 나도 이번 한 번은 그냥 넘어가 드리지."

조금 전 병사가 했던 말에 대한 화답이었다.

"크흠! 토, 통과!"

제닌의 뒷모습이 멀어져가자 병사는 괜스레 줄 서 있는 사람들에게 눈을 부라렸다.

"거기! 줄 똑바로 안 서?"

무안함을 못 이긴 화풀이였다.

'A급, 하지만 손가락에 오러를 맺었으니 A급 중에서도 상급으로 봐야겠지.'

병사의 옆에는 두꺼운 후드를 눌러쓴 사내가 있었다. 다소 음침하고 수상해 보이는 분위기였으나, 병사는 그에게 아무런 반응을 보이지 않았다.

사내는 작은 수첩에 뭔가를 적더니 서둘러 걸음을 옮겼다. 제닌이 사라진 방향이었다.

V

'이거 낯익은 이름들이 제법 있는데?'

제닌은 번화가의 상단 거리를 걸어가며 주변을 두리번거렸다. 제닌에게 낯익은 이름이란 곧, 그에게 빚이 있다는 의미와 같았다.

가르타스에서 물건의 거래를 계약했지만, 제대로 물건

을 전달한 곳은 단 한 군데도 없었다.

위약금은 열 배. 계약금으로 총 대금의 절반을 지급했으니, 계약을 지키지 못한 상단들은 그에게 총대금의 다섯 배를 위약금으로 물어야 했다.

가르타스를 떠나기 전, 제닌은 각 상단을 돌며 계약 위반 사실을 알렸다. 그리고 그곳 책임자의 서명을 받고 상단의 인장을 찍은 확인서를 받아왔다.

한 번만 봐달라고 비는 자도 있었고, 가만두지 않겠다며 협박하는 자도 있었다.

실제로 해코지를 계획한 자도 있었으나, 당시 제닌이 가르타스 백작의 성에 머물고 있다는 사실이 그것을 막았다. 또한, 제닌에게 예쁘장한 딸이 있고 그 딸의 미모가 가르타스 백작 후계자의 마음을 사로잡았다는 소문도 한몫했다.

물론 가능성은 희박했으나, 다음 대 가르타스 백작의 장인이 될 수도 있다는 가능성. 그것은 상인들의 행동을 움츠러들게 했다.

'앞으로 재미있어질 거야. 두고 보라고.'

제닌은 상단 건물들을 쓱 훑어본 후 '프라덴의 목마'라는 이름의 여관으로 들어갔다.

물론 단순히 상단 건물만 살펴본 것이 아니었다.

'꼬리가 붙었군.'

성문에서 검문을 받을 때 보았던 인물이 멀리서 뒤따르고 있었다.

'역시, 답은 용병이었나?'

여관의 문을 열고 들어서는 제닌의 얼굴에는 옅은 미소가 맺혀 있었다.

제닌은 마리와 함께 식사를 잔뜩 한 뒤, 일찌감치 잠자리에 들었다.


VI


감겨 있던 제닌의 눈꺼풀이 스르르 밀려 올라갔다.

문밖에서 조심스러운 기척이 느껴지고 있었다.

잠시 후, 열쇠 구멍을 통해 작은 대롱 하나가 삐죽 모습을 드러냈다. 이어 '훅' 하는 소리가 들려왔고, 미세한 가루가 뿜어져 들어왔다.

'독은 아니겠고…… 수면 가루인가?'

슬쩍 숨을 들이마셔 보았다.

'아무런 느낌이 없는데?'

아무래도 인간을 초월한 그의 능력이 수면 가루의 효과에 저항한 듯싶었다. 다만, 이미 잠들어 있던 마리의 숨소리는 약간 커졌다.

'혼자였으면 난감할 뻔했네. 이거 능력이 너무 뛰어나

도 문제니 원. 납치 한 번 당하는 게 어렵다는 게 말이 돼?'

마리의 머리를 살짝 쓰다듬자 마리가 눈을 비비며 웅얼 거리는 소리를 냈다.

"우웅……."

– 마리. 누가 들어와도 계속 잠자는 척해. 난 이곳에 들 어온 사람이랑 잠깐 나갔다 올 테니까. 알았지?

마음으로 전달한 제닌의 말에, 마리의 눈빛이 순간적으 로 맑아졌다가 다시금 풀어졌다. 제닌과 달리 수면 가루의 효과를 버틸 저항력이 떨어지는 모양이었다.

– 빨리… 와야… 해…….

마리는 잠에 취한 듯한 말을 전했고, 제닌은 마리의 머 리를 살짝 쓰다듬은 후 다시 눈을 감았다.

잠시 후, 문틈으로 가느다란 꼬챙이가 들어오더니 걸쇠 를 위로 밀어 올렸다.

딸깍.

약간의 소음이 일어났고, 다시 한참을 기다린 후에야 조 용히 문이 밀려나기 시작했다.

'조심스러운 놈들이군. 그냥 적당히 B급으로 할 것을, 괜히 A급 용병이라고 했나?'

저들로서는 신중을 기하는 일이겠으나, 기다리는 제닌 은 그저 지루할 따름이었다.

검은 복면으로 코와 입을 가린 인물들이 소리 없이 방 안으로 들어왔다. 그리고 잠든 제닌의 눈앞에 손을 몇 번 흔들어 보더니 두꺼운 자루를 그의 머리에 뒤집어씌웠다.

그들은 제닌의 몸을 들쳐메고 움직였다.

'역시, 마리는 손대지 않았어. 협박보다는 회유할 가능성이 크겠군.'

제닌은 원래 야밤에 성벽을 타고 넘어 몰래 잠입할 생각이었다. 그러나 프라덴 성에 거의 도착할 때가 되자 마음을 바꿨다.

전쟁 중임에도 사람들의 얼굴이 밝은 것이 계속해서 그의 신경을 긁었기 때문이다.

'징집이 없을 수는 없어. 그럼에도 얼굴이 밝다는 것은, 징집된 이들이 무사하다는 확신이 있거나, 실제로 무사함을 확인한 경우야.'

이런 가정을 토대로 추론한 끝에, 제닌은 한 가지 결과에 도달할 수 있었다.

'아직 출정하지 않았다?'

그렇다면 프라덴 후작가에서 계속 전선으로 파견한 병사들은 어디서 나온 걸까?

제닌은 얼마 전 베스란이 보고했던 내용에서 힌트를 찾을 수 있었다.

— 이상한 일이지만, 동부에서 활동하는 용병의 숫자가

계속해서 줄어들고 있다고 합니다.

그래서 제닌은 용병을 가장했고, 실력을 드러내면서까지 이목을 끌었다. 그러자 꼬리가 붙었고, 야밤을 틈타 납치가 벌어진 상황이었다.

물론 모두가 가정에서 출발한 추론이었으나, 적어도 지금까지는 잘 들어맞고 있었다.

'그나저나 이것들, 언제까지 빙빙 돌기만 할 건데?'

제닌을 납치한 이들은 벌써 한 시간째 같은 장소를 돌고 있었다. 물론 신중함을 기하는 것은 좋았으나, 제닌이 이미 그들의 동선을 완벽하게 파악하고 있다는 게 문제였다.

물론 얼굴을 덮은 두꺼운 자루 덕분에 시야는 막혔지만, 미니맵은 여전히 동작했기 때문이다.

결국, 다시 한참을 기다린 끝에야 제닌을 납치한 이들은 한 건물 안으로 들어섰다.

코끝으로 눅눅한 공기가 밀려들었다. 그와 동시에 약간의 곰팡내가 맡아졌다.

'지하실이군.'

굳이 눈으로 확인하지 않아도 주변의 광경을 떠올릴 수 있었다.

'음습한 분위기를 풍기는 지하실. 회유나 협박을 하기에는 딱 알맞은 장소지. 그나저나……'

"으읍!"

제닌은 약한 신음을 흘리며 몸을 슬쩍 들썩였다.

'A급 용병이라면 이쯤에서는 깨어나 줘야겠지.'

제닌을 들쳐 멘 자의 걸음이 빨라졌다. 얼마 지나지 않아 제닌은 의자에 앉혀졌고, 두꺼운 줄이 그의 몸을 꽁꽁 옭아맸다. 그런 다음 얼굴을 가렸던 두건이 벗겨졌다.

살짝 눈을 뜨자 밝은 빛이 앞으로 다가왔다. 제닌은 눈이 부신 듯 고개를 돌린 채 물었다.

"누, 누구요? 날 왜?"

상대의 정체를 묻던 제닌은 문득 떠올린 듯, 큰 소리로 외쳤다.

"내 딸은! 우리 마리는 어떻게 한 거요!"

"아아. 걱정하지 마시오. 당신의 딸은 여관에서 잘 자고 있으니."

느긋한 말투의 목소리가 들려왔다. 어느 정도 익숙해진 빛에 상대를 살펴보니, 늑대 가면으로 얼굴을 가린 인물이었다. 다만, 목소리는 30대 초중반 정도로 여겨졌다.

"A급 용병 카인스?"

"그렇소."

제닌이 고개를 끄덕이자 늑대 가면이 살짝 고개를 숙였다.

"먼저 무례하게 초대한 점은 미안하게 생각하네."

"초대? 이게 초대요? 납치가 아니라?"

제닌이 발끈한 표정을 짓자, 늑대 가면은 너털웃음을 터뜨렸다.

"하하하! 우리도 워낙 조심스럽게 준비해야 하는 터라, 어쩔 수 없었네. 그래서 이렇게 사과하지 않았나?"

화를 내는 상대 앞에서도 여유로움이 넘치는 모습이었다. 또한, 드러난 말투에는 상대에 대한 은근한 낮춤이 깃들어 있었다.

이것이 의미하는 바는 둘 중 하나였다.

'실력이 있거나, 그만한 지위에 있거나.'

"용건이나 말해 보시오. 빨리 돌아가고 싶으니."

제닌은 퉁명스럽게 대꾸에 늑대 가면이 상체를 바짝 끌어당겨 앉았다. 그리고 나직한 목소리로 말을 꺼냈다. 그저 자세와 목소리 자체만으로도 매우 중요한 말을 하려는 모양새였다.

"그대에게 제안을 하나 하고자 하네. 아니, A급 용병 카인스에게 하는 의뢰라고 하는 편이 좋겠지."

"무슨 제안인지는 모르겠지만, 서론은 떼고 본론만 말씀하시오. 보다시피 내가 지금 인내심이 바닥나기 직전이니까."

제닌의 날 선 목소리에 늑대 가면은 대뜸 말했다.

"100골드. 물론 한 달에 100골드네."

A급 용병의 평균 보수가 한 달에 10골드 남짓인 것을

생각하면 무려 열 배에 달하는 액수였다.

말과 동시에 늑대 가면은 피식하는 웃음소리를 냈는데, 어디 이런 제안에도 그렇게 뻣뻣한 자세를 취할 수 있느냐고 묻는 듯했다.

제닌은 잠시 흔들리는 눈빛을 하다가 이를 악물었다. 그리고 단호하게 대답했다.

"거절하오."

"거절?"

늑대 가면은 의외라는 눈빛으로 제닌을 바라보았다.

돈에 환장하지 않는 용병은 없었다.

특히 급수가 높은 용병은 특히 더 그러했다. 그들은 언제든지 기사가 될 수 있는 실력을 갖췄기 때문이다. 만약 지위나 명예를 원했다면 이미 진즉 명망 있는 귀족의 휘하로 들어갔을 터였다.

그런 용병이 돈을, 그것도 평상시 보수의 열 배에 달하는 제안을 거절한다는 것은 흔치 않은 일이었다.

제닌을 살펴보던 늑대 가면은 이내 작은 탄성을 터뜨렸다.

"아! 딸 때문인가 보군."

늑대 가면의 말에 제닌은 눈동자에 불꽃을 피워 올렸다.

"만약⋯⋯."

"걱정하지 말게. 자네가 거절한다고 해서 자네 딸에게

해코지할 생각은 없으니. 다만…….”

“다만?”

늑대 가면이 슬쩍 말끝을 흐리자, 제닌이 되물었다.

“앞으로 두 달 정도, 한곳에 머물러 줘야겠네. 아! 물론
A급 용병의 평균 보수는 지급할 걸세.”

“그게 무슨!”

“꼭 이유를 말해 줘야겠나? 하지만 내 생각에는 듣지 않
는 편이 좋을 것 같은데?”

늑대 가면의 말에는 설명을 들으려면 그에 따른 위험을
감수해야 한다는 의미가 깃들어 있었다. 그냥 듣지 않고
자신의 말을 따르라는 은근한 협박이었다.

그 모습에 제닌은 입술을 깨물었다.

'아, 이거 연기하기도 어렵네.’

제닌은 지금껏 돈에 마음이 끌리면서도 홀로 남을 딸이
눈에 밟혀 어려운 결정을 내려야 하는 용병의 모습을 보여
주었다.

'이 정도면 대충 먹혔으려나?’

“나중에라도 마음이 변하면 말하게. 그 즉시, 보수는 열
배로 뛸 테니까.”

은근히 보수를 강조하며 회유하려 드는 상대의 모습을
보면 자신의 연기가 어느 정도는 통한 것 같았다.

“후우……. 그래서, 어디에 머물러야 한단 말입니까?”

"일단은 지금 잡은 여관에 묵게. 이틀 내로 연락이 갈 거야. 물론."

늑대 가면에 가려진 눈동자에서 날카로운 눈빛이 흘러나왔다.

"허튼짓은 하지 않을 거라 믿겠네."

'어차피 계속 감시할 거면서, 협박은 무슨.'

제닌은 속으로 피식 웃었으나, 굳은 얼굴로 고개를 끄덕였다.

"그럼, 편안한 밤 되게."

사내는 몸을 돌려 방을 벗어났고, 검은 복면을 한 이들이 다시 들어와 자루를 뒤집어씌웠다.

'이건 좀 안 하면 안 되나? 어차피 다 아는데?'

제닌은 이미 미니맵을 통해 한 상단 건물의 지하실이라는 것을 파악한 상태였다.

'지들이 무슨 비밀 결사도 아니고. 하긴, 제국을 뒤집어 엎으려는 게 목적일 테니, 비밀 결사 비슷한 것으로 생각해도 되겠지.'

제닌은 실없다는 생각을 하며 고개를 내저었다.

- 쉐도우.

제닌의 부름에 그림자에 가린 어둠이 일렁였다.

- 예스. 마스터.

- 저 늑대 가면. 따라가도록.

'미끼는 던졌으니…….'

자루에 가려진 제닌의 얼굴에는 흥미로운 미소가 어려 있었다.

'이제 대어가 걸리길 기다리기만 하면 되는 건가?'

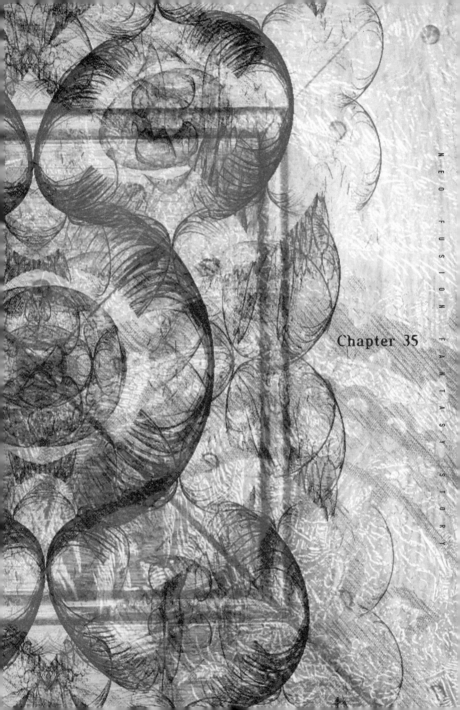

Chapter 35

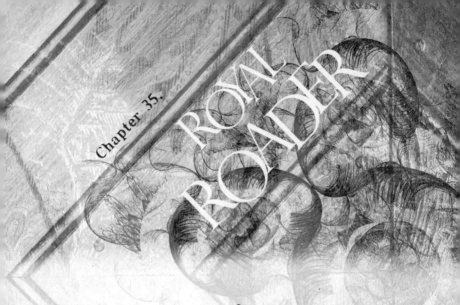

Chapter 35.

ROYAL
ROADER

I

딸깍.

걸쇠가 걸리는 소리와 함께 복도의 불빛으로 어스름했던 방 안에 다시 어둠이 찾아왔다.

"후우……."

옅은 한숨을 내쉬는 소리가 들려왔다. 그러자 침대 위에서 부스럭거리는 소리가 들려왔다.

"우웅……. 누구?"

"훗. 다 알면서."

웃음소리에 부스럭거리는 소리가 커지더니 작은 발소리가 바닥을 울렸다.

달려온 마리가 제닌에게 달려들었고, 제닌은 몸을 굽혀

품에 안아 들었다.

"안 잤어?"

"응. 잠 안 왔어."

"왜? 무서워서?"

품 안에서 고개를 가로젓는 게 느껴졌다. 그럴 리가 없다는 것쯤은 제닌도 잘 알았다. 다만 귀여운 모습에 괜스레 장난을 치고 싶었을 따름이었다.

"그럼? 우리 마리가 왜 잠이 안 왔을까?"

고개를 기울이며 생각하는 척하는 제닌의 모습에 마리는 손가락을 꼼지락거리며 중얼거렸다.

"……싶어서."

기어들어가는 목소리였지만, 발달한 제닌의 청력은 모든 소리를 잡아냈다.

"응? 뭐라고?"

그랬으면서도 그는 일부러 되물었다.

"히잉……. 몰라."

토라진 듯한 모습에 제닌이 은근한 말투로 물었다.

"누가 그렇게 보고 싶었는데?"

"우웅……. 몰라! 몰라! 몰라!"

마리는 제닌의 품 안에 마구 얼굴을 비볐다.

"알았으니까 그만. 예쁜 얼굴에 상처 날라."

물론 마리의 몸은 웬만한 칼로 긁어도 상처 나지 않을

정도로 내구력이 높았다. 그럼에도 거친 동작을 보니 저도 모르게 걱정이 들었다.

"히힛! 마리, 예뻐?"

"그럼. 아주 많이 예쁘지!"

예쁘다는 대답에 마리는 다리를 마구 흔들며 좋아했다. 요즘 예쁘다는 말에 유독 커다란 반응을 보이는 마리였다.

제닌은 침대에 누워 미니맵을 살펴보았다. 품 안의 마리는 어느새 쌔근쌔근 잠든 상태였다.

'그런데 신기하네. 어떻게 건물을 그대로 뚫고 움직일 수 있지?'

제닌이 인식한 건물은 미니맵에도 건물로 표시되었다. 여관에 들어오기 전, 상점가를 한 바퀴 둘러본 것도 미니맵을 활성화하기 위한 이유였다.

그런데 미니맵에 찍힌 쉐도우마스터의 점이 건물을 뚫고 이동하는 중이었다.

'쉐도우마스터라면 건물을 뚫고 지나가는 것도 이해가 되지만, 지금 늑대 가면을 쫓고 있는 중 아닌가?'

실체가 없는 쉐도우마스터는 가능할 수도 있었으나, 그가 쫓는 늑대 가면에게 건물을 뚫고 지나가는 능력이 있을 리 없었다.

'설마 마법사 같은 건가? 아니면 건물 위를 날아서? 그것도 아니면, 무슨 비밀 통로 같은 거라도 뚫려 있나?'

이런저런 의심은 들었으나, 확신할 수는 없었다. 하지만 그의 감각은 비밀 통로라는 쪽에 가장 큰 점수를 주고 있었다.

'그런데 방향이… 중앙이네. 이러면 내성 쪽이라는 의미인가?'

제닌은 미니맵에서 시선을 거두고 눈앞에 전체 지도를 띄웠다. 프라덴 성 부분을 확대해보니 검은 안개로 덮인 곳을 이동 중인 푸른 점이 보였다.

'일단 내성은 확실해 보이는데……. 아직도 계속 가는 거면……. 설마 영주 성으로 가는 건가? 늑대 가면 이 사람, 생각보다 큰 물고기였는데?'

제닌은 늑대 가면을 떠올려 보았다. 겉보기에 그리 실력 있어 보이지는 않았으나, 직접 영주성에 들어갈 정도면 프라덴 영지에서 제법 지위가 높은 신분이라는 의미였다.

'거의 도착한 것 같은데…….'

쉐도우마스터의 이동속도가 점차 줄어들고 있었다. 그리고 어느 순간 제자리에 멈춰 섰다.

Ⅱ

사라락. 사락.

밝고 화사한 분위기의 방이었다.

방 가운데에 놓인 안락한 소파 위에는 검은 고양이 가면을 착용한 여인이 옆으로 비스듬히 누워 있었다. 한 손으로는 옆머리를 괴고, 다른 손으로는 와인 잔을 들어 입술에 대거나 책장을 넘겼다.

술과 책.

그리 어울리지 않는 조합이었으나, 여인의 분위기 또한 그러했다. 고양이 가면으로 감춘 얼굴, 반면 착 달라붙는 실크 드레스로 고스란히 드러낸 몸매. 게다가 살짝 말려 올라간 짧은 치마는 여인의 육감적인 허벅지를 그대로 드러내고 있었다.

"흐음……. 슬슬 올 때가 됐는데……."

여인의 붉은 입술에서 목소리가 흘러나왔다. 나른한 듯한 말투였으나, 목소리 자체에는 묘한 색기가 흐르고 있었다.

약간의 시간이 지난 후, 무료한 듯 책장을 넘기던 여인의 손이 멈칫거렸다.

– 똑똑똑.

노크 소리가 들려왔다. 소리의 발원지는 두꺼운 책이 가득한 책장 너머에서였다.

"들어와."

그르르륵.

여인의 허락이 떨어진 직후, 돌 긁히는 소리와 함께 책장이 돌아가기 시작했다.

방 안으로 들어선 것은 두꺼운 후드를 눌러쓴 늑대 가면이었다. 늑대 가면은 방에 들어서자마자 가운데에 앉은 여인을 향해 깊숙이 고개 숙였다.

"다녀왔습니다. 주, 주인… 님."

"풋!"

더듬거리는 늑대 가면의 말투에 여인이 웃음을 터뜨렸다.

"왜? 아직도 그렇게 어색해?"

"아, 아니……. 그게 아니라……."

"아니면, 주인으로 모시기엔 내가 너무 모자라서 그런가?"

"아, 아니. 그건 절대 아닙니다!"

"그런데……."

웃음 짓던 여인의 분위기가 갑작스럽게 변했다. 화사한 봄날 같던 날씨에서 갑자기 한파가 불어닥친 듯한 느낌이었다.

늑대 가면이 오싹함에 어깨를 움츠릴 때, 고양이 가면을 한 여인의 손이 움직였다.

빛살처럼 뻗어 나간 무언가는 늑대 가면의 사타구니를 향하고 있었다.

"헙!"

늑대 가면이 너무 놀라 헛숨을 들이킨 사이, 여인이 던진 물체는 그의 가랑이 사이로 파고들었다.

찌이익.

섬유가 찢어지는 소리가 함께 늑대 가면이 아랫도리의 허전함을 느낄 찰나.

– 크워어억!

인간의 것이라고는 믿기 어려운 괴이한 비명이 터져 나왔다.

"저, 저게 뭐, 뭐, 뭐……."

늑대 가면은 놀람이 지나친 탓에 말조차 제대로 잇지 못하고 버벅거렸다.

고양이 가면이 던진 물체는 단검이었다. 그것은 바닥, 정확히 말하면 늑대 가면의 그림자에 꽂혀 있었는데 은은한 빛을 머금고 있었다.

"쯧! 칠칠치 못하게, 꼬리를 달고 들어오는 꼴이라니……. 각하 말씀대로 진짜 재미있는 놈인데?"

재미있는 놈이라는 단어에 늑대 가면의 고개는 절로 수그러들었다.

그럴 수밖에 없었다.

이곳은 영주성이었다. 영주와 그의 가족들이 기거하는 심처 중의 심처. 이런 중요한 곳에 미행이 달린 지도 모른 채 들어왔다는 것은, 사형을 당해도 할 말이 없는 중죄였다.

"너, 그렇게 계속 재미있는 사람이다가는 너도 모르는 사이에 이렇게 되는 수가 있어……."

고양이 가면은 검지를 들어 목덜미를 훑었다. 미래형 어조를 사용했다는 것은, 이번은 그냥 넘어가 주겠다는 의미였다. 늑대 가면은 가면 속에서 안도의 한숨을 내쉬었다.

"그런데 뭐지? 정령인가? 아니면 마법? 흔적도 없이 사라져 버려서 무언지를 모르겠네."

고양이 가면은 턱밑을 만지작거리며 중얼거렸다.

"신관의 축복을 받은 단검이 통했다는 말은 순리를 역행하는 마법으로 만들어졌다던가, 아니면 신을 거역하는 부정한 존재라는 증거."

고양이 가면의 가려진 눈동자에서 빛이 뿜어졌다.

"누군지는 모르겠지만, 주제도 모르고 이곳을 노린 대가는 톡톡히 받아내지요."

뾰족한 혀가 나와 붉은 입술을 훑었다.

별것 아닌 것 같지만, 이상하리만치 도발적인 모습에 늑대 가면은 침을 꿀꺽 삼켰다.

"그런데……."

고양이 가면은 말끝을 흐림과 동시에 유심히 한 곳을 바라보았다.

"역시 튼실한데? 얼굴만큼, 아니 그 이상이야. 대단해!"

"예? 그게 무슨 말씀……."

고양이 가면의 갑작스러운 감탄에 늑대 가면은 어리둥절하게 물었다. 그러나 불현듯 그는 아까부터 왠지 아랫도리가 시원하다는 느낌을 떠올렸다.

황급히 고개를 내려 확인해 본 결과, 툭 터진 가랑이 사이로 그의 분신이 모습을 드러낸 상태였다.

게다가 노출이 심한 고양이 가면의 모습 때문인지 슬슬 힘이 들어가는 중이었다. 거기에는 조금 전, 혀를 내밀어 붉은 입술을 핥던 모습도 한몫했다.

"허, 허업!"

늑대 가면은 황급히 손으로 중심부를 가렸다.

"죄, 죄, 죄송합니다."

사과와 함께 몸을 돌리려 할 때, 고양이 가면이 손을 들어 그의 행동을 제지했다.

"가만히 있도록. 이건 벌이니까."

고양이 가면은 다시 한 번 혀를 내밀어 입술을 핥았다.

"그건 그렇고, 오늘 만나고 온 자가 누구라고 했지?"

"그, 그게… A급 용병 카인스라는 자였습니다."

당황스러움으로 가득 찬 늑대 가면의 마음과 달리, 그 상황은 상당히 오래도록 유지되었다.


Ⅲ


'크윽!'

격통이 밀려왔다. 마치 날카로운 단검이 가슴을 파고든

것 같은 느낌이었다.

이 격통은 미니맵에서 쉐도우마스터를 가리키는 점이 사라진 직후에 일어났다.

'역 소환… 된 건가?'

점이 사라진 것으로 보아 확실해 보였다.

"후우……."

길게 한숨을 내쉬자 찌를 듯한 통증이 약간은 가시는 듯한 느낌이 들었다. 그리고 조금 더 시간이 지나자 통증은 씻은 듯 사라졌다.

'그런데 이 통증은… 역 소환의 부작용인가?'

제닌은 곤란하다는 표정으로 고개를 가로저었다.

만약 전투를 벌이는 도중 소환물의 역 소환이 일어난다면 크나큰 빈틈이 생기고 말 터였다.

'이래서는 소환물을 마음껏 사용할 수 없을 텐데…….'

통증을 몰랐을 때에는 마음껏 사용할 수 있었지만, 부작용을 알게 된 이상 예전처럼 시도때도없이 불러내지는 못할 것 같았다.

제닌이 그런 고민을 하고 있을 때, 눈앞에 한 줄의 메시지가 떠올랐다.

[역 소환의 후유증은 이성을 가진 소환수에게만 해당하는 페널티입니다.]

뜬금없는 메시지였으나, 제닌의 표정이 약간은 풀어지

는 결과를 가져왔다. 다른 반지에서 소환되는 [스켈레톤 골든 나이트]는 역 소환되어도 통증이 없다는 의미였기 때문이다.

'그러고 보니, 누가 한 짓이지?'

통증에 정신이 팔려 정작 중요한 것을 잊고 있었다.

완숙한 엑셀시어급 기사조차 곤란하게 했던, 쉐도우마스터였다. 비록 물리 공격과 오러가 통하지 않는 특성 때문이었지만 어쨌든 곤란하게 했다는 점은 분명했다.

그런데 그런 그를 쓰러뜨릴 수 있는 실력자가 영주성으로 보이는 곳에 있었다. 이것은 제닌에게 커다란 의미였다. 앞으로 그가 할 일에 큰 걸림돌이 될 수도 있었기 때문이다.

'설마 이곳에 소드 룰러급 기사라도 있는 건 아니겠지?'

문득 든 생각에 몸의 근육이 살짝 굳었다. 그러나 제닌은 이내 고개를 가로저었다.

'전 대륙적으로 따져봐도 몇 없는 존재야. 또한, 스스로 실력만 드러내도 최소한 백작의 지위를 얻을 수 있는 존재가 굳이 후작의 아래 있을 리도 없을 거야.'

나라에 따라 다르겠으나, 소드 룰러의 실력을 증명하면 최소한 백작의 지위를 얻을 수 있었다.

사실 작위가 문제가 아니었다.

소드 룰러는 개개인이 전략 병기급인 존재였다. 같은 소드 룰러가 아니면 그들을 막을 자가 없었기 때문이다.

만약 그런 그들이 몰래 침투해 지휘부를 휩쓸어 버리면 어떨까?

머리를 잃은 병력은 그야말로 지리멸렬할 수밖에 없었다. 병력의 숫자가 아무리 많아도 상관없었다. 제대로 된 지휘를 받지 못해 우왕좌왕하고 있는 병사들은 덩치만 큰 초식 동물에 불과할 따름이었다.

고작 개인에 불과한 이를 전략 병기라고 일컫는 이유였다.

그 때문에 각 국가에서는 무슨 수를 쓰더라도 소드 룰러를 유치하려 했고, 새로운 소드 룰러가 나타났다 하면 영입을 위해 온갖 수를 쓰기 마련이었다.

이런 노력으로 실제로 알려진 소드 룰러들은 모두 후작 이상의 지위에 알짜배기 영지, 거기에 더해 여러 가지 혜택을 받고 있었다.

'소드 룰러가 아니라면……. 상성? 사제나 신성력이 깃든 무기를 가진 이가 있었다면 가능했을지도 모르겠군.'

자세한 것은 쉐도우마스터를 다시 소환해 물어보면 될 일이었다.

제닌은 왼쪽 위의 마력 막대를 확인하고 가볍게 한숨을 내쉬었다.

'한 시간 정도 걸리려나?'

이제는 시간이 날 때마다 마력 운용술을 사용하는 게 습관이 들어서 망정이지, 그렇지 않았으면 밤새도록 마력이 차오르기를 기다려야 할 뻔했다.

'잠깐! 그러고 보니 지금, 위험한 거 아닌가?'

쉐도우마스터가 누군가에 의해 역 소환되었다면, 그 누군가는 쉐도우마스터의 정체를 파악했다는 뜻이었다. 그러면 그를 보낸 배후를 찾으려들 게 빤했고, 바로 직전에 늑대 가면과 접촉한 제닌이 배후로 지목될 가능성이 있었다.

'도망가야 하나? 아니면 전혀 모르는 척 잡아떼?'

안전을 위해서는 도망치는 게 옳았다. 하지만 지금 도망쳐 버리면 요새에 변고가 생긴 것이 발각될 확률이 높았고, 그러면 요새를 지키기가 어려워질 터였다. 이는 또 다른 안전을 위협하는 일이었다.

'어쩔 수 없군. 마리의 역할이 중요해질 수밖에.'

천진한 마리의 모습은 사람들의 경계심을 허무는 데 큰 역할을 할 수 있었다. 이런 마리를 애지중지하는 모습을 보임으로써 배후로 지목된 의심을 최대한 피해 볼 생각이었다.

'프라덴 후작은 큰 권력자야. 이것은 적 또한 많다는 의미. 한낱 용병에 불과한 나에게는 잠시 의심의 눈빛이 왔다가도 다른 곳으로 돌아갈 확률이 높아.'

다소 위험부담이 있었으나, 요새를 지키기 위해서는 어쩔 수 없었다. 지금까지 요새에 들어간 시간과 자금을 생각하면 제닌은 요새를 결코 포기할 수 없었다.

'몇 달만 시간을 벌어도 충분해.'

요새를 나서기 전, 훈련소와 훈련던전을 최우선으로 업
그레이드하라는 지시를 내려 두었다. 그것이 완성되고 요
새의 모든 병사를 10레벨로 만들면, 수만 명의 적이 몰려
와도 충분히 상대할 수 있다는 생각이었다.

'그때까지만 버티면 돼! 그러면 최소한 내가 원하는 판
을 짤 수 있어.'

제닌은 마음을 다지면서 시야 왼쪽 위를 바라보았다. 마
력을 나타내는 푸른 막대가 가득 차있었다.

'스켈레톤 소환.'

[쉐도우마스터를 소환할 수 없습니다. 대기시간 : 23H.
다른 소환수를 소환하시겠습니까?]

'후우……. 하긴, 강제로 역 소환되었으니 페널티가 존
재하는 게 당연하겠지.'

제닌은 가벼운 한숨을 내쉬었다.

'그나저나 누굴까? 만나지 않는 편이 낫겠지만, 한번 보
고는 싶은데?'

IV

"마리, 맛있어?"

"응!"

마리는 입가에 덕지덕지 양념을 묻힌 채 고개를 끄덕였다.

"체하면 안 되니까 천천히 먹으렴. 모자라면 더 시켜 줄 테니까."

제닌은 마리의 머리를 쓰다듬으며 다른 손으로 손수건을 들어 마리의 입가에 묻은 양념을 닦아 주었다.

"마리. 더 먹어도 돼?"

"물론이지."

제닌은 자신의 앞에 놓인 접시를 내밀었다. 너무 잘 먹는 마리를 바라보느라 자신의 음식은 아직 손도 안 댄 상태였다.

'먹는 걸 보기만 해도 배가 부르다는 어머니 말씀. 이제는 좀 이해할 수 있을 것 같은데?'

하지만 마리는 고개를 가로저으며 접시를 밀었다.

"왜?"

제닌의 물음에 마리는 배시시 웃으며 대답했다.

"그건 아빠 꺼."

제닌의 입가에 미소가 피어올랐다. 그와 동시에 주변에서 떠들썩한 목소리가 터져 나왔다.

"캬! 얼굴만 예쁜 줄 알았는데, 마음씨도 예쁘네! 예뻐!"

"어쩜 저렇게 기특한지! 이참에 나도 딸이나 하나 낳아 볼까?"

"에끼! 이 사람아! 자네가 딸을 낳으면 그건 딸에게 죄를 짓는 걸세. 자네 외모를 물려받으면 딸은 아마 평생 자네를 원망할 거야."

귀여운 외모와 아주 맛있게 먹는 모습으로 마리는 이미 식당 안 사람들의 시선을 끌어모은 상태였다. 다들 식사하는 것도 잊은 채 마리가 먹는 모습만 바라보는 중이었다.

"어?"

마리가 주변을 두리번거렸다. 그리고 자신을 바라보는 한 중년 남성을 향해 물었다.

"마리. 예뻐?"

중년 남성은 물론 주변 모든 남성의 얼굴에 푸근한 미소가 자리 잡았다. 일명 '아빠 미소' 였다.

동시에 고개를 끄덕이는 남성들의 모습에 마리는 손으로 양 뺨을 감싸며 발그레 웃었다.

"헤헤. 마리, 예쁘데."

"마리. 다른 사람한테 물어볼 때는 '요'를 붙여야지. '예뻐요?' 이렇게 말이야."

"응."

마리는 고개를 끄덕이며 다시 사람들을 바라보았다.

"마리, 예뻐요?"

사람들의 끄덕임이 한층 격렬해졌다.

"아가야. 이것도 맛있는데, 좀 줄까?"

사내 중 한 명이 자신의 접시를 들어 올렸다. 그러자 주변 사내들이 덩달아 접시를 들어 올리며 마리를 유혹했다. 자신의 한 끼를 희생해 이 귀여운 아이의 호감을 얻는다면 남는 장사라는 생각이었다.

마리는 잠시 고민하는 표정을 짓다가 머리를 가로저었다.

"으응. 아저씨들. 먹. 아니, 드세요."

"아니, 왜?"

눈을 둥그렇게 뜬 사내가 묻자, 마리는 제닌의 옷자락을 잡으며 대답했다.

"아빠가 사준 게. 맛있어. 제일!"

"허어어!"

"크어업!"

마리는 중년 남성들의 가슴에 치명적인 일격을 가한 후, 다시 접시 위의 음식을 먹기 시작했다. 제닌은 흐뭇한 미소로 그 광경을 바라볼 따름이었다.

"안 되겠어! 당장 집으로 가야겠어!"

"그, 그러세! 나도 이참에! 저런 딸 하나 만들어야겠어!"

"허어! 글쎄, 자네들은 안 된다고 몇 번을 말해야 알아듣겠나? 자네들을 닮으면 절대로 저런 딸 안 나온다니까? 어이! 이보게! 같이 가세!"

한 무리의 중년 남성들이 우르르 식당을 빠져나갔다. 부릅뜬 그들의 눈동자는 굳은 결의에 차 있었다.

소란스러움이 일거에 사라지자 식당 안에는 약간의 정적이 감돌았다. 그리고 다시 식사를 시작한 사람들의 소음이 피어오를 찰나였다.

삐이걱.

또각. 또각. 또각.

식당 문이 열리며 또렷한 발소리가 들려왔다.

"오오! 이런 미인이!"

"이럴 수가! 사람이야? 엘프야?"

조용해졌던 식당 안이 다시금 소란스러워졌다. 발소리의 주인으로 말미암은 현상이었다.

사람들의 웅성거림에 제닌의 시선도 자연스럽게 그쪽으로 돌아갔다. 정말 눈이 번쩍 뜨일 만큼의 미인이었다. 그리고 정확히 자신을 향해 다가오고 있었다.

'뭐, 뭐지?'

당황스러움에 잠시 머릿속이 어지러워질 찰나, 여인은 제닌이 있는 테이블을 지나치며 비어 있는 맞은 편 테이블에 앉았다.

제닌의 시선에서는 등을 돌리고 앉은 상태. 그런데 뒷모습이 장난이 아니었다. 고급스러운 재질로 보이는 원피스는 몸에 착 달라붙었는데, 여인의 환상적인 몸매를 여과 없이 드러냈다.

가느다란 나무로 만든 의자 등받이는 결코 여인의 환상

적인 몸매를 가려주지 못했다. 오히려 얼핏 가려진 탓에 더욱 시선을 떼지 못하도록 했다.

꿀꺽.

누군가를 시작으로 침 삼키는 소리가 연이어 터져 나왔다. 제닌 역시 저도 모르게 입안에 침이 돌았다.

"여기에서 제일 잘하는 걸로."

여인의 목소리가 들려왔다.

맑고 청아하면서도 어딘지 모르게 남성의 마음을 뒤흔드는 목소리였다.

문득 소매를 잡아오는 느낌에 제닌은 퍼뜩 정신을 차렸다. 마리였다.

그런데 마리의 얼굴은 뭔가에 겁먹은 듯, 잔뜩 일그러져 있었다. 그뿐만 아니라 소매를 잡은 손이 덜덜 떨리고 있었다.

– 마리, 왜 그래?

혹시 모른다는 생각에 마음으로 물었다. 그러자 제닌의 머릿속으로 겁에 질린 마리의 목소리가 들려왔다.

– 무서워. 저 사람. 무서운 사람.

무섭다는 말을 두 번이나 할 정도로 두려움에 찬 마리의 눈은 정면을 향하고 있었다. 바로 조금 전 식당에 들어온 여인의 등이었다.

'무섭다고? 저 여자가?'

제닌은 솔직히 이해할 수 없었다.

그저 폭발적인 아름다움을 가진 여인이었다. 그것도 몸매가 드러나는 옷에 짧은 치마를 입어 보는 사람의 눈을 즐겁게 해줄 따름이었다.

'그저 고마운……. 잠깐!'

제닌의 표정이 살짝 굳어졌다.

'저런 미모를 가진 여인이, 저런 옷차림으로 혼자 다닌다?'

말이 되지 않았다. 아무리 치안이 잘 된 지역이라고 해도 어디에나 질 나쁜 사람은 있었고, 그들의 눈에 걸리면 반드시 무슨 일이 벌어질 터였다.

'그럼에도 홀로 이곳에 나타났다는 것은!'

제닌은 등을 엄습하는 불안감을 느끼며 황급히 인터페이스를 활성화했다. 그리고 미니맵을 살폈다.

'이런! 병신 같은!'

붉은 점들이 빈틈없이 여관 주변을 둘러싸고 있었다. 게다가 가장 중요한 것은 바로 지척에 찍힌 붉은 점이었다. 그것은 바로 눈앞의 여인을 가리키고 있었다.

여인이 슬쩍 뒤돌아 앉았다.

하얀 얼굴, 조각의 장인이 깎아내린 듯 아름답기 짝이 없는 이목구비. 그리고 색정적인 분위기가 풍기는 와인색 눈동자가 제닌을 바라보았다.

그러다 그녀의 시선이 살짝 틀어지며 석류처럼 붉은 입술이 열렸다.

"어머! 신기한 꼬마네?"

'신기한?'

예쁘다, 귀엽다는 말은 일상적이었다. 사실이 그러했기 때문이다. 하지만 신기하다는 말은 처음이었다. 또한, 이것이 의미하는 바는 컸다.

'설마, 마리의 진짜 모습을 알아봤다는 건가?'

자신의 추정이 사실인지 아닌지는 그리 중요하지 않았다. 일단은 이곳을 벗어난 뒤에 생각해봐도 늦지 않았다.

붉은 점으로 빛나는 것만 보아도, 상대는 적의를 가지고 이곳에 왔다. 또한, 홀로 찾아왔다는 것은 그만큼의 실력을 갖췄다는 증거였다.

비록 제닌 자신은 느끼지 못했으나, 마리는 여인을 처음 보았을 때부터 두려움에 떨고 있었다. 쉽게 질 거라는 생각은 없었으나, 굳이 위험을 자초하는 일은 어리석은 짓이었다.

'마리. 울어.'

"흐아아앙!"

반응은 즉각적이었다.

"어이구. 우리 마리가 왜 그럴까?"

제닌은 울음을 터뜨리는 마리의 몸을 안아 들었다.

"하하하! 이거 죄송합니다. 우리 마리가 낯선 사람을 가리지는 않는데……. 아무래도 레이디의 아름다운 미모에 질투라도 나는 가 봅니다."

제닌은 웃는 얼굴로 마리를 토닥이며 자리에서 일어섰다. 그리고 이 층으로 향하는 계단으로 천천히 걸어갈 때였다.

"카인스. A급 용병이라고 불러야 하나? 아니면……."

여인의 붉은 입술이 벌어지며 제닌의 뒷덜미를 잡아채는 말이 흘러나왔다.

제닌은 뜨끔한 심정을 애써 감추며 태연한 얼굴로 뒤를 돌아보았다.

"드루아 상단주라 불러야 하나?"

제닌의 표정이 순간적으로 굳어졌다. 표정을 드러내는 것이 어리석은 짓이라는 것을 알았음에도, 제닌은 도저히 숨길 수 없었다.

너무 급작스럽게 허를 찔린 탓이었다.

'그걸 어떻게 알았지?'

이미 표정을 굳힌 순간, 드루아 상단주라는 신분을 인정하는 셈이었다. 변명을 해봤자 구차한 짓에 불과했다. 시간 낭비와 더불어 상대에게 불필요한 오해를 하게 만들 수도 있는 일이었다.

'그리고 누구지?'

제닌은 경계심 어린 눈빛으로 상대를 살폈다.

일단 상대가 범상치 않은 인물이라는 것은 확실해 보였다. 그와 더불어 고작 하루 만에 자신의 또 다른 신분을 알아낼 정도의 정보력을 갖추고 있었다.

'늑대 가면과 관련이 있나? 그렇다면 설마 쉐도우마스터를 발견하고 처리한 것이 이 여자인가?'

그럴 확률이 제법 높아 보였다.

그렇지 않고서야 이런 아침나절부터 여관을 포위할 병력과 함께 나타날 이유가 없었기 때문이다.

'그렇다면 알아낸 것이 단순한 신분만은 아닌 것 같군.'

어쩌면 더 나쁜 상황을 가정해야 할 수도 있었다.

'후우……. 가정은 가정일 뿐. 사실로 드러나기 전까지 넘겨 짚지는 말자. 지금은 드러난 사실을 기반으로 행동해야 할 때다.'

지금까지 밝혀진 것은 카인스 드 루아라는 또 다른 이름 외에는 없었다.

물론 상대가 더 많은 것을 알고 왔을지도 모르겠으나, 상대가 직접 이야기를 꺼내기 전에 자신이 먼저 말하는 것은 멍청한 짓이었다.

'당황할 필요는 없어.'

제닌은 생각을 정리하며 입을 열었다.

"하하! 괜스레 껄끄러운 일이 발생할까 조용히 있다가 돌아갈 생각이었는데, 들켜 버렸네요."

제닌은 활짝 웃으며 어깨를 들썩였다. 그리고 이어 말했다.

　"카인스 드 루아라고 합니다. 얼마 전에 남부 가르타스 영지에 다녀왔었는데, 딸 아이가 참 좋아하더군요. 더불어 좋은 인연도 하나 맺을 수 있었고요. 그래서 이번에는 동부를 구경하려고 여행을 왔는데……."

　제닌은 말끝을 흐리며 상대를 바라보았다.

　요점은 이것이었다.

　난 그저 여행을 온 것뿐이다. 단출하게 다니기 위해 용병 신분으로 돌아다니다가 우연히 일에 휘말리게 된 것뿐이다.

　물론 제닌이 한 말 중 가장 중요한 것은 가르타스에서 맺은 인연이었다.

　설사 상대가 프라덴 후작가의 인물이라 해도 남부의 신흥 세력가인 가르타스 백작의 이름을 쉽사리 무시할 수는 없으리라는 생각이었다.

　"그런데 귀하는 누구 신지? 혹, 늑대 가면을 한 분이 보낸 겁니까?"

　제닌은 슬쩍 상대를 떠보았다. 그러나 돌아온 것은 불편한 침묵뿐이었다.

　"아아. 음식이 늦네. 아직 멀었나?"

　여인은 딴청을 피우며 주방 쪽을 바라보았다.

　"그, 금방 됩니다!"

342
3

대답은 그랬으나, 주인의 얼굴에는 곤란한 표정이 담겨 있었다. 묘하게 변한 홀의 분위기 탓에 주인은 지금껏 주방에서 눈치만 보고 있었기 때문이다.

  "후! 음식은 됐고, 술이나 두 잔 내오도록. 여기서 제일 독한 걸로."

  "예! 바로 준비해 드리겠습니다!"

  주인의 얼굴이 환해졌다.

  그 시각, 제닌은 마음속으로 마리와 대화를 나누고 있었다.

  – 마리. 저 여자 많이 강해? 마리가 그렇게 무서워할 정도로?

  – 으응.

  – 나보다 더 강해?

  마리는 대답이 없었다. 긍정이나 마찬가지였다. 마리가 어떻게 상대의 강함을 알게 되었는지는 모르겠으나, 일단 조심해서 나쁠 건 없었다.

  '전투는 언제든 할 수 있어. 하지만 싸우지 않고 넘어가는 게 최선이겠지.'

  "훗! 머리 굴리는 소리가 여기까지 들리네? 이리 와서 앉지그래? 어차피 오늘은 대화만 하러 온 거니까."

  제닌도 바라던 바였다. 물론 상대의 말이 진심이라는 전제가 깔려야 했지만.

- 마리. 위에 올라가 있어. 그리고 내가 신호하면 무조건 성 밖으로 도망쳐.

제닌은 떨어져 있으라고 요구했으나, 마리는 그의 소매를 꼭 붙잡은 채 고개를 내저었다.

'요즘 내가 너무 감싸줬나?'

제닌의 얼굴이 살짝 굳어질 무렵, 마리의 목소리가 들려왔다.

- 아빠는 내가 지켜. 반드시!

화를 내서라도 떼어내려 했으나, 마리의 결연한 표정을 보니 그럴 수도 없었다. 마리의 얼굴에는 단순한 고집이라기보다는 어떤 사명감 같은 것이 담겨 있었다.

제닌도 잘 아는 표정이었다. 부대 전체가 괴멸될 위기에 처했을 때, 후위를 자처하며 남은 이들의 표정이 그러했다. 목숨을 내건 결심이었다.

제닌은 한 마디 붙이려다가 그냥 꼬옥 안아주며 등을 토닥였다.

'그래. 제 몫은 하겠지.'

딸이라는 생각에 감싸서 그렇지, 마리 자체의 전투력도 나쁘지 않았다. 적어도 하이어급 이상의 무력은 발휘할 수 있을 것이다.

제닌은 천천히 계단을 내려와 여인의 맞은 편 의자에 앉았다. 그가 앉음과 동시에 여관 주인이 붉은 액체가 가득

344 3

담긴 잔 두 개를 내려놓았다.

"파이어 브레스입니다. 제일 독한 걸로 달라셔서 가져 오긴 했는데, 그냥 드시기엔……"

설명하려던 여관 주인의 눈이 휘둥그레졌다.

파이어 브레스는 알콜 함량이 70%에 육박했다. 어지간 한 애주가들도 그냥은 마시지 못하고 물에 타 마시거나, 작은 잔에 따라 홀짝이는 게 고작이었다.

그런데 여인은 큼지막한 주석 잔에 담긴 파이어 브레스 를 단숨에 들이켰다.

"후우! 이거 괜찮은데?"

여인이 내뿜는 숨결이 맞은 편에 앉은 제닌의 코끝을 스 쳤다. 달콤하면서 알싸한 주향이었다.

여인은 그러면서 제닌의 눈을 똑바로 바라보았다. 도 발적인 눈빛은 제닌도 같은 행동을 하기를 원하는 듯했 다.

제닌이 잔을 들었다. 슬쩍 향을 맡더니 입술만 축인 채 내려놓았다.

"홋! 남자도 아니군."

제닌은 여인의 얼굴에 담긴 비웃음을 읽었다.

"옷에 따라 입는 방법이 다르고, 음식에 따라 먹는 방법 이 다르지요. 술 역시 마찬가지입니다."

제닌은 입꼬리를 슬쩍 들어 올렸다.

말에 담긴 의미는 '당신은 술 마시는 방법도 모르는 무식한 사람입니다.' 였다.

이에 여인이 피식 웃었다.

"너, 꽤 재미있는 사람인데?"

"유쾌하다는 말은 많이 들었지요."

'지위가 높은가? 여자의 몸으로 높은 지위에 올라가기는 쉽지 않았을 텐데……'

남녀의 차별이 만연한 세상이었다.

'그럼에도 그렇다는 것은……'

여인에게 차별을 뛰어넘을 만큼의 실력이 있다는 증거였다.

'쉽지 않겠군. 정말……'

너무 쉽게 생각하고 왔다는 후회가 밀려왔다. 지금껏 큰 실패가 없었고, 그만한 자신감이 있기도 했다.

이 때문에 더 효과적인 계획을 세우는 데 치중했을 뿐, 변수가 나타날 것에 대한 대비가 거의 없었다. 물론 변수를 생각할 만한 정보가 없음도 한몫했다.

"이제 어떻게 하실 생각이십니까? 원하신다면 입 다물고 모든 상황이 끝날 때까지 조용히 지내겠습니다."

"호오! 그 말은 이곳 상황에 대해 파악했다는 말?"

"대충은 그렇습니다. 물론 어디까지나 제 추측에 불과하지만……"

제닌은 말끝을 흐리며 여인과 눈을 맞췄다.

"그 추측, 한번 들어보고 싶은데?"

"말씀드리기는 쉽지요. 하지만 쉽게 한 말이 때론 자신의 목을 조일 올가미가 된다는 사실을 잘 알기에 쉽게 말씀드릴 수 없겠네요."

"말했잖아? 오늘은 대화만 하러 왔다고."

"내일은 다르지 않겠습니까?"

제닌의 대꾸에 여인이 살짝 미간을 찌푸렸다.

"어머! 날 한 입으로 두말하는 여자로 보는 거야?"

제닌은 어깨를 으쓱하며 대꾸했다.

"아직 뉘신 지도 모르는데 어떻게 당신에 대해 그런 평가를 하겠습니까?"

여인은 뾰족한 표정으로 제닌을 쏘아보다가 한숨을 내쉬었다.

"하아! 말은 잘하네. 대체 혓바닥에 무슨 짓을 했기에 그 따위야?"

알싸한 주향이 다시 한 번 코끝을 스쳤다. 하지만 함께 느껴지는 달콤한 향기는 결코 술의 냄새가 아니었다.

'사람 입 냄새가 이유 없이 달콤할 리는 없고……. 약 같은 건가? 남자를 홀리는 종류의?'

여인은 미모만으로도 남자를 홀리기에 충분했다. 그런데 거기에 남자의 욕망을 자극하는 향기까지 더해진다면 수도승마저도 흔들릴 것 같다는 생각이 들었다.

'무서운 여자야.'

제닌은 생각과 반대로 미소를 머금었다.

"칭찬으로 듣지요."

"에르네스."

여인이 말했다. 이름을 말한 것임을 알았음에도 제닌은 말없이 그녀를 바라보았다.

고작 이름만으로 상대를 알 수는 없었다. 중요한 것은 상대가 어느 위치에 있느냐 하는 점이었다.

"하! 정말 쉽지 않네. 블러디 캣이라고 하면 알아들으려나?"

"허업!"

사방에서 헛바람 들이키는 소리가 들려왔다. 동시에 식당에 있던 사람들은 일제히 바닥에 엎드리거나 테이블 밑으로 기어들어갔다.

블러디 캣이라는 이름은 공포였다. 적어도 이곳 프라덴 영지의 사람들은 그렇게 생각했다.

제닌 역시 살짝 놀란 표정을 지었다.

"설마……. 프라덴 후작님의……."

"거기까지."

여인의 싸늘한 목소리에 제닌은 입을 다물었다.

"신분을 밝혔으니, 내가 왜 여기에 왔는지는 잘 알겠지?"

물론 알았다. 하지만 절대로 드러내지 말아야 한다는 사실을 더욱 잘 알았다.

"무슨 말씀을 하시는 건지……. 고작 몰락 귀족에 불과한 제가 귀빈일 리는 없을 테고. 설사, 귀빈이라 해도 당신 같은 분이 움직였을 리 없겠지요. 그렇다면 제가 프라덴 후작님께 해가 될 만한 무슨 짓을 했다는 의미인데……."

제닌은 고개를 절레절레 흔들었다.

"저도 제가 무슨 짓을 했는지, 도무지 모르겠군요."

부정과 동시에 말도 안 되는 혐의를 씌우려 하는 상대에 대한 비꼼도 담긴 말과 행동이었다.

"비꼬지는 말지? 그쪽이 하도 쥐새끼처럼 잘 빠져나가서, 슬슬 열이 오르는 중이니까."

여인의 몸에서 스멀스멀 살기가 피어올랐다.

"너무 억울해서 말이지요. 그래도 지금부터는 조심하지요."

제닌은 어깨를 으쓱하며 살짝 고개를 숙였다.

"너, 흑마법사야?"

"흐, 흑마법사!"

"저주받은 족속들이!"

여인의 말은 정작 대상이 된 제닌보다, 식당 안의 다른 사람들에게 더 효과가 컸다. 블러디 캣이라는 이름은 모든 사람의 눈과 귀를 그녀에게 집중하게 했다.

"매일 아침 주신께 기도를 올리고 있소만?"

제닌은 태연한 표정으로 답했다. 물론 여태껏 그런 적은 없었으나, 상대에게는 확인할 방법이 없었다.

"그럼 흑마법에 관련된 물품을 가지고 있거나?"

"신전으로 같이 가실까요? 원하신다면 얼마든지 확인시켜 드릴 수 있소만."

전혀 거리낄 것 없다는 제닌의 표정에 여인은 입술을 깨물었다.

'정말 이 자가 아닌 건가? 아니야. 그렇다 해도, 이자는.'

여인은 초조했던 표정을 풀었다. 그리고 날카로운 눈빛으로 제닌을 쏘아보며 입술을 열었다.

"뭐, 그건 아니라고 쳐. 그런데 듣자하니 당신이 내 것을 하나 가지고 있다던데?"

"예? 그게 무슨 말씀이신지요?"

제닌은 어리둥절한 얼굴로 되물었다.

"요새."

순간적으로 제닌의 눈가가 꿈틀거렸다. 역시 너무 급작스럽게 허를 찔린 탓이었다.

"아! 그리고 이름이 또 하나 있다지? 왕국의 영웅이라나?"

'대체 어디까지 알고 있는 거지?'

제닌은 곧 생각을 접었다.

중요한 것은 이미 정체가 드러났다는 점이었다.

제닌은 슬쩍 인벤토리를 열었다. 그리고 언제든 무장을 갖추고 상대에게 달려들 준비를 했다.

"호호! 이제 좀 긴장을 하네. 진즉 이랬으면 더 재미있었을 텐데 말이야."

"원하는 게 뭡니까?"

상대가 말을 꺼낸 이상, 부정은 의미가 없었다.

이 세계에서는 강한 힘과 권력을 가진 이의 말이 곧 정의고 진실이었다.

이곳 프라덴 영지에서 프라덴 후작가와 관련된 인물이 누군가를 첩자라고 말한다면, 적국과 아무런 연관이 없는 자라도 그냥 첩자가 될 수밖에 없었다.

설사 그 때문에 억울한 일을 당한다 해도, 소용없었다. 힘없는 자의 억울함은 그저 그뿐이었다.

"원하는 것? 없어. 넌 그냥 지금 하던 대로만 하면 돼. 요새도 너 줄게."

'이 여자가 지금 무슨 소리를?'

제닌이 듣기에는 황당하기 짝이 없는 말이었다.

"왜? 웬 미친년이 헛소리하는 것 같아서 그래?"

비록 겉으로 드러내지는 않았지만, 제닌은 여인의 말에 강하게 공감했다.

"에르네스 드 프라덴. 내 풀네임이야. 나는 이곳 프라덴의 로드이며 또한."

매우 작은 목소리였다. 하지만 제닌의 귓가에는 또렷하게 들려왔다. 그리고 여인이 잠시 말을 멈춘 순간, 여인의 몸에서 폭발적인 기세가 뿜어졌다.

그와 동시에 제닌은 순간적으로 무장을 마치고 대검에 웨폰 아우라를 덧씌웠다. 그리고 상대를 향해 그것을 휘두를 찰나, 그의 몸은 석상처럼 굳어졌다.

피처럼 붉은 검들이 허공에 둥둥 떠 있었다. 숫자는 열 개가량이었고 하나같이 제닌을 향해 칼끝을 겨눈 상태였다.

'오, 오러를 공중에?'

순간 제닌의 머릿속에 떠오른 단어가 있었다. 그리고 그것은 다른 이의 입을 통해 소리로 들려왔다.

"검의 지배자이기도 하지."

여인의 혀가 붉은 입술을 훔쳤다.

〈4권에서 계속〉